U0341434

本丛书由四川师范大学教务处、文学院资助出版
"中国现当代文学文本细读"丛书

中国现当代散文文本细读

邓利 主编

中国社会科学出版社

图书在版编目(CIP)数据

中国现当代散文文本细读/邓利主编.—北京：中国社会科学出版社，2015.2（2024.6重印）

ISBN 978—7—5161—5484—7

Ⅰ.①中… Ⅱ.①邓… Ⅲ.①散文—文学研究—中国—现代 ②散文—文学研究—中国—当代　Ⅳ.①I207.6

中国版本图书馆 CIP 数据核字（2015）第 014366 号

出 版 人	赵剑英
责任编辑	周晓慧
责任校对	刘　路
责任印制	戴　宽

出　版	中国社会科学出版社
社　址	北京鼓楼西大街甲 158 号
邮　编	100720
网　址	http：//www.csspw.cn
发行部	010-84083685
门市部	010-84029450
经　销	新华书店及其他书店
印　刷	北京明恒达印务有限公司
装　订	廊坊市广阳区广增装订厂
版　次	2015 年 2 月第 1 版
印　次	2024 年 6 月第 5 次印刷
开　本	710×1000　1/16
印　张	13
插　页	2
字　数	213 千字
定　价	39.00 元

凡购买中国社会科学出版社图书，如有质量问题请与本社联系调换
电话：010-84083683

版权所有　侵权必究

国家级汉语言文学专业综合改革试点项目系列教材
四川师范大学规划教材

"中国现当代文学文本细读"丛书

丛书编委(以姓氏音序为序)

白　浩　邓　利　李　玟　李　琴
李　涯　刘永丽　谭光辉　王　琳
吴晓东　赵毅衡　周维东　朱寿桐

中国现当代散文文本细读

编　委（以姓氏音序为序）

白　浩　　邓　利　　李　琴　　刘永丽
谭光辉　　王　芳　　王　琳　　张睿睿
周维东

目 录

导论　何谓散文…………………………………………………………（1）

第一讲　《桨声灯影里的秦淮河》：梦与内在人格………………（16）
第二讲　《复仇》：关于"复仇"的若干细则………………………（32）
第三讲　《乌篷船》：情思与文体的"个人化"追求………………（44）
第四讲　《独语》：执着于审美性的独语体………………………（54）
第五讲　《鸭窠围的夜》：独特的文化行旅类游记散文……………（67）
第六讲　《生活的艺术》：一种跨文化视角的解读…………………（81）
第七讲　《雅舍》：人性·理性·闲适性……………………………（93）
第八讲　《一个消逝了的山村》：怎样利用伴随文本………………（106）
第九讲　《口中剿匪记》：论哲理性散文的谋篇布局艺术…………（119）
第十讲　《听听那冷雨》：新古典主义视域下的乡愁………………（128）
第十一讲　《下放记别》：别样的"文革"书写……………………（140）
第十二讲　《风雨天一阁》：文化散文的典范之作…………………（154）
第十三讲　《沉默的大多数》：沉默——自由思维的荒诞方式……（164）
第十四讲　《一个人的村庄》：生态存在论与自然人………………（178）
第十五讲　《桃花烧》：爱在何处……………………………………（190）

后记………………………………………………………………………（198）

导　论

何谓散文

　　散文是一种最普及、最大众化的文学体裁。散文的文体概念、文体特征在漫长的文学发展过程中，由混沌、模糊逐渐转向明确、自觉，或许可能再次从明确、自觉走向混沌、模糊。不论散文今后怎样演变，我们现在都要立足于历史和现实认识散文的范畴和本体特征，这是细读散文的前提和基础。

范畴论：散文的疆界

　　散文的疆界，亦即散文的范畴，在中国历史上经历了两次大的裂变。第一次裂变是1917年文学革命之后，第二次裂变是20世纪80年代以后。

（一）散文疆域的第一次裂变

　　在中国，散文的发展历史悠久，成果颇丰。但成果的丰硕是与散文文体概念具有极大的包容性和不确定性相关联的。在中国古代，散文指一切无韵的文章，与韵文（诗歌、骈文）相对的散行单句文章统称为散文。这种解释最早见于南宋《鹤林玉露》。散文专指与骈文相对的文章体式，"非韵文即散文"，"非韵非骈即散文"。对散文的解释采用的是排他性的解释，非此即彼。自南宋至新文学运动的几百年间，这一阐述几无变化。尽管中国从先秦到清代，许多学者都努力探讨各种文类，但大家几乎一致地将非韵文章全部归于散文。由此，大量理论文章甚至于历史性著述都被归于散文门下。散文的疆域较之其他文学种类异常庞大，这也是中国古典散文成果非凡的重要因素。

　　20世纪初，大包大揽的散文仍然"活"在灰色的理论界。刘师培在

《文章源始》中还是以"散文"与"韵文"对举便是一例。然而，一种文体不可能永久处于包罗万象、无序发展的状态之中。文学革命将中国文章学推进到一个崭新的历史时期，古代文章学的旧有体式被打乱，各类文体处于大裂变、大融合的动荡中心，散文文体的裂变也成为历史的必然。发端于文学革命时期的现代散文文体自觉意识空前高涨，业界人士不断净化散文文体，现代散文逐渐摆脱古典散文的无定性，成为与小说、诗歌、戏剧并列的一种独立的文学体裁。这便是中国散文疆域的第一次裂变。

第一次裂变将散文从包罗万象的文史经书等极其宽泛的非韵文中分裂出来，自成一体。但经过痛苦裂变后的散文疆域呈现出既单纯又多元的特点。单纯是相对于古典散文而言的，它不再包含历史、小说等非韵文的文章，非文学类文章被排除出去。多元是相对于文学四分法中的小说、诗歌、戏剧而言的，散文比小说、诗歌、戏剧所包含的种类要多，它包括抒情散文、叙事散文和议论性散文。叙事散文又包括报告文学、速写、人物传记、回忆录、人物特写、游记等。议论性散文包括杂文、序跋体等。在突变的匆忙间，人们将尚处于胚胎期的诗歌、小说、戏剧以外的各种文学作品统统归于"散文"名下。

此时，似乎现代散文的疆域已定。其实，在外表安静的背后暗潮涌动。20世纪20—40年代，在散文的疆域中一直存在二元对抗的斗争：偏重于社会功能的散文（主要是杂文）与偏重于艺术功能的散文（主要是抒情散文和小品文）之间时常发生口角之争，都想将对方剔除出散文文体，捍卫自己理想的散文疆域。

1. 20世纪20年代

现代散文肇始于杂文，阿英在《现代十六家小品·序》中认为，这一期的小品（后来被称为散文）是以"随感"为主的，鲁迅的《热风》可作代表，阵容非常整齐，就是不采取"随感"形式的，也充分反映了战斗精神。1918年4月，《新青年》第4卷第4期首次开设"随感录"专栏，专门登载杂感。随后，《每周评论》《新生活》等报刊都开设"随感录"专栏。李大钊、陈独秀、周作人、刘半农、钱玄同，尤其是鲁迅，发表了许多载"五四"精神之"道"的杂文。杂文因其注重批判精神和破坏精神，表现出时代的锋芒和战斗力量。

在杂文蓬勃兴起之时，提高散文艺术性的呼声露出文界。这种呼声最早可追溯到1917年陈独秀、胡适等人对现代散文的关注。胡适提出"白话散文"这一概念，主张自由地说自己的话和时代的话。刘半农亦提出"文学的散文"，"所谓散文，亦文学的散文，而非文字的散文"[①]。这是继陈独秀和胡适强调思想革命后，第一次提出散文的"文学性"问题。之后，有三篇文章详细阐析了这个问题：周作人于1921年发表的《美文》，王统照于1923年发表的《纯散文》，胡梦华于1926年发表的《絮语散文》，尤其是《美文》对20世纪中国抒情散文的发展具有宣言和示范意义。这三篇文章所用概念存在差异，但共同强调散文的审美性。周作人在《美文》中提出了"美文"概念，认为"美文"是艺术化的，是注重叙事和抒情的，同一切文学作品一样，要真实简明，写自己的思想，用艺术的方法表现个人的感情。周作人提出的"美文"与刘半农提出的"文学的散文"有某些内在的因缘，都是针对散文过于注重社会、政治批评，少了文学性和艺术性而提出的。周作人的这一观点很快得到其他作家的响应。1921年11月，瞿秋白在《赤都心史》序言中就表示，《赤都心史》将记载他个人的心理，愿意突出个性，印取自己的思潮。1922年，许地山称自己的散文集《空山灵雨》是记个人心中似忆似想的事。朱自清也认为，散文中可爱的正是这个"自己"，可贵的也正是这个"自己"。王统照在《纯散文》中提出"纯散文"这一概念，倡导文学散文，强调散文的文学性。胡梦华在《絮语散文》中提出"絮语散文"这一概念，认为"絮语散文"是一种不同凡响的美的文学，是散文中的散文。王统照和胡梦华的文章是在周作人《美文》基础上的又一次突破。"美文"、"纯散文"和"絮语散文"其实就是后来所说的小品散文。如果说上述三篇文章仅仅提出散文应重视艺术性的构想的话，那么，徐蔚南1926年为王世颖的《侄偬》写的序，则包含了具体的操作手段。徐蔚南提出，写散文应该做到"印象的抒写"、"暗示的写法"、"题材常采取即兴的一点"。

小品散文的创作与理论同步却又比理论更加繁盛。胡适在1922年3月发表的《五十年来中国之文学》中认为，这几年散文方面最可注意的是周作人等提倡的小品散文，它们用平淡的谈话包藏深刻的意味；有时很笨拙，其实却很滑稽。这一类作品的成功，彻底打破"美文不能用白话"的

---

① 刘半农：《我之文学改良观》，《新青年》1917年第3卷第3号。

迷信了。周作人、冰心、朱自清、鲁迅的《野草》和《朝花夕拾》等昭示了现代抒情散文的个性，展现了卓然不群、优雅清新的独特身姿，与杂文一道取得了独立于世的资格。

2. 20世纪30年代

从散文的实绩来看，本时期小品散文和杂文成就不分高下。这时期的小品文偏重主观感情，追求散文艺术的独立，出现了一批成绩卓著的散文家。何其芳营造唯美的散文；林语堂独抒性灵，提倡幽默闲适；丰子恺在叙事抒情中思考人生，情调高远，韵致高雅；李广田借散文编织自己的乡土"画廊"；沈从文依然以"乡下人"的眼光借散文构筑他的"希腊小庙"；冰心用典雅的语言憧憬爱的天国世界；朱自清的散文情感朴素，构思缜密。

与此同时，杂文创作蔚然成风。以登载杂文为主的刊物不断涌现，《申报·自由谈》《太白》《新语林》《芒种》等杂志都是当时刊登杂文的著名刊物。围绕这些刊物，出现了一个杂文作家群，瞿秋白、唐弢、徐懋庸、聂绀弩、巴人、曹聚仁等。在这群作家中，鲁迅是一面大旗。

就在小品散文与杂文创作齐头并举之时，有关所谓"宇宙和苍蝇之争"兴起。林语堂1934年4月在《人间世》发刊词中说："宇宙之大，苍蝇之微，皆可取材，故名之为《人间世》。"人们于是用"只见苍蝇，不见宇宙"来讽刺林语堂。关于"宇宙和苍蝇之争"，从争论内容看，是发挥散文的社会功用还是重视散文的艺术特性的争论。从散文的类型看，其实也是杂文与小品散文之争。

20世纪30年代，随着小品文的繁荣，对小品文的研究异常活跃，不仅出现了很多论文，而且还出现了不少专著。论文以郁达夫的《清新的小品文》为代表，论著以阿英的《现代十六家小品》和李素伯的《小品文研究》最值得重视。此外，林语堂此时期的散文观也值得重视，他在《论幽默》《论文》等作品中反复倡导幽默、闲适、性灵，"性灵就是自我"，"文章者，个人之性灵之表现"，"学文必先自解脱性灵参悟道理始"，"文章至此，乃一以性灵为主，不为格套所拘，不为章法所役。……是谓天地间之至文"。林语堂将重点放在自我心灵解放的层次，试图建立一套与以往散文价值体系不同的价值观。与此不同的是，一批左翼作家因重视文学的社会功用而提倡杂文，如1934年7月，茅盾在《文学》第3卷第1号上发表《关于小品文》，认为"小品文在'高人雅士'手里是一种小玩意儿"，"应该把'五四'时代开始的'随感录''杂感'一类的文章作为新小品文的基础，继续发展下去"。左翼作家即使使用"小品文"一词，也是将小品文当作杂文，偷换了概念。鲁迅在《小品文的危机》中认为，生存的小品文，必须是匕首，是投枪，能和读者一同杀出一条生存的血路的东西，可见，"小品文"的概念已经被置换为杂文，更有人明白无误地说："我的所谓小品文，其实就是现在一般人所浑称的杂文。"[①] 杂文具有批判性，特殊的时代偏好杂文，杂文成为时代的选择。同时，由于鲁迅的倡导和实践，杂文取得了丰硕的成果。

在杂文、小品散文此消彼长、争论不休之时，部分看重散文艺术性、提倡小品散文的作家的思想也发生了一些动摇，其观点摇摆不定。比如，朱光潜在《论小品文》（1936）中表示，他也深深地觉得，小品文之类的文学和所在的时代环境间有着"离奇的隔阂"，并不无忧虑地说："滥调的小品文和低级的幽默合在一起"，"世间有比这更坏的东西么？"左翼作家的观点因多难的国势而占据上风。

3. 20 世纪 40 年代

承袭 30 年代的余风，杂文依然占有一定的市场。在国统区以《野草》为阵地，形成了以聂绀弩、夏衍等人为代表的杂文作家群。在孤岛上海，以巴人、唐弢为代表的作家创作了一些较为优秀的杂文作品。解放区也有一定数量的杂文。但此时的杂文数量虽多，批判的锋芒却锐减，也缺少鲁迅杂文思想的深刻性。抒情散文的数量、质量较之前一阶段也都有所下降。散文内部的疆域之争暂时有了一个阶段性结束，杂文和小品散文两败俱伤，谁也没法将对方赶出散文领域。新文学一开始便承担着双重重任：文学形态的转换和救亡图存的时代重任，散文内部涌动着的疆域之争正是这种特点的体现。

1937 年 7 月，中国开始抗日战争。这场战争促进了通讯、报告文学的加速发展。通讯、报告文学构成本阶段散文创作的基本景观。本时期，有人依然将通讯、报告文学命名为"小品"，如巴人就说："我所喜欢的小

---

① 唐弢：《小品文拉杂谈》，陈望道编：《小品文和漫画》，生活书店 1935 年版。

品文，是有骨有肉，又有血的有生气的东西，是所谓报告文学。"[①] 之所以在这时出现了报告文学的热潮，是因为时代对文体的选择。正如茅盾所说，报告文学是"我们这匆忙而多变化的时代所产生的特性的文学式样"，"读者大众急不可耐要求知道生活在昨天所起的变化，作家迫切地要求将社会上最新发生的现象（而这是差不多天天有的），解剖给读者大众看"。而且，茅盾特别强调报告文学是新闻性和文学性相结合，报告文学应该将生活中的事件及时报告给读者，但"它必须充分的形象化，必须将'事件'发生的环境和人物活生生地描写着"[②]。这一观点影响了后来的报告文学的创作。解放区的报告文学数量增多，新闻性减弱，以人物为主体的文学性增强。华山的《窑洞阵地战》《英雄的十月》，周而复的《诺尔曼·白求恩片断》和刘白羽的《环行东北》都是当时的代表之作。这些作品利用典型事件和生动细节相结合的方式，提高了报告文学的审美性。而且，这时期参与报告文学创作的人数众多，报告文学创作几乎成为一种群众性的大众创作，如冀中区党政领导曾发动10万人参加报告文学创作，后结集为《冀中一日》。第三野战军政治部动员全体战士参与创作，后来结集为《渡江一日》。这一阶段报告文学的热潮为散文疆域的第二次裂变奠定了基础。

由上面的简单梳理可以看出中国现代散文的发展路径：20年代小品散文、叙事散文、议论散文（主要体现为杂文）齐头并进。30年代杂文、小品散文在斗争中未能决出高下，成绩均等，报告文学开始浮出地表。40年代报告文学长足发展，成为主流。

（二）散文疆域的第二次裂变

散文疆域的第一次裂变发生在文学和非文学之间，散文疆域的第二次裂变发生在散文内部。第二次裂变将报告文学、通讯、特写从散文中剥离出去，散文的疆域更为"纯净"了。

报告文学从散文中脱离出来，是经历了60多年的发展历练的。报告文学是舶来品。20世纪20年代，报告文学出现滥觞之作——瞿秋白创作

---

① 巴人：《小品文的前途》，陈望道编：《小品文和漫画》，生活书店1935年版。
② 茅盾：《关于"报告文学"》，《中流》1937年第1卷第11期。

的《饿乡纪程》《赤都心史》。20世纪30年代，报告文学这一概念正式提出。1930年8月4日，"左联"通过的决议《无产阶级文学运动新的情势及我们的任务》提出"创造我们的报告文学"的口号，并介绍国外一些著名的报告文学家，翻译国外优秀的报告文学作品和报告文学的相关理论，为报告文学的发展起了推波助澜的作用。首先，这一阶段报告文学的收获体现为几部大型报告文学集的出版：1932年，阿英编《上海事变与报告文学》，反映上海"一·二八"事变。1936年，茅盾主编《中国的一日》，梅雨主编《上海的一日》。其次，出现了几部优秀的报告文学作品，夏衍的《包身工》是中国报告文学成熟的标志。除此之外，宋之的的《一九三六年春在太原》，范长江的《中国的西北角》，邹韬奋的《萍踪寄语》《萍踪忆语》，丘东平的《我们在那里打了败仗》和萧乾的《刘粹刚之死》等都在当时产生了较大影响。报告文学发展到20世纪40年代成为散文中的一枝奇葩。新中国成立后，杂文没有得到长足的发展，尽管曾出现过两次复兴的迹象，但最终没有形成气候，抒情散文的发展路径也十分狭窄，唯有报告文学的发展迅猛，乃至到20世纪80年代后期自树旗帜、另立门户。

新中国成立后，中国的报告文学经历了三次高潮：

第一次高潮：1949—1957年上半年。

新中国成立之初（1949—1956），朝鲜战争是一个热点，由于报告文学、战地通讯贴近现实，而且反映现实快捷，很快被时代选中，报告文学乘势而上。经常所说的新中国成立之后，散文有一个良好的开端，实际上是特写、通讯和报告文学有一个良好的开端。巴金的《生活在英雄们的中间》《我们会见了彭德怀司令员》，魏巍的报告文学集《谁是最可爱的人》，黄钢的《最后胜利的预告》，菡子的《从上甘岭来》，陆柱国的《中华男儿》等作品追求社会宣传性和审美性的结合，引起社会的极大关注。

50年代"双百"方针的提出以及由苏联作家奥维契金提出的"干预生活"传入中国，报告文学的批判功能重新被作家所重视，文坛出现了一批"干预生活"的报告文学。耿简的《爬在旗杆上的人》，白危的《被围困的农庄主席》，刘宾雁的《在桥梁工地上》《本报内部消息》等报告文学多指向官僚主义。其作品的社会功能偏重于认识性、批判性、思考性，审美功能偏重于悲剧性。尽管这次报告文学热潮出现的时间短暂，仅

1956—1957年上半年，但改变了新中国成立以来报告文学的颂歌形式。

第二次高潮：1960—1966年。

1960年，《文艺报》发表《充分发挥报告文学的革命威力》。1963年3月，《人民日报》编辑部和中国作协邀请三十多位作家和记者座谈报告文学创作，对报告文学的时代精神、题材风格、技巧、真实性等问题进行了探讨。1964年，《文艺报》又发表题为《进一步发展报告文学创作》的专论。理论的倡导带动了创作的发展，很快出现了《为了六十一个阶级弟兄》《红桃是怎么开的》《为了周总理的嘱托——记农民科学家吴吉昌》《向秀丽》等报告文学。这些作品歌颂社会主义道德，闪耀着共产主义精神，激励了整整一代人。从写作技巧看，这时的报告文学已经借鉴小说的一些描写技巧，如细节描写、人物语言的个性化、心理刻画、环境烘托、情节化等，报告文学向小说倾斜。

第三次高潮：20世纪80年代中后期。

20世纪80年代中后期，文学的"向内转"使之逐渐失去前一阶段的轰动效应，而报告文学在现实性、批判性上替代其他几种文学样式，极大地满足了人们的这一审美要求。这一时期依次出现了"全景观式报告文学"、"集合式报告文学"、"小说式报告文学"、"历史反思型报告文学"。出现了一批具有轰动效应的作品，如《中国农民大趋势》《唐山大地震》《阴阳大裂变》《中国的"小皇帝"》《人生环形道》《将军的泪》等。发展到此时，报告文学已经完全具有独立的品格，显示出独立的文体特征和审美特点。在60多年里，报告文学在散文这个母体中躁动着、挣扎着，企图迅速地以独立生存的方式自立于各种文学样式之中。期望在文学这个大坐标中找到自身的位置，找到一个有利于自身长期发展的基点。时至今日，它终于从散文的母体中剥离出来，完全脱离了对散文的依附，散文已不再涵盖、包容报告文学。与此一道剥离出来的还有通讯、特写、人物传记、回忆录。至此，散文的疆域演变为：其一，小品、随笔一类的抒情散文；其二，以记人、叙事、写景、状物为主，表达方式上以叙述描写为主的叙事散文；其三，杂文、序跋一类的议论性散文。散文不再包括报告文学、速写、人物传记、回忆录、人物特写。散文疆域的变化经历了从宽泛、包容、不确定到文体限定、内在规定性明确的发展过程，这一过程也是散文不断增强文学性的过程，其结果是更加突出了艺术散文的卓然风姿。

文体的演变是文学本体的重要组成部分，散文文体的变化历史也就是现代散文发展的历史。散文疆域的变化既是时代对文体选择的结果，也是散文内部斗争的结果。

本体论：散文文体的内在规定性

不同文体的本体有不同的内涵，它受制于不同文体各自存在的独立特征。散文是最能体现作家独立生存的一种文体，它最宜于展示作家的心理品格、文化品格、哲学品格和审美品格，作家的喜怒哀乐，作家的人性、人情常常在散文中淋漓尽致地展现出来。散文也是一种取材广泛、内容丰富、形式多变、结构灵活、手法多样的文学体裁。

（一）散文文体的性质：真情实意

散文的品格是真实，没有真实就没有散文。散文最打动人心的是它的真实，最难写的也在于它的真实。真实包括客体真实和主体真实。

1. 就客体真实来看，散文是一种非虚构性的文体。

小说、戏剧是在客观现实的基础上，用虚构的艺术手法编故事。它们虽然以生活真实为依据，但更多的是加工、提炼、集中、概括，作者应该做超生活的艺术提炼和重组。散文只能对生活材料做恰当的选择、调度、剪接，无论是写人还是记事，无论是写自身还是写他人，无论是抒情还是写景都讲究"真实"。散文作者只能选择，不能虚构；只能浓缩，不能臆造。小说、戏剧偏重于再现，散文也具有再现性的文体范式特征，但小说、戏剧的再现可以是虚构的，散文的再现必须是真实的，是作者亲身经历过的。如果为创作散文而伪造事实，这样创作出来的散文只能叫"伪散文"。诗歌偏重于表现，散文也具有表现性的文本审美特征，但诗歌的表现具有概括性和变形性，散文的表现是写实的。

真实必须是实实在在的"存在"，而不是虚构的"真实"。中国20世纪五六十年代，散文创作也提出了"写真实"的原则，但其实质是虚假的真实，把一些夸饰的东西硬说成是真实。直到20世纪80年代初，巴金才以自己的创作实绩和提倡"说真话"的散文观念扭转了这一现象，掀起了新时期散文审美观念的第一次变革，恢复了散文敢于说实话，敢于哭泣，敢于痛快淋漓宣泄的品格。

2. 就主体真实来看，散文必须表现作者的真情，散文是作者个性化、主观化的情志结合，散文应凸显作者的个性。

现实主义的文学创作要求作者逼真地、直接地反映人们的日常生活，但并不意味着现实主义的文本将失去作者的个性。并不是所有的生活形象都能转化为文学创作对象，进入作家创作视野的生活对象都是经过创作主体主观体验过滤和加工的，带上了创作主体鲜明的个性色彩，都是以主体精神的自我人格为基础的。有什么样的作者个性，就有什么样的文本个性。众多创作主体的个性构成五彩缤纷、多姿多彩的文本世界。然而，小说、戏剧的作者面目隐藏在故事后面，诗歌虽然也较为直接地倾吐感情，但诗歌可以凭借音韵格律等外在形式饰掩真实的作者，散文比其他三种文体更倾向于追求无技巧的技巧，所以散文是最无法遮掩作者本色之相的艺术，它不可能借助外在形式遮掩作者自己，展现在读者面前的是一个赤裸裸的作者。作者的彷徨不定、喜怒哀乐、哲思情怀，乃至于见不得人的不光彩的事情都一一裸露出来。假如把读诗比作雾里看花，品读散文则如丽日蓝天下观山赏水，一清二楚，真相大白。

散文中常常有一个第一人称"我"。这个"我"或者是抒情、叙事的主要承担者（如《听听那冷雨》中的"我"），或者是抒情叙事中的配角（如《怀念萧珊》中的"我"），或者仅仅是抒情、叙事中的一个目击者（如《挥手之间》），不论"我"处于文本中的什么位置，这个"我"基本上等于作者自己。"千万注意坦率地表露自己的真情实感和内心图景，千万别将内心封闭起来假装崇高，否则是无法让读者相信作者真正是崇高的"，"虚假是散文的大敌！雕琢和造作会使散文受到致命的损伤"[①]。

散文之所以难写，就是因为作者要有大胆暴露自己真情实感的勇气。高尔基认为，散文比诗难写；泰戈尔也感到写诗是一种快乐，写散文就是痛苦；冰心认为，能够把散文写得动人不是一件容易的事情，因为一切出于真挚和至诚，不带有虚假性的"矫情"。作家既是表现者，又是被表现者，是这样创作着，也是这样生活着。巴金认为，他的任何一篇散文里都

---

① 《林非论散文》，江西高校出版社2000年版，第32页。

有他自己。从《随想录》中,我们看到一个自我忏悔、自我批判、崇尚质朴、师法自然的睿智老人。鲁迅说:"我早有点知道:我是大概以自己为主的。所谈的道理是'我以为'的道理,所见的情状是我所见的情状。"①鲁迅又说,他写杂文"如悲喜时节的歌哭一般","无非借此来释愤抒情"②。站在读者面前的是一个"站在沙漠上,看着飞沙走石,乐则大笑,悲则大叫,愤则大骂,即使被沙砾打得遍身粗糙,头破血流,而时时抚摩自己的凝血"③的勇士。从鲁迅的散文中,我们看到一个向着"无物之阵"依然举起投枪的"精神战士",这个战士有苦闷、有彷徨,但坚毅、执着,即使前面是坟墓,是死亡,也要迎着死亡并穿透死亡坦然走去,生命朝向决不改变。这个战士勇敢地面对恫吓、流言、围剿,拒绝一切怜悯、布施、劝说,不计成败得失,更不半途落荒而逃。

客体真实和主体真实结合在一起形成散文情境的真实。所谓"境"是指人们日常生活中的人、事、景、物、理的具象,所谓"情"是指作家接触"境"所激发的独特的体验与感悟。"境"具有成为创作对象的无限的可能性,但要真正进入作家的视野,必须与创作者的"情"趣相投,经过"情"的浸染和孕育,才能化入作品。"情"与"境"的"遇合"不是散文家内在心灵世界与外在描写世界的简单相加,更不是机械缝合,而是一种历史与现实之间,时代与"我性"之间,外在与内在之间进行的充满矛盾与智慧的痛苦的交谈。只有"境"的真实或者只有"情"的真实都是不完整的真实。散文情境与现实生活的直接性和写实性,与作家的主观化和个性化因素紧密相连,使得散文成为最能体现鲜明个性的文学文体。情境的个性化和真实性是散文文体的第一天性。

(二) 散文文体的构成:情的世界

散文表现外在世界,但只有外在世界被创作主体的内在精神性因素纳入、同化,被融为同质的精神旨趣时,才能成为作品观照与表现的对象。

---

① 鲁迅:《华盖集续编·新的蔷薇》,《鲁迅杂文全集》,河南人民出版社1994年版,第220页。
② 鲁迅:《华盖集续编·小引》,《鲁迅杂文全集》,河南人民出版社1994年版,第189页。
③ 鲁迅:《华盖集·题记》,《鲁迅杂文全集》,河南人民出版社1994年版,第133页。

一切文学创作都是作家对外界信息进行整合、同化于内心的一个审美过程。但在叙事类文学创作中,"主体被对象所淹没",在抒情类文学创作中,"主体不但把对象包含在自身中,溶解它,渗透它,并且还从自己的内心深处吐露出那些和对象发生冲突时所激起的感受"①,叙事类作品创作主体处于相对被动的地位,而散文的创作主体处于相对主动的地位,对世界的拥抱,也就是对"完整的情绪世界底拥抱"②。散文对于客观的社会生活或自然图景的再现,往往反射或融合于对主观感情的表现中间。散文注重作者内心情感的锤炼,往往在逼真的情景里引起读者情绪的波动,因而散文是一种侧重于表达内心体验和抒发内心情感的文学样式。散文作家内心涌动着情感的潮流,是敏感的心灵与瞬息万变的现实人生交相呼应的人情人性的流动,是优美文字与优美情感的恰切融合。散文的笔调往往充溢着一种浓重的情韵,情韵能让读者心中生起丰富的感受,从而使读者爱上散文。巴金曾说:"我写小说不论长短,都是在讲自己想说的话,倾吐自己的情感。""我只是用自己的感情去打动作者的心。"③ 他的《随想录》更是奔泻着热烈的情感。《怀念萧珊》打动读者的是从心灵深处汩汩流淌而出的爱妻之情,对妻子的这份情感是如此的诚挚、深沉,也有沉重的苦难。从作品中可以感受到他和妻子的那份情感天长地久,达于永恒。

小说、戏剧、影视也可以抒情,但小说创作者、戏剧创作者、影视创作者比较多的是依托人物、事件、环境等来间接抒情。散文创作者更多的是直抒胸臆。诗歌也抒情,但诗人是借高度概括的甚至是变形的意象来抒情,散文创作者则依托真实形象,依托事件和景物来抒情。

(三)散文文体的传达:"散"

散文的"散"体现在两个方面:题材的宽泛和写法的自由。

1. 题材:无所不包、无所不容

散文最容易将人们的日常生活转化为文学艺术。与小说、诗歌相比,艺术选材的限制被淡化了。散文的题材没有一定之规,材料是无限的,凡

---

① 《别林斯基选集》第 3 集,辛未艾译,上海译文出版社 2006 年版,第 297 页。
② 胡风:《关于诗和田间底诗》,《七月》第 5 集第 1 期。
③ 《巴金选集》中册,人民文学出版社 2005 年版,第 393 页。

是被散文创作者感受和体验过的日常生活中的人、事、景、物、理都能成为散文的写作题材，它可以是现实，也可以是历史；可以是现在进行时，也可以是过去完成时。它既贯通古今，又融合中外，时间不分古今，空间不分中外，分量不分大小。既可以记录风土人情，也可以描摹自然风景；既可以模拟宇宙万象，也可以深入内心幽微深渺的意识和无意识中；既可以咏叹自然山水、人文景观、动植物世界，也可以描叙、抒发作者思想精神求索的心路历程；既可以抒写国计民生的重大题材，也可以写家庭琐事、凡人俗事。上入天，下入地，思绪荡漾，神驰物外。自然万物、各色人等、中外古今、家事、国事、天下事……皆可进入散文的视阈。散文取材的广泛性是小说、戏剧、诗歌都不能与之相比的。散文题材的"家常性"、"随意性"和"自由性"，有效地拉近了生活与文学的距离，天然的优势使散文得天独厚地拥有最大的作者群和读者群。

2. 写法：无法之法的自由书写

散文的创作既简单又复杂。之所以简单，是因为散文是最缺少规范，最可以随意创作的一种文体。之所以复杂，是因为没有规范，也就难于把握。散文是一种无法之法的自由书写，散文的格式就是没有格式。鲁迅认为，散文是大可以随便的，即使有破绽也无妨。

散文的结构多样，具有极大的随意性，可长可短，可聚可散，如行云流水，行于所当行，止于所当止。

散文的表现手法多样，能综合运用多种表达方式。记叙、说明、抒情、议论、描写等多种表达方式皆可使用。可以借鉴小说的细节、情景、肖像、情节描写，也可以借鉴话剧的人物对话，还可以借鉴诗歌的意象、意境、旋律、节奏。铺叙伸展，描摹刻画，抒情议论，散文无所不用。

散文绝无创作规则，它在作家的创作中逐渐被创造，并且将永远被创造。

自由的文体形式，决定了散文不可能被内在模式化，否则有悖于散文的自由精神。一旦某种形式被作为模式固定为散文创作的模本，散文就将失去它的生命。新中国成立"十七年"中"杨朔散文模式"的出现就是一个很好的例证。此外，将"形散而神不散"作为散文创作的一个原则也违背了散文的自由精神。

鉴赏论：关于散文的细读

如何阅读散文，有很多研究者从不同角度进行过阐释，比如有研究者提出，要抓线索，理思路，体味散文的意境美，把握文眼，寻找并理解关键句。有研究者提出，要注意分析散文的表达技巧，体会散文的语言艺术、表现手法（象征、铺垫、烘托、衬托等）、结构手法（转换、过渡、照应、详略等）、语言修辞（比喻、拟人、夸张、对偶、排比、反复、反问、设问等）。这些都是很好地阅读散文的视角。结合本教材，我们强调下面三点：

第一，阅读散文应该清楚地了解散文。散文是在漫长的文学发展过程中，边界、内涵逐步清晰、确定的文体。它最能原生态地体现作家的特立独行，最能个性化地反映社会生活。它以创造情境为中心，取材广泛、内容丰富、形式多变、结构灵活、手法多样。它包括小品、随笔这一类的抒情散文和以记人、叙事、写景、状物为主的叙事散文以及杂文、序跋体一类的议论性散文。散文的特质规约着散文的阅读。

第二，由于散文是一种无法之法的自由书写，细读散文也只能顺其特征，进行无法之法的自由阅读。阅读散文的"无法"体现在阅读散文没有任何的阅读原则上。假如一定要给出散文细读的原则，那么只有一点：必须遵循散文的文体特征。当然，如果仅限于此，我们将走进历史的虚无主义。为了逃出虚无主义的泥淖，我们应该看到散文的阅读也遵循一定的法则，比如根据现代散文的不同种类进行分析；比如根据散文最能体现作者个体精神的特点，分析散文中所彰显的作者的主体精神；比如借助于互文性理论，参照作家其他题材的文本，尽可能排除受伴随文本影响而产生的成见，分析文本可能具有的最丰富的意义，对文本进行"充分阅读"；比如根据散文综合运用多种表达方式的特点，从情节化的叙写、细节、人物对话、意象、修辞手段等方面分析文本。如果我们采用逻辑推理的方法回答如何细读散文或细读散文的技巧，那么答案将会大而无当。本教材对每一篇散文文本的分析都蕴含着具体、实在的细读散文的方法，我们认为，通过阅读这些文章，自己感受、总结细读散文的方法将远比逻辑推理的论证有益。

第三，感觉到的东西，我们并不一定真正理解它；而只有真正理解了的事物，我们才能更好更全面更强烈更深刻地感觉到它。我们应该看到，掌握散文细读的方法是手段而不是目的，我们的终极目的是很好地、自如地欣赏丰富多彩的散文艺术。掌握方法的最高境界是学到某种方法，而后忘记这种方法，并游刃有余地自由运用这种方法。学习细读散文的方法，应该是为了最终忘掉方法，得到"意"而忘记"形"，然后进入渗透着理性因素的直觉领略散文之美的最高境界。

本教材在选篇目时遵循经典性与可读性兼顾的原则，以解读文本和提示散文细读方法为目的。本教材以所选文章发表先后为序进行编排。由于篇幅限制，本教材不收录原文，同学们在学习时，应先找到相应版本的阅读原文。本教材思考题设置灵活多样，有的是考查对本教材分析材料的理解程度，有的是提供进一步思考的方向，同学们可以根据自己的情况有选择地完成。

第一讲

《桨声灯影里的秦淮河》：
梦与内在人格

  1923 年 8 月初，朱自清与挚友俞平伯到南京游历，并在离开南京的前一夜游玩秦淮河。回到温州，秦淮河伐舟的感受如海潮般不时地拍击着朱自清心灵的堤防，激起其强烈的创作冲动。10 月 11 日夜晚，朱自清写下被周作人誉为"白话美术文的模范"的著名美文《桨声灯影里的秦淮河》。[①] 俞平伯也将此事写成同名散文，两篇散文同时在《东方杂志》第 21 卷第 2 号上发表，成为现代散文史上的一桩佳话。"文笔的别致，细腻，字句的讲究，妥帖，与平伯的文字各见所长。总之，在那个时期的白话散文中，这两篇都颇动人，流传甚速。"[②]

  朱自清在声光色彩的协奏中，细写船只、绿水、灯光、月光、歌声……描绘出秦淮河水、灯、月交相辉映的夜色美景。不求气势豪放，而以精巧取胜。明丽中不见雕琢，淡雅而不俗气。文章平淡中见神奇，意味隽永，有诗的意境，画的境界，文中有画，画中有文。也正是由于这篇散文有着优美绚丽的意境，满贮着诗意，人们在阅读这篇散文时过分追求艺术的阐释而忘却了散文中所包含的作者情感。即使阐析情感，也只是分析朱自清拒绝歌妓所体现出的道德自律性。这篇散文的价值仅于此吗？

  朱自清在《文艺之力》中曾说：

---

  ① 本文有关《桨声灯影里的秦淮河》的引文均出自朱乔森编《朱自清全集》第 1 卷，江苏教育出版社 1990 年版。

  ② 王统照：《朱佩弦先生》，转引自陈孝全《朱自清传》，北京十月文艺出版社 1991 年版，第 71 页。

我们天天关闭在自己的身份里,如关闭在牢狱里;我们都渴望脱离了自己,如幽闭的人之渴望自由。我们为此而忧愁,扫兴,阴郁。文艺却能解放我们,从层层的束缚里。文艺如一个侠士,半夜里将我们从牢狱里背了出来,飞檐走壁的在大黑暗里行着;又如一个少女,偷偷开了狭的鸟笼,将我们放了出来,任我们向海阔天空中翱翔。我们的"我",融化于沉思的世界中,如醉如痴的浑不觉了。在这不觉中,却开辟着,创造着新的自由的世界,在广大的同情与纯净的趣味的基础上。

这种解放与自由只是暂时的,或者竟是顷刻的。但那中和与平静的光景,给我们以安息,给我们以滋养,使我们"焕然一新"。故解放与自由实是文艺的特殊的力量。①

这段话告诉我们,文艺创作能让作者摆脱现实的束缚,使心灵得到释放;因而,"解放"与"自由"是文艺的特殊力量。基于对文艺的这种认识,朱自清将创作看作"自我无限的扩大"。如大家所知,弗洛伊德将人格结构分为三个层次:本我、自我和超我。超我运用社会原则来压抑"本我"冲动。"本我"的"原欲"是人的终极动力,在现实中如受到长期压抑而得不到满足,就会使人走向毁灭。于是,自我和超我就力求让"原欲"在文学艺术中得到宣泄。联系弗洛伊德的理论,朱自清就是借助文艺创作来释放压抑的内心,在文艺作品中裸露自己的内在人格。换一个角度来看,透过作品,读者可以窥视朱自清的"本我"形象。

如果我们同意上述看法,那么《桨声灯影里的秦淮河》一个更重要的意义在于,这篇散文袒露了朱自清的内在人格,这是现实中朱自清极力压抑、不易被人觉察的一面。

《桨声灯影里的秦淮河》透露出朱自清哪些内在人格?要解答这个问题,应该注意本篇散文的两个关键词:"心枯涩"和"梦"。在现实生活中,心枯涩得太久太久了,因而,朱自清在夜色笼罩的秦淮河做了一个"梦"——在朦胧雾霭的秦淮河邂逅了一位风姿绰约、风情万种的女性,

---

① 朱乔森编:《朱自清全集》第1卷,江苏教育出版社1990年版,第106—107页。

随着"梦"的终止，朱自清内心矛盾、焦躁不安。从朱自清所做的"梦"可以看出朱自清浪漫、热烈、好幻想、思绪翩翩的内在人格。

关于朱自清内心的枯涩

朱自清的内心缘何枯涩，而且枯涩得太久太久了？在《桨声灯影里的秦淮河》中朱自清没有解答这个问题，然而，要深入理解这篇散文，读者又不得不追问这个问题。

综合朱自清1923年前后的思想生活，朱自清内心的枯涩源于两个方面：家庭的重压和现实无为的惆怅。

家庭的重压："早婚"、"多子"、"父爱的威严"是朱自清感受到的家庭重压。朱自清曾经有两个哥哥，但遗憾的是都早夭了。因此，朱自清出生时，被视为珍宝，为了保佑他能健康成长，家人特地给他耳朵穿孔，戴上钟形金耳环。朱自清的父亲朱鸿钧当时仕途顺利，又知书达理，对儿子十分钟爱和重视，取苏轼诗句"腹有诗书气自华"，给他取学名"自华"；又因算命先生说孩子五行缺火，便借带"火"的"秋"字，应"春华秋实"之意，给他取号"实秋"。然而，作为长子长孙，朱自清肩负着传宗接代的重任，还不满11岁，长辈就为他四处张罗婚事。上北大预科的第一个寒假，一封家书便叫他回家结婚。之后，父亲又丢了差事，家庭经济逐渐拮据。婚后第二年，长子出生，家庭负债累累，为生计所迫，他决定三年读完四年的课程。北大同学回忆说："他是一个不大喜欢说话的人……我们同课桌坐过一学期，因为当时的座位是一学期一换，我们大概没有谈过两三句话"，"在同学时，他却已经显得很老成，我完全是个孩子的样子"[①]。在写作《桨声灯影里的秦淮河》时，朱自清已是两个孩子的父亲，而且妻子又已怀孕，这意味着生活的重担将更加沉重。生活的担子将朱自清压得无法喘气，使他少年老成。这种压力在他写的《自白》一诗中表露无遗：

[①] 杨晦：《追悼朱自清学长》，转引自陈孝全《朱自清传》，北京十月文艺出版社1991年版，第18页。

"担子"渐渐将我压扁；
他说："你如今全是我的了"。
我用尽两臂的力，
想将他掇开去。
但是——迟了些，
成天蜷缩在"担子"下的我，
便当那儿是他的全世界；
灰色的冷光四面反映着他，
一切都板起脸向他。①

与父亲朱鸿钧的不和谐也是家庭重压的一个因素。朱自清没有在任何公开的场所和文章中指责过父亲，相反，父亲充满爱的"背影"让广大读者接受了朱自清，"父子情深"经读者的发挥而被神圣化了。然而，朱自清与父亲之间并非如读者想象得那样亲密无间，相反，还存在一些不愉快。我们仔细阅读《背影》，就可以发现一些蛛丝马迹。《背影》中有一段被读者忽略的话：

他少年出外谋生，独立支持，做了许多大事。哪知老境却如此颓唐！他触目伤怀，自然情不能自已。情郁于中，自然要发之于外；家庭琐屑便往往触他之怒。他待我渐渐不同往日。

这段话一是因为写得较为含蓄，二是因为前面父亲的背影太让人感动，一般读者对此就忽略不计了。但从这里尤其是"待我渐渐不同往日"一句，我们隐约感受到朱自清与父亲一定发生过某种难言的沉痛的往事。根据史料，朱自清与父亲确实发生过不和谐的事情。朱鸿钧是一个不乏父爱但又有着浓重父权思想的男性。在对待朱自清的发妻武钟谦的问题上表现出浓重的旧式家长礼教色彩，他希望媳妇是一个芊芊作细步、对公婆低眉顺眼的女性。而武钟谦虽然是个端庄秀丽、温婉柔顺的女性，但活泼爱笑，还常回娘家，对此，朱鸿钧很有意见，并写信指责朱自清没有管好妻

---

① 朱乔森编：《朱自清全集》第1卷，江苏教育出版社1990年版，第30页。

子。为了缓和家庭矛盾,承担一位男性养家糊口的重任,朱自清从1920年北京大学哲学系毕业后,主动放弃了原本在北京发展得很好的文学事业,回到浙江教中学。对于父亲对武钟谦的指责,朱自清也敢怒而不敢言。这种情绪朱自清借小说《笑的历史》得以详细表现。《笑的历史》发表的时间也是1923年。《笑的历史》里的女主人公少奶奶,婚前本是个天真烂漫、爱说爱笑、活泼健壮的少女。嫁到夫家后,公公因仕途不顺,生活潦倒,时时迁怒于媳妇,姨娘、弟妹、佣人等都随公公明讥暗讽少奶奶。而少奶奶的丈夫,很爱她,也很同情她,心疼她,很愿意以"人"的待遇对待妻子,但迫于父亲的威力,却只能眼巴巴地看着妻子受着"非人"的待遇,只能偷偷地软弱地嘤嘤啜泣。"在没受过新思潮洗礼的人,处在万恶的家庭里面,或不至于感受到痛苦吧?只不幸受了洗礼了,心里十分感着痛苦了,面子还是要敷衍,不得不敷衍,这可真是'哑子吃黄连了'。"[①] 小说这段独白可看成是朱自清痛苦灵魂的号叫。

此外,朱鸿钧对朱自清的爱有时也让朱自清感到无比压抑。1921年,朱自清在江苏省立第八中学任教务主任,这时朱自清已是两个孩子的父亲,而朱自清的薪水都是由学校送到他父亲手里,朱自清无权支配。父亲在儿子面前的绝对权威在《背影》中也时有体现,比如,那时朱自清已成家立业,而父亲命令他"你就在此地,不要走动",眼瞅着年迈体胖腿脚不便的父亲去为自己买橘子,虽然感动、心疼父亲的眼泪潸然落下,但朱自清居然"听话"地呆呆地站在原地,居然不敢违抗父命。由此可以想象"父亲"平时在家里,在朱自清心目中的权威地位。父爱在这里已演化为绝对服从和权威了。

现实无为的惆怅:1919年"五四运动"爆发后,朱自清曾经融入火热的时代,情绪振奋。参加北京大学平民教育讲演团便是一证。1920年5月2日,在毕业考试十分紧张的情况下,朱自清响应讲演团的号召,在北京街头作了题为《我们为什么要纪念劳动节》的演讲。然而,当他在杭州、台州、温州一带教书时,一方面"五四"的余热还未褪尽,另一方面面对现实又感到惶惑不安,除了教书,别无所为,正如《转眼》一诗所写:

[①] 朱乔森编:《朱自清全集》第1卷,江苏教育出版社1990年版,第84页。

理不清的现在，
摸不着的将来，
谁可懂得，
谁能说出呢？
况他这随愁上下的，
在茫茫漠漠里，
还能有所把捉么？
待顺流而下罢！
空辜负了天生的"我"；
待逆流而上呵，
又惭愧着无力的他。
被风吹散了的，
被雨滴碎了的，
只剩有踯躅，
只剩有彷徨；
天公却尽苦着脸，
不瞅不睬地相向。①

朱自清这时期的痛苦、困惑的心情在与好友俞平伯的通信中时常流露，如1922年11月7日《残信》中向俞平伯诉说："极感到诱惑底力量，颓废底滋味，与现代的懊恼"，"在旧时代正在崩坏，新局面尚未到来的时候，衰颓与骚动使得大家惶惶然。……只有参加革命或反革命，才能解决这惶惶然。不能或不愿参加这种实际行动时，便只有暂时逃避的一法"②。朱自清不满现实，却又无力反抗，想寻出路，却又四顾茫然，感到十分迷茫、苦闷、颓唐、彷徨。

家庭、社会双重的因素使朱自清的内心"枯涩"了。于是，朱自清邀请好友到秦淮河怀古探趣，躲避尘世间的烦恼，以追求暂时的宁静。"梦"

---

① 朱乔森编：《朱自清全集》第5卷，江苏教育出版社1990年版，第47页。
② 朱自清：《那里走》，《一般》1928年第4卷第3期。

的旅程起航了。

关于散文中的"梦"

如果说朱自清的名篇《背影》的"文眼"是"背影",那么,《桨声灯影里的秦淮河》的文眼就是"梦"。文章四次提到梦:第一次是在介绍秦淮河的"七板子"船最能钩人的灯时:"在这薄霭和微漪里,听着那悠然的间歇的桨声,谁能不被引入他的美梦去呢?只愁梦太多了,这些大小船儿如何载得起呀?"第二次提到梦是,"等到灯火明时,阴阴的变为沉沉了:黯淡的水光,象梦一般;那偶然闪烁着的光芒,就是梦的眼睛了"。第三次提到梦是,"电灯的光射到水上,蜿蜒曲折,闪闪不息,正如跳舞着的仙女的臂膊。我们的船已在她的臂膊里了,如睡在摇篮里一样,倦了的我们便又入梦了"。第四次提到梦是,上岸时"我们的梦醒了"。

(一)"幻灭的情思"——做梦的过程

从时空转换的角度看,《桨声灯影里的秦淮河》是按照上船——利涉桥——东关头——大中桥——利涉桥——下船上岸安排行文结构的。与这种时空转换相应的情感线索是:梦的开始——梦的发展——梦的高潮——梦的结束。

梦的开始:文章第一、二自然段是梦开始自由徜徉的肇端。"在夕阳已去,皎月方来的时候,便下了船。"粗略一看,这是作者向读者交代游览的现实客观时间,但从深层次上看,这更是作者向读者交代做"梦"的心理时间。夕阳已下,暮色四合的时刻正适合于人的内在意识的激活和流露。在夜色的笼罩下,白天的一切应酬礼仪、道德规范、繁杂俗事均可以暂时忘却,那些在白天遭到压抑和遮蔽而无法流露的潜意识,在夜晚借助夜色的遮掩轻松地获得释放。因而,在暮色降临的时刻,"我"和朋友游览秦淮河是被压抑的潜意识逃离意识的开端。接着,第二自然段借助"七板子"的介绍,粗略渲染了做梦的氛围。"七板子"上挂的灯"从两重玻璃里映出那辐射着的黄黄的散光,反晕出一片朦胧的烟霭;透过这烟霭,在黯黯的水波里,又逗起缕缕的明漪"。灯光蕴造着朦胧的"温柔之乡",听着悠然的间歇的桨声,朱自清"被引入"美梦去了,而且"只愁梦太多了,这些大小船儿如何载得起呀?"通过灯引入梦境。

梦的发展:第三自然段是游船通过利涉桥、东关头到大中桥的过程,其间朱自清借助水写梦的发展。秦淮河的水像六朝风情万种的佳丽,于是秦淮河水千姿百态、风情万种而又神秘莫测,秦淮河水"碧阴阴的:看起来厚而不腻,或者是六朝金粉所凝的","那漾漾的柔波是这样的恬静,委婉,使我们一面有水阔天空之想,一面又憧憬着纸醉金迷之境了"。面对如此柔情、神秘的秦淮河水,朱自清情不自禁地进入梦境——在视觉,听觉上起了奇妙变化:湾泊着的船和走马灯般的人物如"下界一般,迢迢的远了","又像在雾里看花,尽朦朦胧胧的"。那些沿河妓楼里飘来的,或是从河上船里度来的歌妓们的歌声,原本是些因袭的言辞,没有任何情感可言,加上又是"从生涩的歌喉里机械的发出来"的尖利声音,但现在,"它们经了夏夜的微风吹漾和水波的摇拂,袅娜着到我们耳边的时候,已经不单是她们的歌声,而混着微风和河水的密语了"。通过通感,将听觉转换成美丽、动人的视觉形象,以致朱自清竟"不得不被牵惹着,震撼着,相与浮沉于这歌声里了"。这真是"情以物迁,辞以情发"[①],"诗缘情而绮靡"[②]。

梦的高潮:第四、五自然段是梦的高潮。朱自清首先渲染大中桥外环境的暧昧与晦暗:"一眼望去,疏疏的林,淡淡的月,衬着蔚蓝的天,颇像荒江野渡光景;那边呢,郁丛丛的,阴森森的,又似乎藏着无边的黑暗。"这时的水也是冷幽的,"从清清的水影里,我们感到的只是薄薄的夜","秦淮河的水却尽是这样冷冷地绿着。任你人影的憧憬,歌声的扰扰,总象隔着一层薄薄的绿纱面幂似的;它尽是这样静静的,冷冷的绿着"。在这梦幻般的环境中,朱自清激情奔放的一面暴露出来了,他进入梦的高潮——平常不爱听的现在感觉有滋有味;见惯不惊的月亮也变成优雅的女性。尽管那"歌声和凄厉的胡琴声"不大受听,"但那生涩的,尖脆的调子能使人有少年的粗率不拘的感受,也正可快我们的意。况且多少隔开些儿听着,因为想象与渴慕的作美,总觉更有滋味"。情感的饥渴,

---

① 刘勰:《文心雕龙·物色》,人民文学出版社1983年版,第493页。
② 陆机:《文赋》,曹顺庆主编:《中华文化原典读本》,北京师范大学出版社2011年版,第319页。

距离美,加上丰富的想象,于是"竞发的喧嚣,抑扬的不齐,远近的杂沓,和乐器的嘈嘈切切"居然"合成另一意味的谐音,也使我们无所在地适从,如随大风而走"。朱自清带着诗人的疯狂,搏动着联想和想象的双翼,开始自由地飞翔在秦淮河的"梦"中了,"梦"的内容是饱含朱自清"美人幻象"的"月儿":

> 但灯光究竟夺不了那边的月色;灯光是浑的,月色却是清的,在浑沌的灯光里,渗入了一派清辉,却真是奇迹!那晚月儿已瘦削了两三分。她晚妆才罢,盈盈的上了柳梢头。天是蓝得可爱,仿佛一汪水似的;月儿便出落得精神了。岸上原有三株两株的垂杨树,淡淡的影子,在水里摇曳着。它们那柔细的枝条浴着月光,就象一支支美人的臂膊,交互的缠着,挽着;又像是月儿披着的发。而月儿偶然也从它们的交叉处偷偷窥看我们,大有小姑娘怕羞的样子。岸上另有几株不知名的老树,光光的立着;在月光里照起来,却又俨然是精神矍铄的老人。……但灯与月竟能并存着,交融着,使月成了缠绵的月,灯射着渺渺的灵辉;这正是天之所以厚秦淮河,也正是天之所以厚我们了。

这是一幅素朴淡雅的水墨白描,一幅清淡幽邃、清莹澄鲜的佳境上品画,一个美的极致。至此,朱自清心中的激情达到了极致,不禁惊叹道:"灯光是浑的,月色是清的,在浑沌的灯光里,渗入了一派清辉,却真是奇迹。"至此,朱自清做了一个很优美的梦,通过这个梦,朱自清平常压抑的心灵得到了释放,内心的本能欲望表述得坦率而含蓄。

梦的结束:从第六自然段至文章结束,写梦的结束。梦的结束是通过歌妓的到访截断的。正当朱自清的梦进入高潮——欣赏着难得的良辰美景时,歌妓来到他们的船边,打断了朱自清的梦。朱自清从梦中回到现实,而内心也变得躁动不安,一直挣扎在矛盾之中:不能欣赏歌妓的歌声,因为有悖于道德。但内心又期盼能听到歌妓的歌声,而且对此"我"期盼已久,刚一到南京,就先到茶舫去看了看,没见着歌妓,"我""无端的怅怅了"。看到其他船上歌声人语,"我"仿佛感觉他们在笑我们孤舟无伴,于是有了"不足之感",由"懊悔而怅惘了","船里满载着怅惘了"。最后上岸时，"我们心里充满了幻灭的情思"。真可谓，乘兴而去，惆怅而归。

（二）梦的内容

关于梦的内容，我们可以从这样几个方面来看：

游玩的地点：朱自清与俞平伯游玩的场所是秦淮河，历史上的秦淮河以风情艳史，氤氲着纸醉金迷而闻名。"桨声灯影连十里，歌女花船戏浊波"，"画船箫鼓，昼夜不绝"是秦淮河的历史写照。尤其是夜间的秦淮河更是无数凄艳哀绝的风流韵事的表演场域。灯月交辉，"笙歌彻夜"才是秦淮河的真面目。

谈论的内容：在这样的场所，朱自清发思古之幽情，自然想到的就是秦淮河的风流艳迹。"历史的影像"，是"蔷薇色的"。朱自清和俞平伯"模模糊糊的谈着明末的秦淮河的艳迹"，谈的是《桃花扇》《板桥杂记》里所记载的内容。《桃花扇》系清朝孔尚任创作的传奇剧本，写秦淮名妓李香君与侯朝宗相恋的故事。《板桥杂记》是清朝余怀作的笔记，记叙南京旧日狎游琐事。朱自清认为，秦淮河的船比北京万生园的船、颐和园的船、西湖的船、扬州瘦西湖的船有"情韵"，联系上下文，"情韵"就是历史上所记载的与这条河相关的风流艳史。

感受的景物：朱自清眼中的秦淮河夜色是充满美人意象的。在利涉桥听歌时，朱自清说歌声飘到他们船上时是"袅娜着"的，是"密语"。"袅娜着"、"密语"将听觉转变成视觉，歌声变成了一个优美、妩媚、可爱的少女意象。大中桥外的一弯新月是羞涩的少女，这位少女天真纯洁，浪漫又带有几分娇羞，几分顽皮，盈盈地、袅袅婷婷地上了柳梢头。柔细的枝条是少女柔美的臂膊或披着的长发。一个形容词"盈"字，便写尽了"月儿"飘逸、灵巧，一个动词"窥"字写出了月亮的娇羞之态。正是月亮的飘逸、娇羞之态让朱自清情不自禁。在即将到岸时，朱自清看到射在水上的电灯的光，正如跳舞着的仙女的臂膊，"我们"的船犹如在这位仙女的臂膊里，于是"我们"在她的臂膊里安然入睡，做了一个短暂的梦。

歌妓的问题：歌妓的内容占了散文近一半的篇幅。评论界一般认为，这个问题表现出朱自清极强的道德自律性。确实，朱自清不像古代一些文人那样放浪形骸，不在灯月交辉、笙歌彻夜的秦淮河上接近歌妓，体现出自律的一面。但是，文章更多的是写"我"拒绝歌妓之后，内心的颇不宁静。给读者留下深刻印象的是朱自清想听歌，只是碍于道德律的束缚才没听，一心想超越现实，但又不能忘却现实。首先是"怅怅"，怅怅的原因有两点：一是使歌妓的希望受了伤害（伤害了他人）；二是我的希望受了伤害（伤害了自身），"我"这次到南京，先去了茶坊，没见着歌妓，觉得颇是寂寥，我"无端的怅怅了"。现在本可以听到歌声，但我却拒绝了歌妓，而四面的歌声让我诱惑了，降服了，我憧憬，盼望，固执地盼望，有如饥渴。接着是内心"盘旋不安"，因为一方面出于道德的考虑，接近歌妓属于一种不正当的行为，对于歌妓应有"哀矜勿喜之心"。但另一方面，我又想，卖歌和卖妓不一样，听歌和狎妓不一样，与道德无关。更为关键的是我听歌的愿望十分强烈，于是我感到浓厚的不足，乃至于起坐不宁。再接着内心的不安更甚了，歌妓又来了两次，我依然拒绝了，"不安的心在静里愈显活跃了！""不觉深悔归来之早了！"感觉到别人船上的嚣嚣的歌声人语，"仿佛笑我们无伴的孤舟哩"。未见歌妓之前的兴趣盎然，变为索然寡味，"我们默默的对着，静听那汩——汩的桨声，几乎要入睡了；朦胧里却温寻着适才的繁华的余味"，"于是只能由懊悔而怅惘了。船里便满载着怅惘了"，最后"心里充满了幻灭的情思"。从这种矛盾的内心里我们看到的是朱自清十分想接近歌妓的内心世界。

由以上四个方面我们可以看到：在夜色的掩饰下，在晦暗、朦胧的氛围中，朱自清借历史上的风流韵事和美人幻象宣泄的是一个风流才子、香草美人、爱欲情怀的美"梦"。朱自清为摆脱世俗虚伪和喧嚣，纵情山水，放松身心，完成了一个梦的旅程，尽管这个梦以遗憾而告终。透过这个"梦"的旅程，我们看到了浪漫、热烈、躁动、意绪翩翩的朱自清，这是朱自清的内在人格，这与朱自清的外在人格有较大的差距。

关于朱自清的人格和"美人幻象"

由上面的分析可以引申出两个与此相关的问题：朱自清的人格和"美人幻象"。

(一) 朱自清的人格

近年来，随着朱自清日记的逐渐出版，朱自清的人格与散文的关系问题日益被学界所关注。大家接受了这样一个事实：朱自清的人格存在分裂——朱自清给人的外在印象与散文中表现出的内在性格不一致。

朱自清给人的外在印象是谦恭、平和、温柔敦厚。这可以得到多方面的印证："一多给人的印象是英锐，佩弦给人的印象却是雍容。假使说一多是高明的，那么佩弦就是沉潜的；一多属狂性的，那么佩弦就属狷性的。""一多恨多于爱，佩弦爱多于恨，一多疾恶如仇，佩弦从善如归。"①"有人飞跃前进，斩将搴旗，有人步步为营，稳扎稳打。闻先生属于前者，朱先生属于后者。"②朱自清的朋友、学者和知名作家杨振声评价说："你同他谈话处世或读他的文章，印象都是那末诚恳、谦虚、温厚、朴素而并不缺乏风趣。对人对事对文章，他一切处理的那末公允，妥当，恰到好处。"③孙伏园曾与朱自清一起编过《新潮》杂志，那时，他们正直 20 岁左右，本应有青年人的激烈，但据孙伏园回忆，朱自清有一个和平中正的性格，他从来不用猛烈刺激的言辞，也从来没有感情冲动的语调。朱自清参加了北平大学平民教育讲演团，与其他激进的青年学生相比，朱自清却是温和的。

朱自清外在人格的形成既有早期人生经验的潜在影响又有现实生活的显在影响。

早期经验是指作家正式步入文坛前的人生体验，它既包括凝结成理论、文字符号形态的通常所谓"科学文化知识"，又包含诸如种族、阶层、习俗、地理环境、教育模式、人生变故等"潜文化"因素。朱自清中正平和的外在性格深深打上了传统文化的烙印。这与他所受的教育与成长的环境有密切的关系。朱自清出生在江苏东海的一个小官宦世家，祖父及父亲都是小官吏。作为长子，父亲对他要求极严，自小就受到严格的传统文化教育。早在 1901 年 3 岁时，朱自清就跟从父亲学习识字，后到一家私塾

---

① 郭绍虞：《忆佩弦》，《文讯》1948 年第 9 卷第 3 期。
② 李广田：《朱自清先生的道路》，《朱自清选集》，中国出版集团 2004 年版，第 276 页。
③ 杨振声：《朱自清先生与现代散文》，《文讯》1948 年第 9 卷第 3 期。

读书。1903 年，举家迁至扬州之后，又由父亲送到私塾，读经籍、古文和诗词。其间，还师从戴子秋先生学作古文，"我的国文是跟他老人家学着做通了的"①。在中国众多的诗人学者中，朱自清偏好陶渊明的诗。陶渊明对现实和生死的豁达，钟情于山水，怡然自乐，自然而然的"淡"，浸染了朱自清的品性。1916 年进入北大哲学系后，朱自清又系统学习了中国古代文化典籍。

朱自清自称"我是扬州人"。朱自清在扬州生活了 13 年。扬州在历史上享有"淮左名郡"的盛誉，园林楼阁，山清水秀，风物宜人，李白、杜甫、苏东坡等历代文人在此寻幽探胜，写下了许多瑰丽的诗章。从小所受的古文化教育和扬州古文化氛围，使中国传统道义思想尤其是儒家的中和思想深深地融入了朱自清生命中，他从小所受"接受的是'复礼'、'归仁'、'中和'，存孝悌，去恶欲，自省其身，近义远利等一整套的儒家思想，并以此作为思想、行为、伦理和道德的规范，培养起温良恭谦、儒雅翩翩的君子之风"②。儒家文化为他日后的人格构建提供了可能性。儒家的中和思想深深地融入朱自清生命中，使之执着于自我的"内修"，追求道德完美，实现个人道德的自我完善，修身养性，时时约束自己的言行，强调对理想人格的设计。面向公众的时候，始终"克己复礼"、"去私欲"，维护着"理想的人格"，求得自身与社会之间的和谐，消除内心道德的愧疚感，掩饰乃至放弃和时代背道而驰的自我。这些均构成朱自清人格精神的文化底蕴，使得他的性格颇有温柔敦厚之风。

然而，朱自清的内心却颇不宁静。当他面对自己的内心世界时，他向往着生命的自由，身心的畅达。朱自清通过部分散文宣泄了内心这种热烈、躁动的情绪。读者通过其部分散文看到一个热烈、浪漫的朱自清。在《桨声灯影里的秦淮河》里，朱自清在看到华灯映水、画舫凌波的迷人画卷时，在沉醉于晕黄灯火与缠绵月色相互交融的美景时，情不自禁地被混着微风和河水的密语式的歌声所"牵惹着，震撼着"，想到了历史上的名妓、南京旧日狎游琐事，想到了笙歌彻夜、纸醉金迷，想到了美景和美人意象。在未遇到歌妓之前，抛弃社会身份的假饰，除掉道德的枷锁，不受

---

① 朱乔森编：《朱自清全集》第 4 卷，江苏教育出版社 1990 年版，第 456 页。
② 吴周文：《诗教理想和人格理想的互融》，《文学评论》1993 年第 3 期。

礼法的束缚，最大限度地放纵自己的想象。《荷塘月色》开篇便是"这几天心里颇不宁静"，接下来，全文借助江南"荷塘"这个符号，含蓄地表现了希望在完全自我的状态下过一种闲适自由生活的心境。这与朱自清外表平和、温恭、沉静、拘谨是截然相反的。

朱自清在《文艺之力》中多次提到，文艺是"人生的适量的调和剂"，它可以在"这一片刻间"安慰人们忙碌与平凡的生活，因此"文艺的解放力因稀有而可贵"，"文艺的直接效用"是让人"片刻间的解放"，仿佛让人"逗留于清泉嫩草之间"。这里所说的"调和剂"、"片刻间的解放"其实就是指散文创作可以将自我的本真释放出来，让心灵得到解放。由此，在现实生活中我们看到的是朱自清的"超我"，在他的部分散文中看到的是朱自清的"本我"。

（二）"美人幻象"的写法

"美人幻象"的写法是指朱自清在散文中对自然物象的描绘总是与优美的女性形体联系在一起，将一切美的事物蕴含于女性之美中，将女性之美推至理想化的极端，表现出对"美人"爱恋、崇拜的"情结"。前面已经分析了《桨声灯影里的秦淮河》中的"美人幻象"。再如《荷塘月色》里，以"亭亭的舞女"之美、"刚出浴的美人"之美、"荡着小船，唱着艳歌"的采莲的"少年的女子"之美，来烘托荷塘月色的朦胧幽静。再如《绿》中，他又以少妇"拖着裙幅"的姿态，"初恋的处女的心"和"最嫩的皮肤"以及"轻盈的舞女"、"善歌的盲妹"、"十二三岁的小姑娘"，来形容梅雨潭的"绿"。用女人的脸，美人的臂膊，少女的皮肤，少女的心，少妇的裙幅等比拟花、月光、杨柳枝条、海棠花枝、潭水、瀑布、荷叶和荷花。

"美人幻象"形成了朱自清独特的审美视角和审美心理，女性化的意象成了朱自清散文营造优美意境不可或缺的部分，成为朱自清散文中艺术美的精灵，是构成朱自清散文优美意境的重要因素。如何看待朱自清散文中使用"美人幻象"的问题？

第一，朱自清以一种纯艺术、对美的欣赏的态度写美人幻象，他将"美人幻象"的音容笑貌和充满生命的气息看成是艺术美，带着对艺术美的欣赏态度进行描绘，因而是纯洁的、高尚的、美丽的。朱自清写过一篇散文《女人》，这篇散文是朱自清"美人幻象"写法的一篇宣言。文章很巧妙地借他人之口说："老实说，我是个喜欢女人的人；从国民学校时代直到现在我总一贯地喜欢着女人。"接着朱自清明确地说，他所"喜欢的女人"是"艺术的女人"。所谓"艺术的女人""有三种意思：是女人中最为艺术的，是女人的艺术的一面，是我们以艺术的眼去看女人"。朱自清强调，所谓"艺术"，专指视觉艺术。指那些容貌、身材、姿态、肤色美好、动人的女人，"看了感到'自己圆满'的女人"——"美人"。最后，朱自清区分了"欢喜"与"恋爱"的界限，强调"我们之看女人，是欢喜而决不是恋爱"。认为一个作家对艺术的女人"欢喜"的态度是一种纯艺术的对美的欣赏，就像欣赏美丽的大自然，欣赏绘画、雕刻、跳舞等艺术一样。朱自清以审视艺术女人的高尚情趣和经验，去感知、观照、想象、描写笔下的自然风物和人物，他的主观意识取得了与自然美相适应的心理体验与情绪，在审美的渴慕与愉悦中找到了自我的艺术感觉，从而形成了朱自清式的审美心理。这种只属于朱自清个人的艺术感觉使朱自清观察事物的视角不仅是敏锐的、奇特的，而且是新鲜的、充满独特的艺术魅力的。这也使朱自清对女性的欣赏超出庸俗、下流的范畴而获得崇高。

第二，喜欢使用"美人幻象"与朱自清的传统文化积淀有关。香草美人是自古以来文人墨客用以寄托功名的栖息物，自屈原以来，千百年来文人始终解不开"美女"情结。朱自清受到中国古典文化的深厚熏陶，当他步入文坛时，传统文化尽管已经成为历史的陈迹，但是包括鲁迅在内的"五四"文人显然还不能彻底挣脱内心对它的眷恋。当然，与传统文人墨客解不开的"美女"情结相比，朱自清的"美人幻象"打上了朱氏烙印，他不再以美人香草比作君王，也不再将命运坎坷的文人比作备受男性冷落的女人，而是将自己的情绪指向、趣味偏好融入抽象的美人形象，用美女的形象涵盖包容大自然的优美，给读者带来愉悦感受，带来心灵安慰。沿袭中国古代文人墨客的"美女情结"，与政治无关，与制度无关，只与民族的文化积淀有密切的关系。

延伸阅读

1. 余光中：《论朱自清的散文》（《名作欣赏》1992年第2期）。该文的观点与常规定论有一些差异，比如，认为朱自清的散文略欠诗的含蓄与余韵，认为《荷塘月色》女性意象的使用实在不高明，容易引起庸俗的联想等。阅读不同观点，可以丰富我们的思考。

2.《文讯》杂志在1948年9月即第9卷第3期文艺专号上，刊出了《朱自清先生追念特辑》，一共发表22篇纪念朱自清的文章。其中有郭绍虞的《忆佩弦》，郑振铎的《哭佩弦》，叶圣陶的《谈佩弦的一首诗》，杨晦的《追悼朱自清学长》，杨振声的《朱自清先生与现代散文》，王统照的《悼朱佩弦先生》，冯至的《这损失是无法补偿的》，吴组缃的《敬悼佩弦先生》，余冠英的《悲忆佩弦师》，王瑶的《十日间》，朱乔森的《我最敬爱的爸爸》以及许杰、魏金枝、穆木天、李长之、徐中玉、任钧、牧野等人的悼念文章。

3. 胡峰：《袒露爱欲情结的心灵游程——朱自清〈桨声灯影里的秦淮河〉的精神分析》(《山东师范大学学报》2008年第4期)。该文采用心理分析方法阅读《桨声灯影里的秦淮河》。文章提出，朱自清爱欲情结的生成既源于扬州这一特殊的生长环境，又源于青春期的独特经历。

思考题

1. 分析朱自清《桨声灯影里的秦淮河》和俞平伯《桨声灯影里的秦淮河》的异同。

2. 在《桨声灯影里的秦淮河》中，朱自清拒绝歌女为其演唱，如何看待朱自清的这一行为？

3. 你怎样认识朱自清"美人幻象"的写法？

第二讲

《复仇》：关于"复仇"的若干细则

一 "复仇"的由来

在《在酒楼上》中，主人公吕纬甫讲了一个非常诡奇的故事：他有一个很早便夭折的弟弟，由于河水改道，坟茔被泡在了水中，这让他的母亲非常担心。为了了却老人家的心愿，他借回老家办事的机会，顺便把弟弟的坟迁移一下。然而奇怪的事情发生了：当工人们把墓穴打开时，或许由于时间太久的缘故，不仅棺材已经完全腐烂，弟弟的尸骨也荡然无存。无奈之下，他只好在原地挖一些土放在新买的棺材里。这个故事的诡奇之处在于一个人的尸骨怎么会无缘无故地荡然无存？按照生理学的观点，人的血肉可以腐烂，但人的骨骼是坚硬的钙化物质，可以在很长时间里存在于世，但为什么无缘无故地凭空消失了呢？

这个故事的另一个诡奇之处在于，作为小说的讲述者，鲁迅借主人公之口把它讲述出来时，传达了一种怎样的信息？这仅仅是讲述一个离奇的事件，还是早有预谋的一种设计？根据鲁迅小说的一贯风格，鲁迅在叙述这个故事时显然别有用心，他在挑战人类对自身认识的极限：按照传统的观点，人的死亡只是人的意识的终结，人的躯体作为一个客观的实在并没有立即消失——这成为人类感受自我存在的主要依据；然而鲁迅告诉我们，人的死亡不仅意识终结了，连躯体也会消失得无影无踪（这本是客观存在的事实），如果是这样，人类何以确认自身的存在？当然，吕纬甫讲述的故事只是一个偶然的事件，但它引出的问题是：人的躯体是不是客观的实在？

第二讲 《复仇》：关于"复仇"的若干细则

《复仇》的出发点正是鲁迅对这个问题的困惑。在《复仇》的第一段，鲁迅用生理学的眼光阐述了人的身体与意识的关系：

> 人的皮肤之厚，大概不到半分，鲜红的热血，就循着那后面，在比密密层层地爬在墙壁上的槐蚕，更其密的血管里奔流，散出温热。于是各以这温热互相蛊惑，煽动，牵引，拼命地希求偎倚，接吻，拥抱，以得生命的沉酣的大欢喜。

这段话很冷峻，但并不复杂。大意是说，身体是意识的根本，正是由于温热的血液，人才成为了人，才会有七情六欲、爱恨情仇——这本是常识。然而，当一个人煞有介事地把常识讲述出来的时候，除非他是傻子，否则便是对这种常识有某种怀疑。从接下来匪夷所思的一段里，可以看出鲁迅的本意：

> 但倘若用一柄尖锐的利刃，只一击，穿透这桃红色的，菲薄的皮肤，将见那鲜红的热血激箭似的以所有温热直接灌溉杀戮者；其次，则给以冰冷的呼吸，示以淡白的嘴唇，使之人性茫然，得到生命的飞扬的极致的大欢喜；而其自身，则永远沉浸于生命的飞扬的极致的大欢喜中。

这段话颇有点暴力美学的味道，颇能让人联想到昆廷·卡伦蒂诺《杀死比尔》中的暴力镜头；而且，在鲁迅用诗意的语言讲述暴力行为的过程中，我们也确实感受到"生命的飞扬的极致的大欢喜"。如果我们与前一段文字联系起来，前一段关于生命的常识不过是后一段的铺垫，他煞有介事地讲"半分皮肤之后的热血"，不过是为了用"利刃，只一击""见那鲜红的热血激箭似的以所有温热直接灌溉杀戮者"。鲁迅有暴力倾向？可以这样认为，但他这样的极端之举只是想确认生命存在的实在性，如同一个在死亡边缘活过来的人，只能用生命的直感来确认自身，鲜血、暴力以及随之而来的疼痛，正是鲁迅所渴望的。他为什么需要这样的极端行为，因为他无法在中国人的身上感受到生命的存在——这是一件非常恐怖的事情。

人对于自我生命的确认并不是个体单独能够完成的，周围人的信息反馈也是一个重要的因素，只有周围人的信息反馈与自我的认知实现了准确对接，人才能完成对自我生命的确认。《狂人日记》里的"狂人"强烈地感受到封建礼教"吃人"的恐怖，但周围的人并没有这种感受，依然怡然自得地"吃人"或"被吃"，他最终只能以"狂人"的形象在这个社会里存在。鲁迅的意志力让他没有变成一个"狂人"，但在中国人身上无法体认到生命的存在也让他十分痛苦，这让他对生命本身产生了极大的怀疑。

　　"复仇"的"仇"，来源之一便是中国人的麻木。令鲁迅弃医从文的"幻灯片"事件，可以认为是鲁迅复仇的深层动因。那时的鲁迅还怀抱着医学救国的梦想，远离繁华的东京，独自来到偏僻清静的仙台，自有从此投身医学的志向。但在一次细菌学的课程上，他在课前的幻灯片里看到了同胞的面容——他作为俄军的叛徒而被处决，围观的人群同样是一群黄皮寡瘦、拖着辫子的中国人，他们目睹同胞被杀，除了好奇没有任何悲戚。这让鲁迅感到非常痛苦：帝国主义在中国的土地上打仗，还公然屠杀中国同胞，围观的国人竟然无动于衷，难道他们的生命已经枯竭了吗？还有一个对鲁迅产生刺激的事件是《故乡》中讲述的故事，小说主人公闰土的原型是鲁迅童年的伙伴运水，这位伙伴的质朴、善良和勇敢成为鲁迅一生最美丽的记忆，然而当鲁迅经历了世事的坎坷，希望在故乡找到某种慰藉时，成年运水一句老气横秋的"老爷"，把鲁迅从温情的想象推到了残酷冰冷的现实中。闰土和幻灯片事件中的人都不过是中国人的一个缩影，他们的麻木让他们的情感与他们的身体失去了必然的联系。一个没有痛苦、没有悲戚、没有愤怒和没有七情六欲的世界，是一个恐怖的鬼域，这不由得让鲁迅怀疑在他们身体中是否还流淌着温热的鲜血，这也不由得让鲁迅想用一把利刃，刺穿他们的肌肤，看到鲜血飞溅的场景。这不是暴力，而是确证。

　　另一种让鲁迅对生命感到困惑的情景是情感与肉体的偏离，明明是痛，但表露出来的是愉悦；明明是残酷，但表现出来的是慈祥；明明是喜悦，但显露的表情却是苦涩……鲁迅回忆文章里提到过一个衍太太，这是鲁迅的叔祖母，平日里对孩子非常亲切，深得鲁迅的信任。所以，鲁迅在家道中落的日子里，时常到这里寻求情感的慰藉。一次，少年鲁迅向这位叔祖母诉说经济困窘的痛苦，想买一本画册，但没有钱，衍太太便热情地给他出主意，说可以把家里的东西典当一些出去呀！鲁迅表示家里已经没有什么值钱的东西可典当了，她又出主意说可以翻翻母亲的抽屉之类的。鲁迅没有听这位叔祖母的话，也没有把这次谈话放在心上，但不久大家庭里便传出偷家里东西卖的谣言。鲁迅后来说，他由此看清了世人的真面目——真面目相对便是假面目，便是情感与肉体的分离，本该有的感情却用另外的形式表现出来，是一件多么恐怖的事情。另一个对鲁迅产生刺激的事情来自他的弟弟周作人。周氏兄弟手足情深，作为丧父家庭的长子，鲁迅对兄弟常常表现出如父的关爱。面对这样的大哥，周作人理应有一份感恩之心，但为了财产，他却将鲁迅从八道湾的房子里赶了出来。这也是一种偏离，本该期许的感情却表现为截然相反的形式，这怎能不让人对生命产生困惑？

应该说，鲁迅并不是消极遁世的人，对于中国人身上的种种病症，他还是希望开出药方，并力图疗救的：他在弃医后开始做文艺，以为文艺是改变人的灵魂的有效方式；他翻译被压迫民族的小说，创办唤起新生的《新生》杂志……但最终，他的呼声消解在集体的无动于衷当中；而他自己，也在寂寞中慢慢地枯死。

在绝望中反抗，只有复仇。

"复仇"的方式

最痛快最直接的复仇方式，莫过于暴力，这是鲁迅在《复仇》篇首所快意叙述的情景。但鲁迅非常清醒地意识到，暴力虽然痛快，但并不是自己可以使用的最佳复仇方式。这是由自己复仇的对象所决定的：首先，鲁迅复仇的对象不是具体的个体，而是千千万万麻木愚昧的中国同胞——他们并没有直接对鲁迅施暴，无论从手足情深的角度，还是以牙还牙的角度，都没有充分的理由让鲁迅走上暴力反抗的道路；其次，鲁迅清醒地发现，在这个嗜杀和习惯吃人的民族里，暴力不仅让自己感到"生命飞扬的极致的大欢喜"，同样会给吃人者带来畸形的快感，这反而对鲁迅形成了一种新的煎熬：

他们俩将要拥抱，将要杀戮……路人们从四面奔来，密密层层地,如槐蚕爬上墙壁,如蚂蚁要扛鲞头。衣服都漂亮,手倒空的。然而从四面奔来,而且拼命地伸长颈子,要赏鉴这拥抱或杀戮。他们已经豫觉着事后的自己的舌上的汗或血的鲜味。

鲁迅预想的暴力是带来"生命的痛感"——当人的精神完全腐朽,生理的痛感可能会给他们恢复生命的直感,就像一个睡死的人,掐他一下可以让他从睡梦中骤然醒来一样。然而,暴力的结果却诱发了嗜杀者吃人的兽性,他们不仅没有在暴力中感到恐怖,反而给予他们吃人的希望和期待。这样的复仇显然丧失了复仇的意义。

最坚决的复仇应该是以其人之道还治其人之身,以牙还牙、以眼还眼,既然暴力无法给予庸众精神的刺激,反而激发了他们吃人的欲望,那么最坚决的复仇便是让他们失望——既让他们感受到生命的欲望,又让他们的欲望无法得逞。于是便有了鲁迅设置的情景:两个全裸的莽汉没有任何生命迹象地对峙着,没有拥抱也没有杀戮,直到永久。路人便在围观中觉得无聊,了无生趣地被迫散去。在这个极度无聊的场景中,鲁迅完成了自己的复仇,同时感到了一种"生命飞扬的极致的大欢喜"。

为什么在这种复仇方式中获得了复仇的满足呢?因为他把自己的痛苦和无奈转嫁给了复仇的对象。两个全裸的没有生命迹象的莽汉,是鲁迅看到的中国庸众的缩影,这也是让鲁迅感到困惑的地方:既然是一个健全的生命,便应当有生命的迹象——拥抱或杀戮——这已是最基本的生命反应,为什么中国人就没有这样的生命反应呢?为何自己对于他们的种种刺激,竟不能收到任何正面或负面的回应呢?现在,鲁迅将自己看到的情景让无聊的看客们看到了,庸众终于看到了庸众自身的样子。

既然是庸众,他们即使看到了自己,也无法认识自己,按照拉康的镜像理论,一个人必须到一定的生命阶段才能认识自己。但是,虽然不能认识自己,当他们的欲望得不到满足时,无聊和失落却是可以感受到的——这正是鲁迅遭遇中国庸众后的现实感受,因此鲁迅对无聊的描写非常具体而传神:

路人们于是乎无聊;觉得有无聊钻进他们的毛孔,觉得有无聊从他们自己的心中由毛孔钻出,爬满旷野,又钻进别人的毛孔中。他们于是觉得喉舌干燥，脖子也乏了；终至于面面相觑，慢慢走散；甚而至于居然觉得干枯到失了生趣。

在所有的生命感受中，无聊不是最痛苦的，但却可以长期折磨人的灵魂，鲁迅在《狂人日记》中痛斥了传统礼教"吃人"的本质，其实对鲁迅而言，直接吞噬他灵魂和肉体的便是无聊。对鲁迅而言，无聊是"无法承受生命之轻"的一种状态，生在一个半殖民地半封建社会里，作为一个已经觉醒的中国人，现实必然会带来种种激愤——激愤没有恰当的排解方式便会产生无聊。鲁迅在日本的时候便意识到要改变中国的现状，必须从改善中国人的灵魂入手，而改善中国人灵魂的方式只能依靠文艺，于是他联络周作人、许寿裳、苏曼殊等人，创办了《新生》杂志——这是在日留学生中的第一份纯文艺杂志，"新生"的刊名也反映出鲁迅创办杂志的初衷，然而这份杂志最终因得不到各方面的有力支持而流产；之后，鲁迅与周作人志向不改，希望通过对被压迫民族文学的翻译来启发民智，他们的翻译作品最终以《域外小说集》（上、下）的形式面诸大众，但几乎没有引起任何反响。在"五四"新文化运动发生的前 10 年，鲁迅已经开始尝试用新文化来改善中国人的灵魂，但最终只能以无人响应而告终。回国后的鲁迅寄身于浙江一带的学堂和北洋政府教育部，在极端保守的文化环境中以抄古碑驱逐寂寞，一腔热血慢慢地冷却掉了。所以鲁迅对于无聊的痛苦感触至深，现在他终于将自己的痛苦感受转移到复仇对象的身上。这对于复仇者来说，是最有效的复仇方式。

"复仇"的意义

复仇的结局只有一个——复仇者和被复仇者同时走向毁灭——这还是对成功的复仇而言的。鲁迅将无聊转移给那些无聊的看客，除了在复仇的那一刻可以感觉到一丝畅快外，并没有将自己的无聊和痛苦消解掉，因为看客们并不会因为无聊而改变自己。《铸剑》是鲁迅另外一篇讲述复仇的作品。在这篇作品中，宴之敖在黑衣人的帮助下成功地完成了复仇，但他们的结局是与复仇对象同归于尽。复仇者与被复仇者同时走向毁灭是复仇必然的结局，因为复仇的前提便是一方的利益受到严重的侵害，而且这种侵害在正当的方式下得不到应有的补偿，因此复仇便是采用极端的方式让对方的利益受到相同的侵害。这个过程中，我们可以看到复仇的两个重要特点：首先，复仇是以侵害为最终目的的，复仇者要达成的目的是对被复仇者造成侵害，而这样做的动机是其自身已经受到侵害；其次，复仇者与被复仇者之间的力量是不均衡的，复仇者之所以要采取复仇的行为，是因为在正当的情况下他难以得到公正的补偿。复仇的特点注定了复仇的结局——走向毁灭。

中国传统文化虽有"父债子偿"、"子报父仇"的说法，但其主导价值并不赞成争强斗狠的"复仇"。中国有句古话，"忍一时风平浪静，退一步海阔天空"，便是主张用隐忍的办法替代复仇，不要争强斗狠。这种说法可以成立的依据，是隐忍可以保全自身，甚至还能获得更大的生存空间，而复仇只会让自己走向毁灭。在现实生活中，如果抛弃尊严、人格的因素，隐忍确实可能会带来意想不到好处：首先，如果施暴者不是很坏，面对逆来顺受的隐忍者，他们一般会放你一马，不至于让你血本无归；其次，如果隐忍者运气好的话，碰上了咸鱼翻身的机会，说不定还可以扬眉吐气，成就"君子报仇，十年不晚"的佳话，反之就成了"小不忍则乱大谋"的反面教材。在中国民间还有一句俗话，"冤冤相报何时了"，强调的依旧是复仇的危害和隐忍的实惠，的确，冤冤相报只会让复仇的双方陷入更大的痛苦和仇恨当中不能自拔，而隐忍则会使双方在痛苦中得到解放。中国人强调隐忍的文化传统，在恐怖主义盛行的今天似乎更有在全球范围普及的意义和价值，恐怖主义在某种程度上可以理解为民族之间的复仇行为，由恐怖引发的战争和由战争引发的恐怖颇有"冤冤相报"的意味，在这种时候，隐忍和克制显得至关重要。

从复仇的现实结局考虑，复仇似乎并不是理性的行为；从反对暴力追求和平的角度出发，复仇更不是一种值得推崇的处世原则。那么鲁迅为什么要推崇复仇呢？他的复仇思想是不是反映出个人的褊狭呢？要回答这个问题，我们必须对复仇的前提有更加理性的认识。

复仇的由来都是仇恨，但仇恨的形成却会有很大的不同，它至少可以分成两种：一种是非均衡势力下的施暴，简单地说便是弱肉强食；一种是均衡势力下的施暴，这便是普通意义上的侵害。由于施暴者和受害者双方力量对比的不同，仇恨的性质与解决仇恨的方式便会有很大的差异。非均衡势力下的施暴，施暴本身便成为社会的法则，受害者没有任何机会通过正当的途径获得补偿和公平，复仇便成为化解仇恨的唯一方式；均衡势力下的施暴，除非在极度荒蛮的时代，否则施暴本身便会受到社会正义的排斥和惩罚，以牙还牙的复仇便会因暴力受到排斥而受到排斥。强调"隐忍"和"和平"对于在均衡势力下的施暴具有正面意义，但对于非均衡势力下的施暴，并不是明智的态度。

《水浒传》中的林冲被"逼上梁山"的事实便是一个非均衡势力下施暴的典型例子。作为30万禁军教头的林冲，在官场摸爬滚打多年，深谙官场弱肉强食的规则，面对高衙内调戏自己妻子的奇耻大辱，只能强压心头怒火，希望用隐忍换取现实的苟安，但他最终的结局却是一步一步陷入绝境，不得不被"逼上梁山"。为什么林冲的隐忍没有给他带来"风平浪静"、"海阔天空"，反而让他步入绝境、无路可走呢？首先，因为高衙内与林冲之间势力是不均衡的，高衙内不仅可以轻易将林冲置于死地，而且还掌控了社会的法则，让林冲没有一丝可以通过正当途径伸张正义的机会。在这样的形势下，施暴者不会对自己的暴力行为有任何顾忌和担忧，不会因为受害者的隐忍而良心发现，从而中止自己的不善之举，反会因为受害者的软弱而变本加厉。其次，由于恐惧被害者复仇，对于有复仇能力的隐忍者，施暴者一旦暴力得逞便会采取赶尽杀绝的策略，只有这样，他们才能完全确保施暴的安全。所以，高衙内调戏林冲的妻子后，还要想尽办法将林冲置于死地，无论林冲选择反抗还是隐忍，他的结局都是死路一条。如果认识到这一点，林冲会更早地走上梁山，而不是历经艰险被逼上梁山。

在《复仇》中，鲁迅所面临的境况与林冲有所不同，但同样属于非均衡势力下施暴的受害者。鲁迅面对的施暴者是千千万万中国的庸众，他们每个个体都没有直接对鲁迅造成伤害，也无力与鲁迅形成非均衡的结构，但他们盲目地遵从传统礼教，便以传统礼教的载体对鲁迅进行非均衡势力下的施暴：他们以无声的方式扼杀鲁迅的灵魂，同时他们因为尊崇传统礼教而掌握了文化霸权，让鲁迅在文化上没有任何抗争的机会和可能，最终鲁迅只能选择复仇——因为即使不复仇，他也只会在无聊中让生命枯萎。

在施暴者与被施暴者均衡的势力下，复仇的意义就不同了。首先，在均衡的势力下，施暴者的行为并不具有必然性，因此暴力行为不可能无休止地持续下去；其次，在施暴者造成暴力后果后，被侵害者可以通过正当的途径获得伸张正义的机会。在这种情况下，以牙还牙的复仇便是非理性的行为，其后果便会将自己推入绝境。

仅仅由于无力反抗施暴者，还构不成鲁迅坚决复仇的充分理由，因为即使有人充分认识到面对非均衡势力下施暴的必然后果，很多人也依旧会选择隐忍。这是出于任何施暴者都不可能以残杀所有弱者为终极目的的——隐忍有时也会换来一丝生机，至少可以延长存活的时间。《铸剑》中的宴之敖便是一个例子。虽然他肩负着杀父之仇，而且王随时都可能会将他除掉，但只要他能够一直隐姓埋名，运气好而不被王发觉，他完全有可能安度一生。但是他坚定不移地走上了复仇之路。促使宴之敖走上复仇之路的根本动机在哪里呢？其动机便是一个现代人要获得生命的实在性。如果隐姓埋名、没有尊严地苟活在这个世界上，一个现代人就会陷入没有历史、没有未来的虚空当中——宴之敖如果不复仇，又有谁知道这个人的存在呢？又有谁知道其肩负的历史仇恨呢？他复仇了，他毁灭了，但他获得了存在的意义和实在。宴之敖面临的问题，其实便是哈姆雷特面临的问题：生存还是毁灭？是在生存中跌入生命的虚无，还是在毁灭中获得生命的实在？一个现代人必然会选择后者。正是如此，复仇后的鲁迅获得了极大的充实感：

> 于是只剩下广漠的旷野，而他们俩在其间裸着全身，捏着利刃，干枯地立着；以死人似的眼光，赏鉴这路人们的干枯，无血的大戮，而永远沉浸于生命的飞扬的极致的大欢喜中。

"复仇"的尺度

鲁迅在文本中呈现的复仇都是极端的例子，都是复仇者与被复仇者同时走向毁灭，这是由于艺术表现的需要，但这也引发了一个问题：究竟在多大程度上可以选择复仇？而复仇的程度又该如何把握？

鲁迅给出的答案是：以牙还牙，以眼还眼。这句话可以同时回答上述的两个问题。首先，复仇的前提是非均衡势力下的施暴，在这个前提下，有一分的仇恨便可以有一分的复仇，不必也不能等到仇怨积累到一定程度后再进行复仇。其实，这也是现代人自我保护的方式。中国传统文化讲究隐忍，不仅忽略了隐忍的前提，还忽略了隐忍的范围，在现实生活中，很多人遭遇施暴却一味隐忍，最终将自己逼入生命的绝境，作出一些极端的行为，自己也走上了不归路。这样的人便是没有理解"以牙还牙"的道理，当个人判断出自己遭受的暴力是非均衡势力下的施暴，遭受一分暴力便可以立即进行一分的复仇，这样不仅可以让施暴者感受到施暴的难度，也给自己留下了回旋的空间。中国神话中"孟姜女哭长城"的故事，接受者只注意到孟姜女最后反抗的强大力量，往往忽略了孟姜女在反抗时机把握上的失误，当她的丈夫被拉做修长城的劳役时，她应该意识到这种暴力的结果——不去服役是死，去服役多半的结果也是死，与其这样，她就应该在遭遇暴力之处就选择反抗——可以逃离，尽管这样的结果还是死路一条，但至少在他们活着的时候体验了爱情的幸福。鲁迅在生存环境极度恶劣的旧社会，手拿标枪而能够存活下来，不仅因为他会避难，还由于他始终在遭遇暴力之处便开始反抗和复仇，这让他始终保持了战斗的主动性，不管是进攻还是避守，都有很大的回旋空间。

其次，复仇的程度是将暴力的结果原封不动地传递给施暴者。"以牙还牙，以眼还眼"并不是鲁迅创造的复仇原则，它是民间社会自然形成的一种文化传统，很多江湖义士和争强斗狠之徒都十分看重这条准则。然而，民间的"以牙还牙，以眼还眼"在起到匡扶正义、保证公平的同时，也往往会导致人性沦丧和生灵涂炭，这是现代人理解"以牙还牙，以眼还眼"必须注意的地方。民间"以牙还牙，以眼还眼"的传统之所以会变异，一是因为很多人并不清楚复仇的前提，具体说来，即没有清晰地区分均衡势力下施暴与非均衡势力下施暴的差别，结果将申诉正义变成滥杀无辜；二是因为传统的复仇者不可能具有现代人格。如果将"以牙还牙，以眼还眼"庸俗化，林冲在妻子受到侮辱后，就应该去侮辱高衙内。如果都是这样，复仇岂不是会让社会沦丧？《水浒传》给林冲指出的复仇之道是"上梁山"，让他去动摇统治阶级的基础，而事实证明只有如此才是最坚决的复仇。为什么"上梁山"是林冲的"以牙还牙"之途？这就要求复仇者认识暴力的本质。高衙内侮辱林冲的妻子只是施暴的"形"，林冲的尊严受损才是"质"，林冲如果要"以眼还眼"，就必须让高衙内等统治阶级的尊严受损，而在当时的条件下，只有推翻这个阶级的统治才可能真正达到目的。所以，复仇者能认识到暴力的本质，是鲁迅复仇的重要尺度之一。

最后，"以牙还牙，以眼还眼"还十分注重复仇对象的准确性和具体性。鲁迅并不认同复仇对象的替代物，诸如"父债子偿"，也不会将复仇对象虚拟化，诸如"封建传统"等，鲁迅复仇的对象都是具体的人——个人或者众人，他们都是暴力的直接制造者，鲁迅在对他们实施复仇的时候，如同在诉说自己的痛苦。中国当代文学中不乏带有"复仇"主题的文学作品，譬如"伤痕文学"、"反思文学"，这些作品之所以难以深刻，就是因为它们不能将复仇的对象具体化、明确化，要么设置一个复仇的替代物，要么将复仇对象虚拟化，如此复仇，何谈深刻！

延伸阅读

1. 王富仁：《中国反封建思想革命的一面镜子——〈呐喊〉〈彷徨〉综论》。该作是新时期鲁迅研究的奠基之作，将鲁迅研究从政治解读拉回到思想解读，进而肯定了鲁迅作为一个"人"的存在价值和意义。著作通过"镜子"的隐喻，将鲁迅与中国文化近代以来的现代性追求联系在一起，以一个人看时代，拓展了鲁迅研究的现实意义。

2. 汪晖：《反抗绝望：鲁迅及其文学世界》。该作将"反抗绝望"提升为鲁迅研究的本质问题，从而将鲁迅研究引入世界哲学的浩瀚体系，对于思想家的鲁迅来说，这是必需的一项工作。正是将鲁迅思想纳入哲学领域，才使得鲁迅研究在中国现代作家研究中的学术积淀最为深厚。

3. 林贤治：《人间鲁迅》。"人间"是相对于"神间"而存在的概念，一方面，即使一个最伟大的人物，也不可能脱离庸常的生活，脱离正常人的爱恨欲求。从另一个方面来说，一个人的伟大也必须建立在正常人的基础上，正是他们克服了常人难以克服的困难和彷徨，才成为孤绝的旗帜。

4. 王晓明：《无法直面的人生：鲁迅传》。该作是一本优秀的鲁迅传记。为鲁迅作传并不容易，既要理解其高深、丰富的思想，又要将其结合在一个人的身上。这是一本鲁迅研究的入门必读书。

5. 王乾坤：《鲁迅的生命哲学》。一位从事哲学研究的学者关于鲁迅的研究之作，从生命哲学的角度，将鲁迅的精神与思想引入更幽深的领域。这是鲁迅研究中的提高版图书，要读懂它，需要对西方哲学有些许功底。

思考题

1. 鲁迅的"复仇"与中国侠文化中"复仇"的关系。
2. "复仇"和"法治"作为自我保护的两种方式,如何处理二者的关系?
3. 鲁迅"复仇"的现代意义是什么?
4. 鲁迅"复仇"与越文化的关系。

第三讲

《乌篷船》:情思与文体的"个人化"追求

《乌篷船》选自周作人自选集《泽泻集》。《泽泻集》1927年9月被列为"苦雨斋小书之三",由上海北新书局出版。《泽泻集》是名副其实的小书,若不算开头的"序",连头带尾不过区区21篇而已,而且有11篇已收入别集,其中《镜花缘》《心中》选自北新本《自己的园地》,《爱罗先珂君》见于晨报本《自己的园地》,《雨天的书》《苍蝇》《故乡的野菜》《北京的茶食》《吃茶》《苦雨》《死之默想》《喑辞》选自《雨天的书》。新创作的仅有《乌篷船》《谈酒》《死法》等10篇外加一首诗。

《泽泻集》既包括如《乌篷船》这样情趣较重的"美文",亦有如《吃烈士》《关于三月十八日的女子》等"时文"。因此可以说"写《泽泻集》的周作人,乃是《雨天的书》作者和《谈虎集》作者的一种结合。"(止庵语)

"美文"的提倡,既是周作人于时代变革中建设新文体的尝试,亦是借"美文"这一新文体建构现代知识分子独立自由之个体的努力。《乌篷船》在这两方面较为典型地体现了周作人的思考与探索。

疏离与怀念背后的现代性思考

"故乡"于周作人而言虽有愚顽落后的一面,但故乡的一草一木,一山一景却是周作人念兹在兹的心灵意象。然而细读其描写故乡的散文,却发现周作人往往对"故乡"表现出淡然疏离的情感状态。在《故乡的野菜》里周作人如此写道："我的故乡不止一个，凡我住过的地方都是故乡。故乡对于我并没有什么特别的情分。""我在浙东住过十几年，南京东京都住过六年，这都是我的故乡；现在住在北京，于是北京就成了我的家乡了。"① 在《与友人论怀乡书》中，他再次说："照事实来讲，浙东是我的第一故乡，浙西是我的第二故乡，南京第三，东京第四，北京第五。但我并不一定爱浙江。在中国我觉得还是北京最为愉快。"② 而以上五个"故乡"中，最令他怀念的是日本的东京以及九州关西一带的地方。

这种"疏离"在《乌篷船》的开篇又一次得到了重申："老实说，我的故乡，真正觉得可怀恋的地方，并不是那里，但是因为在那里生长，住过十多年，究竟知道一点情形，所以写这一封信告诉你。"③ 故乡之于周作人俨然淡去了所谓"生于斯，长于斯"的根源性联系，也因此冲淡了自幼年时期即灌注其中的情感浓度。但周作人与故乡之间是否真如其所言"故乡对于我并没有什么特别的情分"④ 呢？结论当然是否定的。繁复地描写故乡的野菜、老酒、茶干，对于幼时捉苍蝇、上坟、过节、看戏等人事景物，周作人在其散文中处处透露着他对故乡的情分与留恋。这样每每强调对"故乡"无太多怀恋却又热衷于对"故乡"的不断书写，的确是周作人散文中值得关注的"矛盾"心理和文化现象。就周作人个人性格、精神气质等因素而言，于人于事他都喜欢拉出一段情感的距离，即便如"故乡"或"初恋"。然除此外，于"远观"中进行理性审视，恐怕亦是重要原因。

《乌篷船》对"故乡"情感的有意淡化亦应出自相同的心理。对于远离故乡、身处日渐现代化城市的游子而言，"故乡"就不再仅是一景一物、一人一事的自然物化空间，更成为其与现代都市暗中比较的精神空间。

《乌篷船》一起首，周作人即隐藏了将故乡绍兴与现代都市形诸比较的文化心理。"我要说的是一种很有趣的东西，这便是船。你在家乡平常总坐人力车，电车，或是汽车，但在我的故乡那里这些都没有，除了在城

---

① 周作人：《雨天的书·故乡的野菜》，北京十月文艺出版社2011年版，第52页。
② 周作人：《雨天的书·与友人论怀乡书》，北京十月文艺出版社2011年版，第120页。
③ 周作人：《泽泻集·乌篷船》，北京十月文艺出版社2011年版，第31页。下文中《乌篷船》的引文均出自该版本。
④ 周作人：《雨天的书·故乡的野菜》，北京十月文艺出版社2011年版，第52页。

内或山上是用轿子以外，普通代步都是用船，船有两种，普通坐的都是'乌篷船'，白篷的大抵作航船用，坐夜航船到西陵去也有特别的风趣，但是你总不便坐，所以我也就可以不说了。"

此处，收信人——子荣的家乡平常的代步工具皆是"人力车"、"电车"或是"汽车"。电车、汽车均是工业文明之产物，快速、便捷正体现了现代社会的生产与生活方式。"人力车夫"亦是近现代社会出现的新型生产关系的代表。拉车人以出卖劳力服务于坐车人，二者形成雇佣关系。在"五四"新文化运动中，知识分子出于人道主义精神，往往借"人力车夫"以表示同情于社会底层群体并借此批判社会之不公，胡适、沈尹默、鲁迅、郁达夫等都曾就此社会现象写过诗或小说。而对"人力车夫"在都市中的悲剧命运有更加宽广和深入剖析的当属老舍先生的《骆驼祥子》。作为人力车夫的祥子，其命运的"三起三落"正透射出现代都市赤裸的金钱关系与堕落的精神道德。

因此，拥有"电车"、"汽车"、"人力车夫"此三物，"子荣"的家乡当是已得现代化社会之风的都市了。这样的城市可能是上海，也可能就是该文写作之地——首善之都的北京城。"但在我的故乡那里这些都没有，除了在城内或山上是用轿子以外，普通代步都是用船。"因此"我的故乡"当还在"现代化"进程之外，传统代步工具的普遍存在正是旧有生产与生活关系的象征。

不唯交通工具有时代之变，生活娱乐方式亦产生了分野。"雇一只船到乡下去看庙戏，可以了解中国旧戏的真趣味，而且在船上行动自如，要看就看，要睡就睡，要喝酒就喝酒，我觉得也可以算是理想的行乐法。只可惜讲维新以来这些演剧与迎会都已禁止，中产阶级的低能人别在'布业会馆'等处建起'海式'的戏场来，请大家买票看上海的猫儿戏。这些地方你千万不要去。"乡下旧戏之趣在戏之野趣，更在看戏的方式。行卧坐立随性而为，无拘无束，真正体现了天地人三者之和谐与个体的自由自在。"维新"、"中产阶级的低能人"、"海式"戏场处处指向新兴社会。旧戏之被禁，"猫儿戏"上演；乡间草台班子消逝，会馆等建起。民间狂欢化娱乐被中产阶级的商业消费所取代。

都市与传统水乡的对比，周作人只用淡淡"有趣"二字即道出对二者的情感倾向与价值判断。许杰的《周作人论》就曾引周氏《乌篷船》中的文字，认为周作人"很显然的表现出对新兴资本社会的厌恶"，由这一个前提，他得出的结论是周作人"对封建社会的恋慕的情绪"。"这种恋慕封建文化的精神，再出之以士大夫的绅士的态度，于是乎，他的趣味的主张，悠然忘我的心情等，便从此出来了。"① 许杰的这一论断影响了大量后续研究者。"士大夫的绅士的态度"、"悠然忘我"等断语似乎的确契合了周作人的"隐士"姿态。

周作人曾是"五四"新文化的主将，对现代文明的宣传与提倡不遗余力。社会的现代化也当是其要义之一。那么，周作人何以此时表现出对"新兴资本社会的厌恶"？本文认为，这当是周作人出于对"个人性"的维护。"五四"新文化中那篇宣言式文章《人的文学》倡导了"平民文学"，更能切中周作人现代人格精神和文学要义的当是"个人主义的人间本位主义"以及以此为基础的加以记录研究的"人的文学"。因此，无论是封建思想文化还是所谓的现代政治文明，都违背了周作人之"人道主义"精神，钳制了个体思想之自由独立者，都应在反对之列。因此可以说，许杰之论断只道出了周作人批判对象之二分之一。在《泽泻集·序》中，周作人写道："近来所写只是感想小篇，但使能够表得出我自己的一部分，便已满足，绝无载道或传法的意思。有友人问及，在这一类随便写的文章里有那几篇是最好的，我惭愧无以应。但是转侧一想，虽然够不上说好，自己觉得比较地中意，能够表出一点当时的情思与趣味的，也还有三五篇，现在便把他搜集起来，作为'苦雨斋小书'之一。戈尔特堡（Isaac Goldberg）批评蔼理斯（Havelock Ellis）说，在他里面有一个叛徒与一个隐士，这句话说得最妙。并不是我想援蔼理斯以自重，我希望在我的趣味之文里也还有叛徒活着。我毫不踌躇地将这册小集同样地荐于中国现代的叛徒与隐士们之前。"② 周作人将"能够表得出我自己的一部分"称为"言志"，与"载道"相对。而这"言志"往往须表达出自我的"情思"与"趣味"，同时"在我的趣味之文里也还有叛徒活着"，即是说，"趣味"并非一味地享乐，却是寄予了叛徒的"反抗性"的。这"反抗性"在作者看来就是对个体自由独立之精神的坚守。

---

① 孙郁、黄乔生编：《回望周作人研究述评》，河南大学出版社2004年版，第89页。
② 周作人：《泽泻集·序》，北京十月文艺出版社2011年版，第1—2页。

在写于1926年11月5日的《陶庵梦忆·序》中，周作人谈道："我们读明清有些名士派的文章，觉得与现代文的情趣几乎一致，思想上固然难免有若干距离，但如明人所表示的对于礼法的反动则又很有现代的气息了。"① 1928年在《燕知草·跋》中，他再次强调："明朝的名士的文艺诚然是多有隐遁的色彩，但根本却是反抗的……大多数的真正文人的反礼教的态度也很显然。"② 而在写于1930年9月21日的《近代散文抄序》中，周作人更是直言道："小品文是文学发达的极致，它的兴盛必须在王纲解纽的时代。"③ 至1932年，周作人将上述思想集中体现在《中国新文学的源流》这一著作中。他认为，在社会动荡的时候，"文学上也没有统制的力量去拘束它，人人都得自由讲自己愿讲的话，各派思想都能自由发展，所以能够酿成文学言志的潮流，而一旦社会统一稳定，思想定于一尊，儒家的思想统治了整个的思想界，于是文学也走入了载道的路子"④。

后来周作人再次就这一问题追加说明："言他人之志即是载道，载自己的道亦是言志。"⑤ 这不但回应了《泽泻集·序》中所表达的思想，也因此明确了其文学思想与表达上"个人主义"的追求，而无论是封建时代抑或是思想日渐被钳制的现代社会，"个人主义"的倡导自然就具有了"反抗性"。

"趣味化"之日常生活

与生活的工具化、功利化相对抗的是"生活的艺术化"。正如上文所论，电车、汽车胜在快速、便捷，却输了"慢"生活之"天人合一"的忘我心境与优游咀嚼的韵味。周作人说："我们于日用必需的东西以外，必须还有一点无用的游戏与享乐，生活才觉得有意思。我们看夕阳，看秋

---

① 周作人：《陶庵梦忆·序》，《苦雨斋序跋文》，河北教育出版社2002年版，第115页。
② 周作人：《燕知草·跋》，《苦雨斋序跋文》，河北教育出版社2002年版，第124页。
③ 周作人：《近代散文抄序》，《苦雨斋序跋文》，河北教育出版社2002年版，第126页。此文原题《冰雪小品文序》，收入《苦雨斋序跋文》时改题《近代散文抄序》。
④ 周作人：《中国新文学的源流》，河北教育出版社2002年版，第18—19页。
⑤ 周作人：《中国新文学大系散文一集·导言》，《周作人散文全集》第6卷，广西师范大学出版社2009年版，第729—730页。

河,看花,听雨,闻香,喝不求解渴的酒,吃不求饱的点心,都是生活上必要的——虽然是无用的装点,而且是愈精炼愈好。"① 于现实"无用",于个人性情则是"有用"的,而这"有用"在周作人看来更重在其"情思"、"趣味"上。他曾在《笠翁与随园》中明确表示他很看重趣味,而没趣味乃是一件大坏事。这所谓趣味则包含了如雅、朴、涩、重、厚、清朗、通达、中庸、有别择等,反是者就是没有趣味了。

在故乡众多风土人情中,周作人单单挑了乌篷船作为介绍重点,即在一"趣"字上。首先,"趣"在船头:"船头着眉目,状如老虎,但似在微笑,颇滑稽而不可怕。"其次,趣在方寸之间——四人的麻将游戏。最后,趣在坐小船时与天地亲密无间的接触:"在这种船里仿佛是在水面上坐,靠近田岸去时泥土便和你的眼鼻接近。"即便是"遇着风浪,或是坐得少不小心,就会船底朝天,发生危险",在周作人看来也是"颇有趣味"的,谓之水乡一大特色。这一行船之乐,周作人曾反复书写,《苦雨》即有如此描写:"我以前在杭沪车上时常遇雨,每感困难,所以我于火车的雨不能感到什么兴味,但卧在乌篷船里,静听打篷的雨声,加上欸乃的橹声以及'靠塘来,靠下去'的呼声,却是一种梦似的诗境。倘若更大胆一点,仰卧在脚划小船内,冒雨夜行,更显出水乡住民的风趣,虽然较为危险,一不小心,拙劣地转一个身,便要使船底朝天。二十多年前往东浦吊先父的保姆之丧,归途遇暴风雨,一叶扁舟在白鹅似的波浪中间滚过大树港,危险极也愉快极了。我大约还有好些'为鱼'时候……至少也是断发文身时候的脾气,对于水颇感到亲近。"②

接下来的"一日游"更可谓"趣味"十足。首先是所游之"景"趣。"远山近树鱼舍小桥",一派江南水乡风致。其次是"情"分兴奋时的极目远眺和困倦时的读书喝茶。再次是"光"分白天、暮色。最后是"色"分乌桕红蓼白苹。动则连游数地,或乘船或骑马或步行,静则兴尽而归,进得城上……"夜航"则几乎都在写声音。"夜",唯其在黑夜,没有一点光线,声音成为世界存在的明显标志。水声橹声是连续的,有节奏的;行船的招呼声只是偶尔听见。也许粗鲁,也许亲昵,但绝不会是一般礼貌性地

---

① 周作人:《北京的茶食》,《泽泻集》,北京十月文艺出版社 2011 年版,第 21 页。
② 钟叔河编:《周作人文类编》第 9 卷,湖南文艺出版社 1998 年版,第 495 页。

客套，展现出乡间朴素的关系。由乡间的犬吠声则可想到散落在岸边的几户渔家，倒反衬出黑夜水乡的宁静。

　　景之"趣"的发现，有赖于游玩者之态度与情思境界。于寻常事物得"趣"味，于日常生活入美之世界，将生活艺术化是必要的审美态度。乌篷船之趣，在沿途之景，更在于行舟坐船者"游山"之心境。"不能象坐电车的那样性急，立刻盼望走至。倘若出城，走三四十里路（我们那里的里程是很短，一里才及英里三分之一），来日总要预备一天。"不性急，不急功近利。游玩的里程数与游玩时间并不构成现代社会惯常遵循的比例。现代文明社会对效率的追求将个体生存的时间轴极大地压缩，庞大而凝滞的空间成为现代个体生命的牢笼，物质空间的挤压由此带来无法摆脱的焦虑与惶恐。而周作人所倡导之"游山"态度，恰是在移步换景中，个体随时间之维的不断延宕与所遇之景不断融合，景与情的相互激荡是个体情思不断走向自由审美境界的过程。

　　实际上，"子荣"、"岂明"都是周作人的笔名。那么，这篇叙写故乡"有趣"之乌篷船的文字，似乎亦可理解为身处现代都市的作者与另一个沉潜于理想化审美境界中自我的一场精神对话，是作者借审美化之自我对现世之我的反省与净化。

闲话风致的自觉追求

　　《乌篷船》秉承了周作人小品文一贯的"闲话风致"。而"闲话风致"之造成，有两方面重要因素。一是情感的平淡；二是文体上的闲适风（书信题跋这类文体的推崇，文章的简短）。

　　首先谈情感的平淡。

　　前文曾谈及"故乡"在周作人散文中的"疏离"现象，实际上，此现象乃是周作人为人为文的"平淡"追求。如《乌篷船》中这段文字就几乎褪去所有情感色彩："乌篷船大的为'四明瓦'（Sy-menngoa），小的为脚划船（划读如 uoa）亦称小船。但是最适用的还是在这中间的'三道'，亦即三明瓦。篷是半圆形的，用竹片编成，中央竹箬，上涂黑油；在两扇'定篷'之间放着一扇遮阳，也是半圆的，木作格子，嵌著一片片的小鱼鳞，径约一寸，颇有点透明，略似玻璃而坚韧耐用，这就称为明瓦。三明瓦者，谓其中舱有两道，后舱有一道明瓦也。船尾用橹，大抵两支，船首有竹篙，用以定船。"

近于说明文的客观介绍，真是平淡之极。初读者常会因为找不到与作者情感契合或共鸣空间而手足无措。对于人的情感的表达方式，周作人曾如是说："人的脸上固然不可没有表情，但我想只要淡淡地表示就好，譬如微微一笑，或者在眼光中露出一种感情，——自然，恋爱与死等可以算是例外，无妨有较强烈的表示，但也似乎不必那样掀起鼻子露出牙齿，仿佛是要咬人的样子，这种嘴脸只好放到影戏里去，反正与我没有关系，因为二十年来我不曾看电影。"① 而关于自己小品文之"平淡"，周作人1925年在《雨天的书·自序二》中谈道："我近来作文极羡慕平淡自然的境地，但是看古代或外国文学才有此种作品，自己还梦想不到有能做的一天，因为这有气质境地与年龄的关系，不可勉强。像我这样褊急的脾气的人，生在中国这个时代，实在难望能够从容镇静地作出平和冲淡的文章来。"1936年，他再次谈道："有人好意地说我的文章写得平淡，我听了很觉得喜欢，但也很惶恐。平淡，这是我所最缺少的，虽然也原是我的理想，而事实上也绝没有做到一分毫，盖凡理想本来即其所最缺少而不能做到者也。"② 周作人又说："又或有人改换名目称之曰闲适，意思是表示不赞成，其实在这里也是说得不对的。热心社会改革的朋友痛恨闲适，以为这是布耳乔亚的快乐，差不多就是饱暖懒惰而已。然而不然。闲适是一种很难得的态度，不问苦乐贫富都可以如此，可是又并不是容易学得会的。"③ "总之闲适不是一件容易学的事情，不佞安得混冒，自己查看文章，及流连光景且不易得，文章底下的焦躁总要露出头来，然则闲适亦只是我的一理想而已，而理想之不能做到如上文所说又是当然的事也。"最后他总结道："看自己的文章，假如这里边有一点好处，我想只可以说在于未能平淡闲适处，即其文字多是道德的。……至于文章自己承认未能写得好，朋友们称之曰平淡或闲适而赐以称许或嘲骂，原是随意，但都不很对，盖不

---

① 钟叔河编：《周作人文类编》第4卷，湖南文艺出版社1998年版，第162页。
② 《瓜豆集·自己的文章》，上海宇宙风社1937年版。
③ 同上。

佞以为自己的文章好处或不好处全在此也。"① 1944年，周作人写道："鄙人执笔为文已阅四十年，文章尚无成就，思想则可云已定。大致由草木虫鱼，窥知人类之事，未敢云嘉孺子而哀妇人，亦常用心于此，结果但有畏天悯人，虑非世俗之所乐闻，故披中庸之衣，着平淡之裳，时作游行，此亦鄙人之消遣法也。本书中诸文颇多闲适题目，能达到此目的，虽亦不免有芒角者，究不甚多。"②

其次谈谈周作人小品文之闲话风致。

《乌篷船》采用了周作人极力推崇的"书信题跋"这类正经文章之外的文体。以友人之间书信的样式，造成朋友间随性自然地聊天的氛围，娓娓道来，无拘无束。

周作人在评价苏东坡时认为其"仍在韩愈的系统之下，是载道派的人物"，"他的作品中的一大部分，都是模拟古人的"，只有"号外的一小部分，不是正经文章，只是他随便一写的东西，如书信题跋之类，在他本认为不甚重要，不是想要传留给后人的，因而写的时候，态度便很自然，而他所有的好文章，就全在这一部分里面"③。可见，周作人对苏东坡的推崇，主要在"书信题跋"一小部分的文字。在周作人看来，这一部分文字，"片言只语中反有足以窥见性情之处"。

而文章在篇幅上的简短亦给人轻松悠闲的阅读感受。周作人欣赏日本人"在生活上的爱好天然，与崇尚简素"④。这可视为周作人的艺术理想。他说："写文章没有别的诀窍，只有一个字曰简单。"⑤ 这个简单首先要求文章简短。周作人自1924年左右起，把写作的重点转向小品文，1926年正式宣布不再写长篇论文。因为简短的小文更易达到平淡之美。而周作人小品文在文体上之追求，则与其一贯提倡的个人情思、趣味之自由表达的精神相契合。

延伸阅读

① 《瓜豆集·自己的文章》，上海宇宙风社1937年版。
② 周作人：《立春以前·几篇题跋。秉烛后谈序》，上海太平书局1945年版。
③ 周作人：《周作人书信·序言》，河北教育出版社2002年版，第1页。
④ 周作人：《知堂回想录》第66节，香港三育图书有限公司1981年版。
⑤ 周作人：《风雨谈·本色》，岳麓书社1987年版。

1. 许杰在其《周作人论》(1934) 这篇文章中引周作人《乌篷船》里的文字，认为周作人"很显然的表现出对新兴资本社会的厌恶"，由这一前提，他得出的结论是周作人"对封建社会的恋慕的情绪"。"这种恋慕封建文化的精神，再出之以士大夫的绅士的态度，于是乎，他的趣味的主张，悠然忘我的心情等，便从此出来了。"(孙郁、黄乔生编：《回望周作人研究述评》，河南大学出版社 2004 年版，第 89 页)

2. 张旭东的《散文与社会个体性的创造——论周作人年代小品文写作的审美政治》(谢俊译)通过重读周作人 20 世纪 30 年代创作的"小品文"，探讨了白话散文与现代性的关系。作者认为，周作人"冲淡平和"的小品文是在"乱世"中保全"理性的个人"的政治实践和审美实践。在文学"理性化"或"非政治化"的外衣下，周作人的写作具有强烈的政治性！它力图保持"五四"启蒙的个人主义、怀疑主义和批判精神的"纯粹性"，力图为现代个体意识寻求风格的自足和日常生活的常态，从而与旧势力和新兴左翼政治持久对抗。作者强调，周作人小品文的审美特质，由这种特定的文化政治紧张所决定，但它在风格层面上掩盖或"升华"了这种紧张。周作人的实践在政治上和道德上以失败而告终，但他的散文写作却成功地把特定历史条件下复杂的文人意识转化为新文学最具有内在强度的写作伦理和语言自我意识。

3. 丁晓原《散文的周作人与周作人的散文》[《厦门大学学报》(哲学社会科学版) 2003 年第 5 期] 认为周作人深怀散文情结。散文的周作人，意指周作人本身就是他所指认的言志的散文。他的哲学思想、人生态度、性情情趣等无不诠释着他所命名的散文小品。周作人的散文，可表述为散文是周作人的一种语言物化，是周作人生命存在的另一种方式，是周作人精神私人化的一种表达。主体与文本这样相生，在现代散文史上，周作人似是第一人。

思考题

1. 你还可从哪些方面理解《乌篷船》？
2. 周作人对"美文"的提倡反映了周作人对文学与时代关系怎样的思考？

第四讲

《独语》:执着于审美性的独语体

《独语》出自何其芳的散文集《独语》。散文集《独语》收录了何其芳1933—1935年写的17篇散文,1936年结集出版,这年何其芳24岁。散文集《独语》是何其芳20世纪30年代散文创作思想的集中体现,当年获天津《大公报》文艺奖,何其芳也因此成为"京派"中的一员。散文集《独语》的意义在于,一方面它进一步发展了鲁迅开创的独语体散文;另一方面它追求、实践散文的审美本体性,这对扭转当时散文创作的某些偏颇有积极意义。这两种意义使散文集《独语》在文学史上占据了独特的地位。因此,对散文集《独语》的解读应当从这两个方面进行,对单篇散文《独语》[①]的分析也当如此。

独语体:心灵的独白

(一) 独语体

独语体是专门针对散文文体而言的,其特点有二:第一,作家在创作散文时,创作的视阈局限在自己的内心深处,是作家内心独白的外在显现,是作家对自身的审视;第二,"独语"的表现形式,就是自话自说。

可以用"孤独"两字概括独语体散文的特点。"孤独"指作家只重视

[①] 本文有关《独语》的引文均出自蓝棣之主编的《何其芳文集》第1卷,河北人民出版社2000年版。

"自我",而忽视"读者"。"孤独"有两个层面：第一个层面是内倾的视角,只关注作者内心；第二个层面是不在乎他者(读者)的接受。"'自言自语'('独语')是不需要听者(读者)的,甚至是以作者与读者之间的紧张与排拒为其存在的前提：唯有排除了他人的干扰,才能径直逼视自己灵魂的最深处,捕捉自我微妙的难以言传的感觉(包括直觉)、情绪、心理、意识(包括潜意识),进行更高、更深层次的哲理的思考。"[1] 独语体散文的作者在自我封闭中静思默想,考问自我灵魂,是一种内省式的审美追求,作家的"在场"与读者的"缺席"造成文本语境与读者之间存在一定的间隔,因而这类散文具有封闭性与自我指涉性。受此影响,独语体散文在表现形式上有意设置与读者交流的障碍,往往使用扑朔迷离的意象进行象征,造成文章的朦胧晦涩。解读独语体散文的难点在于作者有意将自我与读者隔绝,将自我封闭起来,因而挖掘作者内心具有一定的难度。

(二) 孤独灵魂的独语

《独语》这篇散文属于典型的独语体散文,作者完全沉浸在"自我内心世界"之中,因而,挖掘尘封的内心是解读本篇作品的关键。

文章首先渲染了一个孤独的空间和孤独的"我"："夜街"只有黄昏的灯光在阴暗地闪烁,没有行人,只有"荒凉"。这样的空间环境冷漠、阴森。"我"独步夜街,发出的声响也是"枯寂"的。如此孤独的"我"在如此孤独的空间发出孤独的窃语——人生多孤独。接着,何其芳诉说了人生孤独的几种形态：

第一种孤独是无从把握自己命运的孤独。对于这种孤独,何其芳是借助歌德的爱情和事业加以委婉倾诉的。歌德23岁时,在乡下参加舞会,遇见了19岁的姑娘绿蒂。绿蒂善良、美丽,尤其是一双传神的大眼睛打动了歌德火热的心。歌德和她一起跳舞,一起做游戏,爱的潮水在胸中激荡。但绿蒂是歌德的好友凯史脱南的未婚妻！歌德的好友相信歌德的品行,也相信自己的未婚妻,没有干涉歌德与绿蒂的交往。绿蒂本人也对自己的爱情忠贞不渝,十分注意分寸,对歌德既热情周到,又不让歌德有任何非分之想。当歌德知道自己喜欢的姑娘是自己朋友的未婚妻的时候,陷

---

[1] 钱理群:《中国现代文学三十年》,北京大学出版社1998年版,第52页。

入极端的痛苦之中。他曾想拔剑自尽，了此一生，但终于摆脱烦恼，坚强起来，很快离开了绿蒂，在逃脱中获得新生。临行前，歌德分别给凯史脱南和绿蒂写了信，表达了"我让你们幸福"的诚意。歌德从小就喜欢画画，曾在莱比锡跟美术教授埃席尔学绘画知识和技巧。到了魏玛，每当他感到疲劳或心烦意乱时，就以绘画为兴奋剂或镇静剂。歌德幽默地说："画画——这是我的橡皮奶头，就像人们给婴儿的那样，含着它，婴儿就不再啼哭，渐渐入睡，他还以为含着奶似的。"[①]他还说，他得了一种"绘画狂"的病，时常要发作。歌德喜欢绘画，但他从事绘画不是依据理性的分析，而是依靠小小的游戏。命运捉弄人，喜欢的姑娘偏偏是自己朋友的未婚妻，喜欢绘画偏偏不能当画家，人不能把握自己，且无处诉说，只能孤独地咀嚼自己的这种惶惑，只能依靠"寂寞的一挥手"叩问自己的命运。

第二种孤独是不被人理解、没有人倾听的孤独。对于这种孤独，何其芳是借助阮籍的典故和古代的建筑加以表现的。孤独不仅仅是指人外在的生存状态，更重要的是指人的一种内心体验，正如顾城在《远和近》里描绘的："你／一会看我／一会看云／／我觉得／你看我时很远／你看云时很近。"从空间距离来说，"你"和"我"近在咫尺，但从心理距离来看，"你"和"我"相隔甚远。在现代社会中，即使个体与群体的物理间距相隔很近，但心理空间相互是疏远的，心灵与心灵之间难以达成沟通与理解。于是西晋人物只能驱车独游，"到车辙不通之处就痛哭而返"，这种孤独包含穷途末路的绝望和悲哀。西晋人物指的是阮籍，《晋书·阮籍传》记载："时率意独驾，不由径路，车迹所穷，辄痛哭而返。"[②]绝顶登高，悲慨长啸，然而依然不能找到倾听者，在无边的寂寞中，依然只能听到来自空谷的自己的回音。走进一个古代的建筑，"画檐巨柱都争着向我有所诉说，低小的石栏也发出声息"，而"我"这个可能的倾听者却成了一个化石。一方有着强烈的倾诉欲望，一方是无法倾听的化石，所有的表达都无法得到回应，"一切语言都不过是空洞的声音"[③]。阮籍的典故表现出"我"不被人

---

① 童一秋主编：《世界十大文豪歌德》，吉林文史出版社 2004 年版，第 18—19 页。
② （唐）房玄龄等：《晋书》，中华书局 1996 年版，第 821 页。
③ 蓝棣之主编：《何其芳文集》第 1 卷，河北人民出版社 2000 年版，第 262 页。

理解的孤独，古代的建筑表现出他人不被"我"理解的孤独。就此，何其芳写出孤独的双向性效应，"我"不被他人理解，他人也不被"我"理解，何其芳的孤独是最彻底的孤独。现实世界中彼此不能相互理解，于是人类往往借助文学艺术宣泄自己孤独的情绪，杰出人物在书中发出孤独的声音，有的温柔，有的悲哀，有的狂暴，这些孤独的声音不断寻求对话的可能性，但心灵的隔膜犹如一扇黑色的大门，将"门内的灵魂"和"门外的灵魂"分离，书中的情感同样无人理解，同样只能孤独前行。"门外的灵魂"和"门内的灵魂"分别代表写书人的情感和读书人的情感，它们被心灵这扇黑色的大门所分离，依然相互不能理解，依然是隔膜的。书的孤独表现出何其芳对交流的不信任，怀疑交流的可能性。由此不难理解，为什么何其芳要采用"独语"的书写形式，因为写在书中的情感也不会被人理解，既然不被理解，不如自言自语。这让全文笼罩在更浓厚的孤独之中。面对广袤苍穹，茫茫人海，却找不到一个倾听者和对话者，这是人存在的本体的孤独，是对生命本体的自我确认，是人类存在的本体意义上的焦虑和困境——没有人能真正走进另一个人的内心，感受他的全部。

  第三种孤独是自我被人遗弃所形成的孤独。对于这种孤独，何其芳借助"死者的魂灵"加以表现。"死者的魂灵回到他熟悉的屋子里，朋友们在聚餐，嬉笑，都说着'明天明天'，无人记起'昨天'，""昨天"大家一起拥有友情，而"今天"友情随风而去，"死者的魂灵"无奈地慨叹："我被人忘记了，还是我忘记了人呢？"这里，尽管作者问的是两个问题，即"我被人遗忘"和"我忘记了人"，但结合文章前后来看，主要是"我被人遗忘"，"我忘记了人"只是为了突出前一个问题而设的假象。朋友们聚餐、嬉笑，忘记了"我"。而"我"依然能说出那些惯常的句子，还能记住朋友的每一个细节：古怪的抽屉，精致的小信封和小信封里面装着的丁香花，不知名的扇形的叶子。这里何其芳发出了一句感慨："那使人类温暖的，我不是过分缺乏了它就是充溢了它。两者都足以致病的。""那使人类温暖的"无疑指的是"人间的爱"。这句话包含两层意思：第一层意思是，被人遗弃会使一个人于孤寂之中抑郁成疾。第二层意思是，一个人给予他人过多的爱，会使自己陷于回忆之中不能自拔，也能使自己抑郁成疾，因为情到深处人更孤独。文章中的"我"记住了朋友的每一个细节，对朋友充满深深的爱意，然而，朋友却遗忘了"我"，"我"更感受到孤独。"人类温暖的"爱也难以从根本上使人摆脱孤独的状态。这句话颇富哲理。何其芳说过:"我在大学里读着哲学,又是一个偶然的错误。因为我当初只想到作为了解欧洲文化的基础必须明了西方哲学思想的来源和演变,不曾顾及我自己的兴趣。诗歌和故事和美妙的文章使我的肠胃变得娇贵,我再也不愿吞咽粗粝的食物,那么干燥的紊乱的哲学书籍。"[1] 不论何其芳怎么不喜欢哲学,但哲学的正规训练使他在文学创作中常常体现出哲学的思维方式,李健吾在论及何其芳时一方面称他为"诗人"、"自觉的艺术家",另一方面又称他为"哲学士"。《独语》就是诗的哲学和哲学的诗。当然,也不能对文本做过多的哲学阐释,否则将失去作品的诗意。

文章最后描绘了一只窃听"我"独语的昆虫。这只昆虫长着"一对长长的触须,三对屈曲的瘦腿",外形干硬、倔强,它嚜默地、迟徐地爬到"我"的窗纸上,发出孤独的叫声,"我"是孤独的,窃听"我"的昆虫也是孤独的,有阳光是孤独的,没有阳光也是孤独的。由此点化为"我"是孤独的,他人也是孤独的,在充满阳光的春天、夏天是孤独的,在失去阳光的秋天、冬天也是孤独的,人类的孤独恒久和不可避免。作者在冥想之中完成了生命孤独的旅程。

由以上分析可以看出,全文是一位敏感青年孤独灵魂的独语,《独语》体现了何其芳孤独的内心世界。

过去的一些分析《独语》的文章比较重视时代对作者所造成的影响,将"黑色的门"看成是黑暗的社会,认为何其芳不愿向丑恶现实屈服、随波逐流,因而感受到寂寞。对于这种看法,我们认为,过分强调现实的黑暗不符合何其芳的创作实际。从文本本身和何其芳孤独产生的原因来看,何其芳的孤独属于人类本体的孤独,很少显现出时代色彩。何其芳的孤独主要源于青少年时家庭对他的影响。何其芳从童年开始便处于无所依傍的孤独状态。何其芳出生于四川万县一个没落保守的封建家庭,父亲脾气暴躁,思想顽固守旧,又因何其芳是家中的长子,父亲对他更是严厉有加,完全按照中国传统的旧式教育要求他,何其芳行为稍有差池,他父亲便暴跳如雷。何其芳8岁被送进私塾学习,当时已是民国初年,何其芳的父亲固执地认为新皇帝不久便会出现,科举制度很快就会恢复,盼望何其芳有

---

[1] 蓝棣之主编:《何其芳文集》第1卷,河北人民出版社2000年版,第237—238页。

朝一日科举及第。何其芳在封闭枯燥的私塾教育下度过了本该无忧无虑、自由欢乐的时光。早年生活的孤寂暗淡郁积在他的心中，最后形成了一种潜在心理。生活的天地太狭窄，何其芳转向书本。从12岁开始，何其芳就一头扎在书堆里，如饥似渴地读着许多中国传统的文学作品，如《三国演义》《水浒传》《西游记》《聊斋志异》《封神演义》《昭明文选》《赋学正鹄》《唐宋诗醇》等。文学诱使他进入一个崭新的幻想世界。幻想世界的多姿多彩和现实世界的单调荒芜形成极大的反差，这种反差加深了何其芳固有的孤独感，使他成为一个"充满了幼稚的伤感，寂寞的欢欣和辽远的幻想的人"，"感到了一种深沉的寂寞，一种大的苦闷，更感到了现实与幻想的矛盾，人的生活的可怜，然而找不到一个肯定的结论"①。环境的压抑和心灵的自由之间所形成的对立逐渐导致何其芳以"孤独者"的姿态走向文坛。《独语》时期的何其芳完全沉湎于自己内心的荒野，用散文宣泄自己孤独的哭泣。当然，时代沉闷的环境，无法给青年人提供自由舒畅的空间，也是何其芳产生孤独抑郁的一个原因，但这种社会外在因素所占成分很少。使何其芳产生孤独感的主要原因是个体对生命的感受和焦虑追求，因而何其芳的孤独是纯粹的生命本体论意义上的孤独。

鲁迅创作的《野草》是中国现代白话文中最早的独语体散文，也表达了孤独的情绪。但鲁迅所体验的孤独具有很强的时代色彩，由感时忧国的悲愤心情而产生，积淀着社会历史的因子。比如，鲁迅也写"自我"的被遗弃，但他们不是被友情、亲情、爱情所遗弃，而是被拯救者所遗弃，这是《野草》很突出的主题。《颓败线的颤动》也许是《野草》中最震撼人心的篇章。鲁迅"救赎""他者"奋不顾身，而"救赎者"却被社会，被他竭诚奉献一切的对象无情地抛弃和放逐，牺牲者吃的是草，挤出的是奶，是血。然而却被吃他奶，喝他血的人们所鞭打，所驱逐。《颓败线的颤动》写出了鲁迅对此的悲愤，而且将这种悲愤展示得十分惨烈。文章更为深刻的是，鲁迅表现了先知先觉者虽然被社会所遗弃，但他们也毫不留恋地遗弃了社会。文章最后写道：老妇人"冷静地，骨立的石像似的站起来了。她开开板门，迈步在深夜走出，遗弃了背后一切的冷骂和毒笑。"老妇人被忘恩负义之人所遗弃，而她又主动遗弃和拒绝了黑暗、肮脏的生

---

① 何其芳：《给艾青先生的一封信》，《文艺阵地》1940年第4卷第7期。

存空间，双重的遗弃，双重的孤独。老妇人选择"深夜中尽走，一直走到无边的荒野"。老妇人选择"人与兽的，非人间所有，所以无词的言语"来诅咒这"人间"的一切；从老妇人那"举两手尽量向天""伟大如石像"般的身躯，那"并无词的言语也沉默尽绝，惟有颤动，辐射若太阳光，使空中的波涛立刻回旋，如遭飓风，汹涌奔腾于无边的荒野"[①] 的描写里，我们可以领略到鲁迅内心深处最孤独、最痛苦、最悲愤的生命体验。鲁迅是一个精神界之斗士，他一生与中国国民的劣根性做坚决的、毫不妥协的战斗，一生坚持反封建性，直到生命的最后一刻。个体与群体、个人与社会的紧张对峙，自己的思想不能被大众所理解，不能与大众形成对话与交流，这是"鲁迅式的孤独"。《独语》所体现的"何其芳式的孤独"是生命本体意义的孤独。

《独语》和《野草》分别代表了那一个特殊时期两类孤独情绪，展示出中国现代文学时期知识分子两种孤独的人生体验。

文章中出现了各种各样的声音："荒凉的夜街上"的"枯寂的声响"，阮籍的痛哭，画檐、巨柱的诉说声，石栏的呻吟声，书中人物发出的或"温柔"或"悲哀"或"狂暴"的独语声，朋友们聚餐时的嬉笑声，"我"的叹息声，昆虫发出的孤独的鸣声。在独语中出现的声音，表现了作者内心深处想以"声音"冲破寂寞的愿望，隐含着"反抗寂寞"、"反抗绝望"的内在愿望。声音的出现昭示着一种矛盾的心境：一方面是珍爱孤独，对自身的寂寞处境有着审美化体验；另一方面是不能忍耐孤独的悖谬感觉。这表明何其芳也在思索如何面对孤独，但"一个永远期待的灵魂死在门内，一个永远找寻的灵魂死在门外"，他得出的答案是悲观的，或者死在门内，或者死在门外。尽管悲观，但渴望摆脱孤独与寂寞的愿望依然存在，这也是何其芳的矛盾。

向散文艺术本体逼近

在中国新文学开始后较长的一段时间里，对散文文体有一种误读，人们往往将不能称之为小说、诗歌、戏剧的文学作品全部归入散文。散文成

---

① 《鲁迅全集》（二），人民文学出版社 1959 年版，第 159 页。

为最缺乏艺术自觉的一种文体。这种情况使散文虽然表面上繁荣兴旺,但实际上给散文埋下了一种危机,让散文丧失了文体的疆域,文体疆域的丧失将会使散文失去自己独立的品格。早在1928年,朱自清就在《背影·序》中指出,"闲话"体散文,还"不能算做纯艺术品","真正的文学发展,还当从纯文学下手"。何其芳创作《独语》中的散文时,其目的就是试图用艺术美的创造来改变20世纪30年代散文说理化和叙事化的倾向,散文集《独语》的一个突出之点是文体意识的自觉。在《我和散文——〈还乡杂记〉代序》中何其芳说过这样一段话:

> 就在这时候我开始和两位同学常常往还。这在我是很应该提到的事。因为我的名字虽排在这有千余人的学校的名册里,我的生活一直像一个远离陆地的孤岛,与人隔绝。而且这就是使我偶然写起散文来的因子。在那两位同学中,一个正句斟字酌地翻译着一些西欧作家的散文和小说。另一个同学也很勤勉,我去找他,他的案上往往翻着尚未读完的书,或者铺着尚未落笔的白稿纸。于是我感到在我的孤独、懒惰和暗暗的荒唐之后,虽说既不能继续写诗又不能作旁的较巨大的工作,也应该像一个有自知之明的手工匠人坐下来安静地、用心地、慢慢地雕琢出一些小器皿了。于是我开始了不分行的抒写。而且我们常常谈论着这种渺小的工作,觉得在中国新文学的部门中,散文的生长不能说很荒芜,很孱弱,但除去那些说理的、讽刺的、或者说偏重智慧的之外,抒情的多半流入身边杂事的叙述和感伤的个人遭遇的告白。我愿意以微薄的努力来证明每篇散文应该是一种独立的创作,不是一段未完篇的小说,也不是一首短诗的放大。[①]

何其芳想通过自己的散文创作革新当时的散文局面,将现代散文向纯文学靠拢,向散文艺术本体逼近。何其芳还说:"如前面所说,我的工作是在为抒情的散文发现一个新的园地。我企图以很少的文字制造出一种情调:有时叙述着一个可以引起许多想象的小故事,有时是一阵伴着深思的情感的波动。正如以前我写诗时一样入迷,我追求着纯粹的柔和,纯粹的

---

① 蓝棣之主编:《何其芳文集》第1卷,河北人民出版社2000年版,第238—239页。

美丽。一篇两千字的文章的完成往往耗费两三天的苦心经营，几乎其中每个字都经过我的精神的手指的抚摩。"① 这一追求也是何其芳所在的水星派同仁的共同追求，据卞之琳回忆，他和何其芳、李广田在北京时，都倾向于"求艺术完整，不赞成把写得不像样的推说是散文"②。何其芳的这种追求获得了成功，正如《大公报》文艺奖评选文会认定的那样，"《画梦录》的出版雄辩说明了散文本身怎样是一种独立的艺术制作，有它超达深渊的情趣"③。《独语》哪些方面使散文达到一种艺术制作，具有超达深渊的情趣？

第一，《独语》大量使用了意象。使用意象，将自己的感觉情绪借助意象，以一种物化的形式传达出来，能使作品更加蕴藉，内心复杂细腻的情绪也因此得到全面表达。意象的使用，中国文学古已有之，但以诗歌居多。现代散文中比较集中地、大量使用意象的作家首推鲁迅，何其芳在散文集《独语》中充分发挥了《野草》的这一特点。《独语》中的一个主要意象是"影子"。"影子"在文本中出现两次，而且全文是以"影子"开始，又以"影子"结束的。文章开头将"独语"比作"昏暗灯光下的黑色影子"，这个意象形象地说明独语难堪而尴尬的境地，"影子"会因灯光的消失而消失，它最终逃离不了"死亡"的结局；独语正如影子，最终逃离不了消失的结局。明明知道逃离不了消失的结局，依然固执地"独语"，所以何其芳说"可爱的灵魂都是倔强的独语者"。此外，在"昏暗的灯光"下影子显得孤独无助，无地可逃，借助昏暗灯光下的影子更加衬托出"独语"的孤独。文章的结尾是一个昆虫的影子，这个影子的特点是噤默，即使发出鸣声也是孤独的。昆虫的影子正是作者的自喻。

除了"影子"外，《独语》里还出现了其他大量扑朔迷离的意象，这些意象大致可分为两类：一类是"时间意象"：夜街、"象一张阴晦的脸压在窗前"的天色、阳光消失了的秋天等；一类是"空间意象"，大到古代的建筑物、黑色的门、落寞的古老的屋子，小到古怪的抽屉。这两类意象都具有中国传统意象的特色，古典韵味浓烈。黑色的门紧闭，古老的屋子

---

① 蓝棣之主编：《何其芳文集》第1卷，河北人民出版社2000年版，第241页。
② 卞之琳：《〈李广田散文〉序》，《李广田散文选》，云南人民出版社1981年版，第1页。
③ 《大公报》1937年5月12日。

的阶石上爬满白藓,从未有人造访,空间意象给人萧条、阴森之虑,而且空间意象还给人自我封闭的暗示,暗示出心与心的无法沟通。时间意象给人晦暗、压抑之感。不论时间意象还是空间意象,都引导我们联想到怪异、凄凉,这些意象很好地表达了孤独、忧郁、枯寂、落寞的人生情绪,独语中寂寞的痛苦体验可谓是无边无际,无孔不入,深切地表达了作者所感受到的人与人之间的隔阂和由此产生的孤独。这两类意象的出现增添了文章朦胧而黯淡的色彩

第二,《独语》声调和谐,用语精美。每一段句子排列大致整齐,在语言的排列组合上力求和谐、均衡、浑圆,具有形式上的排列美。句子短小,字、词、句一咏三叹,不断重复,增添了文本内在的音乐旋律,使文章产生了音乐美,读起来朗朗上口。

> 或是昏黄的灯光下,放在你面前的是一册杰出的书,你将听见里面各个人物的独语。温柔的独语,悲哀的独语,或者狂暴的独语。黑色的门紧闭着:一个永远期待的灵魂死在门内,一个永远找寻的灵魂死在门外。每一个灵魂是一个世界,没有窗户。而可爱的灵魂都是倔强的独语者。

上述这段文字,从音节到节奏,从色彩到画面,都是精妙绝伦的。"温柔的独语,悲哀的独语,或者狂暴的独语","一个永远期待的灵魂死在门内,一个永远找寻的灵魂死在门外",独语反复出现四次,灵魂反复出现四次,使用复沓、反复的方式,增添了文章的音乐性,具有诗歌的韵律美。"我也倒想有一树菩提之荫,坐在下面思索一会儿。虽然我要思索的是另外一个题目","像一个鸣蝉蜕弃的躯壳,向上蹲伏着。嚜默地。嚜默地,和着它一对长长的触须,三对屈曲的瘦腿","我能很美丽地想着'死',反不能美丽地想着'生'吗?""思索"、"嚜默"、"美丽地"的反复使用,同样增添了文章的节奏感、音乐性。

第三,《独语》使用比喻、通感、比拟等修辞手法来营造独语世界,想象奇特。

设想独步在荒凉的夜街上,一种枯寂的声响固执地追随着你,如昏黄的灯光下的黑色影子,你不知该对它珍爱还是不能忍耐:那是你脚步的

独语。

"昏黄的灯光下的黑色影子"本是视觉形象,何其芳将它转换为"脚步的独语",于是演变成了声音,与听觉联系在一起。这一通感手法的使用很形象地写出了脚步声紧紧追随夜行者的情景,读者从而真切地感受到了街上的荒凉和夜行者异乎寻常的孤独感。"天色象一张阴晦的脸压在窗前,发出令人窒息的呼吸",脸压在窗前本是视觉形象,何其芳巧妙地将它转换为声音——窒息的呼吸。利用通感手段把声和色、虚和实调和起来,使某种东西变性、变形,再重新剪接组合,以造成一种特别的语感与情调。

> 画檐巨柱都争着向我有所诉说,低小的石栏也发出声息,像一些坚忍的深思的手指在上面呻吟,而我自己倒成了一个化石了。

这里使用拟人和拟物的修辞手法,将画檐巨柱、低小的石栏比拟为人,又将人比拟为物,通过人与物的倒置,写出了交流的困难。

阶石上铺着的白藓"像期待着最后的脚步",不知名的扇形的叶子"象为着分我的寂寞而展示他温柔的记忆",白藓、叶子具有人的期盼、记忆,拟人手法的使用很好地突出了"孤独"的情感。

第四,《独语》用语考究,刻意追求含蓄美。他的语言浓艳、华美、含蓄而凝练,富于抒情和色彩感。何其芳写散文,以少而凝练的文字制造出一种新的故事、意象、意境、情调。"在一个过逝的有阳光的秋天里","过逝"一词用来描绘秋天的阳光,新奇而准确。再如用坚忍、深思来描绘手指,"寂寞的一挥手"中的"寂寞"等词充分体现了文学作为语言艺术的优势。

第五,《独语》还采用了小说的写法,如对维特的那一段描写。有简单的故事情节(维特独自在阳光与垂柳的堤岸上,用小刀占卜自己的命运),有环绕人物的具体环境的描写(阳光、垂柳、堤坝、河水),还描绘了人物的心理(诱惑的色彩激动了他做画家的欲望)和举动(寂寞的一挥手)等,使人获得如同阅读小说一样的感觉和印象。当然,这肯定不同于小说,情节没发展,人物性格也早已定了型。再比如进入古老的屋子的描写,何其芳首先尽力渲染孤寂的环境:画壁漫漶,阶石上铺着白藓,屋内幔子半掩，地板已扫，死者的床榻上常春藤影在爬。然后叙写情节：死者的魂灵回到他熟悉的屋子里，朋友们在聚餐，嬉笑，都说着"明天明天"，无人记起"昨天"。这些情节写得很富有场面性，给读者的印象非常深刻。何其芳在散文创作中，除了融入小说的写法，还经常融入诗歌、戏剧的创作手法，形成"故事的文本"、"诗歌的文本"、"戏剧的文本"。他还将其他文体的创作手法运用到散文创作中，极大地丰富了散文艺术的创作手段。

何其芳和"水星派"其他作家从创作伊始就表现出这种对艺术本体的自觉追求，在促使散文走上"独立的创作"之路方面作出了不可否认的贡献。他们的散文凸显了散文形式的自足之美，实现了散文从理性至感性的回归与提升，他们以自己的努力提高了中国现代散文的格调。

当然，《独语》，包括何其芳20世纪30年代的其他散文，有时在艺术上失之太过，"有时我厌弃我自己的精致"①，这也算何其芳散文的美中不足吧。

延伸阅读

1. 刘西渭：《读〈画梦录〉》（《文季月刊》1936年第1卷）。本文将何其芳的散文称为"感味"，李广田的散文称为"叙述"。并认为李广田的散文"把人生照实写出"，何其芳的散文"别有特殊的会意。同在铺展一个故事，何其芳先生多给我们一种哲学的解释"，哲学的解释是何其芳对人生生命的思考。这些评价切中肯綮。

2. 艾青：《梦·幻想与现实》（《文艺阵地》1939年第3卷第4期）。本文对《画梦录》给予了激烈的批评。何其芳于1939年12月写了《给艾青先生的一封信》，对艾青的批评表示强烈不满。通过这篇文章可以了解一段文学史事。

3. 1937年5月12日《大公报》刊登的文艺获奖选文会对于获奖作品的评语："在过去，混杂于幽默小品中间，散文一向给我们的印象多是顺手拈来的即景文章而已。在市场上虽走过红运，在文学部门中，却常为人轻视。《画梦录》是一种独立的艺术制作，有它超达深渊的情趣。"

思考题

1. 何谓独语体散文？独语体散文有什么特点？

---

① 蓝棣之主编：《何其芳文集》第1卷，河北人民出版社2000年版，第192页。

2. 论述散文《独语》的"文学性"。

3. 何其芳试图通过散文集《独语》改变 20 世纪 30 年代散文说理化和叙事化的倾向。谈谈你对这个问题的认识。

第五讲

《鸭窠围的夜》：
独特的文化行旅类游记散文

《鸭窠围的夜》[①]是沈从文《湘行散记》中的第三篇。1933年9月9日，沈从文和张兆和在北平结婚，租住在北平西城府右街附近达子营的一套民房里，因院子里有一棵枣树和一棵槐树，沈从文谐称这套房子为"一枣一槐庐"。时过不久，沈从文母亲病重。为探望母亲，沈从文于1934年1月7日重返故乡。此时，沈从文已离乡十余年。沈从文此次回乡，是包船由常德沿沅水溯流而上。沈从文行前与张兆和约定，一路上随时向新婚的妻子张兆和报告旅途见闻。沈从文按事前的约定，每天给张兆和写信，还把沿途景物画下来作为书信的插图，这些通信便是《湘行散记》的雏形。《鸭窠围的夜》正是在1934年1月16日晚间那封信的基础上改定的。从散文文体类型的角度来看，《鸭窠围的夜》属于文化行旅类游记散文。本文以此角度对《鸭窠围的夜》进行细读。

中国现代游记散文和文化行旅类游记散文

中国古典游记起始于东汉，成型于魏晋南北朝，成熟于唐宋。马第伯的《封禅仪记》被称为中国最早的山水游记。柳宗元、王安石、欧阳修、苏轼、徐霞客等都创作了许多经典传世的游记散文，其作品叙事、写景、

[①] 本文有关《鸭窠围的夜》的引文均出自《沈从文全集》第11卷，北岳文艺出版社2009年版。

抒情、议论融合为一，相得益彰。由于中国文人根深蒂固的"山水情结"与"逍遥之念"，古典游记侧重于山水游记。

中国现代游记散文开始于域外游记，最早出现的游记散文多数是现代知识分子游走苏联、日本等国的社会和心灵记录，比如瞿秋白的《饿乡游记》和《赤都心史》，冰心的《寄小读者》，徐志摩的《欧游漫录》等。当时的《时事新报》《民国日报》《京报》副刊登载了许多到俄国、法国、美国、日本等异国他乡求学、游访的游记文章。中国现代文学开端时期的散文选集如《中国新文学大系》第一个十年的散文集中，游记所占的比重较大，当时许多脍炙人口的散文名篇也多为游记，现代游记散文无论种类、数量、质量、影响、创作队伍都可谓开创了中国游记的新篇章。

中国现代游记散文与古典游记散文有很大的不同，古典游记散文注重山水自然，只具备一个维度，现代游记散文一开始就具有三维性：借助山水自然展现纷乱的社会人生，抒发作者的个人感慨，自然、人、社会构成现代游记散文的三维度，因而现代游记具有鲜明的主体性和深广的社会性。"中国现代山水游记散文与中国古代山水游记散文相比，体现出寄情自然的社会性、社会批判的深广性、抒发情怀的本真性，主观化、主情化、自由化，强烈的主体性等突出特征，其涵蕴的建构独立自由人格的追求、积极的社会参与意识和浓重的人文情怀，在中国文学史上具有突出的现代价值。"[①]

目前，学术界以创作主体的精神取向为标准，将中国现代游记散文分为三类：山水自然类游记散文；社会人生类游记散文；文化行旅类游记散文。所谓文化行旅类游记散文是指作家以行旅者的心理与视角，徜徉于特定的地域历史文化境域，记录作家在历史文化、地域文化和宗教文化三个方面的文化记忆、生命体认，传达现代知识分子有关生命体验等方面的文化思考。文化行旅类游记散文必须具备三要素：（1）行旅者的身份；（2）特定的地域空间；（3）深刻的文化体味与反思。其中，前两个要素是达到后一个要素的手段，后一要素是此类散文的终极目的。因此解读文化行旅类游记散文应该从两个方面入手：第一，寻找文本中所包含的文化意蕴及其所体现出的作者的精神诗性；第二，寻找作者精神诗性的"载

---

① 李一鸣：《中国现代游记散文整体性研究》，山东人民出版社2013年版，第15页。

体"——文本的表现方式。

"信仰生命"：文本的文化意蕴

在《鸭窠围的夜》中，作者以行旅者的身份，借助湘西这个特定的地理历史文化空间，传达了其有关生命体认等方面的文化思考，充溢着浓厚的文化氛围。文本所包含的文化意蕴可以从两个方面进行考察：一是地域文化中的生命体认；二是宗教文化中的神性向度。

（一）地域文化中的生命体认

地域文化中的生命体认主要是指在文本中沈从文通过湘西所特有的地域文化特征表现自己对生命的体悟。

沈从文是一个信仰生命的作家。1942 年，沈从文写了一篇创作谈《水云》，这篇文章 1943 年发表于《文学创作》杂志，这是解读沈从文思想的一篇重要文章。在这篇文章中，沈从文以自嘲的口吻总结自己："我是个对一切无信仰的人，却只信仰'生命'"，是一个"对政治无信仰对生命极关心的乡下人"，"这应当是我一生的弱点"[①]。"信仰生命"使沈从文利用文学探寻生命的真谛，追求生命的完美与至善。从表面上看，沈从文属于间离于时代主题、超越于党派之争的自由主义作家，实际上，沈从文是从生命的角度理解社会政治问题和伦理道德问题的。而沈从文对生命的体认总是与湘西特有的地理、宗教、民俗联系在一起。《鸭窠围的夜》在对湘西特有的民俗风情的叙写中，通过湘西人特有的生命形态，寄托了沈从文深沉的生命感喟。

生命体悟一："人性"应该至纯至真至美至善。这种生命体悟通过湘西的水手和妓女的畸形爱欲关系体现出来。表现在现代社会里，妓女要么与堕落、金钱相联系，要么与苦难、贫穷相关联，但在《鸭窠围的夜》里，妓女不是惯常所见的那类风尘女子，金钱的欲望和悲惨的境遇在很大程度上被虚化为一种坚韧从容的人生态度。船靠岸后，"那些想喝一杯的，发了烟瘾得靠靠灯，船上烟灰又翻尽了的，或一无所为，只是不甘寂寞，

[①] 《沈从文全集》第 12 卷，北岳文艺出版社 2009 年版，第 137 页。

好事好玩想到岸上去烤烤火谈谈天的，便莫不提了桅灯，或燃一段废缆子，摇晃着从船头跳上了岸，从一堆石头间的小路径，爬到半山上吊脚楼房子那边去，找寻自己的熟人，找寻自己的熟地"。而吊脚楼里的床正中摆放着一个长方木托盘，盘中装有小烟匣等什物，当男子过了瘾，胡闹够了，就离开吊脚楼。如果这位女子有事情拜托这位男子，就凭立在窗口，大声对着那位男子喊。水手和妓女都是那样的真率、自然，没有丝毫的忸怩作态、遮遮掩掩，妓女以一种被诗化了的艺术形象出现。人与人之间不做作，不虚伪，真实得可爱。甚至嫖娼都显得率性而光明磊落。这是一种自然、率真的生命品格。"一切都是干干脆脆，一切都是风风火火，一切都是痛痛快快。人们要笑就笑要哭就哭，活得胆大包天爱得无所顾忌，该出手时就出手该交欢时就交欢。社会秩序抵挡不住男儿的老拳铁脚，道德观念驯服不了女人骚动的情欲，生活的残酷扭曲不了人的自然本性，年龄的增长丝毫不减少时的血性。"① 自然的原生态人性被张扬、显露到了极致。

　　生命体悟二："人性"应该自然、朴实、直率。这种生命体悟通过湘西民间的日常对话体现出来。水手与妓女胡闹完之后，水手晃着火炬往船上走，妓女忽然想到一件事情，于是凭立在窗口大声与水手对话：

　　"大老你记着，船下行时又来。"
　　"好，我来的，我记着的。"
　　"你见了顺顺就说：会呢，完了；孩子大牛呢，脚膝骨好了。细粉带三斤，冰糖或片糖带三斤。"
　　"记得到，记得到，大娘你放心，我见了顺顺大爷就说：会呢，完了。大牛呢，好了。细粉来三斤，冰糖来三斤。"
　　"杨氏，杨氏，一共四吊七，莫错账！"
　　"是的，放心呵，你说四吊七就四吊七，年三十夜莫会要你多的！你自己记着就是了！"

---

　　① 刘永泰：《人性的贫困和简陋——重读沈从文》，《中国现代文学研究丛刊》2000年第2期。

这段对话直来直往，朴实无华，毫无修饰，也毫无遮掩，就是湘西民间语言的原生态展示，透露出一种大气和野性，象征着生的力量和人的洒脱，特别具有湘西特色。透过这段对话，表现出沈从文向往率直真诚、返璞归真、无拘无束的生命形态。类似的语言在《湘行散记》的日常对话中随处可见，相互对骂，插科打诨，浑话野话，庄谐杂陈，莫不妙趣百出，相得益彰。湘西民间原生态语言体现出沈从文对自然、健康、不悖乎人性的人生形态的追求。

生命体悟三："人性"应该雄强进取、诚实、勇武、不驯服、有血性、坚毅而乐观。这种生命体悟通过湘西人特有的坚忍、执着和强悍的生命活力展现出来。水手劳累一天，晚上只能钻进一筒又冷又湿的硬棉被休息。围坐在火炉旁边的小孩子们衣服肮脏，身体瘦弱，甚至吊脚楼里女子的被子都是用旧帆布或别的旧货做成的，又脏又硬。尽管如此，他们依然以强硬的生命力和意志力生存着，并且依然保持着与众不同的纯真本色。七十多岁的老妇人虽然已为天弃，但不自弃，从容、淡定地生活着。他们生命卑微、命运叵测，掌握不了自己的命运，但他们以自己有笑有泪甚至看似鄙俗不堪、荒诞不经的日常生活和艰难、匮乏、枯燥、生命的短暂相抗争，他们依然在畸形的形式中追求着真挚缠绵的情与爱，他们每天都上演着近乎原始人与自然抗争的酷烈之剧：

> 河面一片红光，古怪声音也就从红光一面掠水而来。原来日里隐藏在大岩下的一些小渔船，在半夜前早已静悄悄的下了拦江网。到了半夜，把一个从船头伸在水面的铁兜，盛上燃着熊熊烈火的油柴，一面用木棒槌有节奏的敲着船舷各处漂去。身在水中见了火光而来与受了桡声吃惊四窜的鱼类，便在这种情形中触了网，成为渔人的俘虏。

湘西人民就是这样掺和着泪与笑庄严而忠实地生活着，沈从文写出了他们一半是眼泪，一半是海水的苦乐人生。湘西人民内蕴着倔强，不逃避、不抱怨，勇敢地为生存而搏战，为求生而努力，以自己的韧性和毅力打磨着苦难，打磨着命运，而且还将"在接连而来的每个夜晚依然继续存在"。"那么忠实庄严的生活，担负了自己那份命运，为自己，为儿女，继续在这世界中活下去。不问所过的如何贫贱艰难的日子，却从不逃避为了求生而应有的一切努力。"①

生命体悟四：人生具有不可避免的悲剧性、无常感和不可把握性。这种体悟借助于湘西特有的民俗风情体现出来。人生的悲剧性既体现在物质层面，也体现在精神层面。在物质上，《鸭窠围的夜》牧歌情调里掺杂着来自现实的不和谐的杂音。文章中有两个写被子的细节。第一次是写水手的被子。水手们在风雪的夜晚，也只能把身体钻进一筒又冷又湿的硬棉被里休息。第二次是写吊脚楼里女子的被子，用旧帆布或别的旧货做成的脏而又硬的棉被。"冷"、"湿"、"脏"、"硬"表现出湘西人民生的艰难。此外，小孩子衣服肮脏，身体瘦弱。悲剧性的生存现状构成人性的不完美。在精神层面上，《鸭窠围的夜》表现出对命运的不可把控和孤独感，人生变幻无常的失落感。这种感慨有两次体现。第一次是沈从文听到吊脚楼下小羊的叫声，于是忧郁地起来了，"此后固执而又柔和的声音，将在我耳边永远不会消失。我觉得忧郁起来了。我仿佛触着了这世界上一点东西，看明白了这世界上一点东西，心里软和得很"。小羊的叫声为什么会引起沈从文的"忧郁"？因为小羊离开了它的母亲，它将在他乡死去。生命个体在命运面前产生了不可救赎的无力感、无助感和孤独感。沈从文对人生的不可逆性怀着神圣的敬畏和宿命的无奈。第二次是吊脚楼人家神龛下大小不一的红白名片。在沈从文看来，每一个名片后面都是一个鲜活的生命，这些名片让他感受到相识的不相识的各色湘西人的气息，且不能控制地去揣想他们后来的命运：活着的"但除了同自己的生活圈子中人发生关系以外，与一同在这个世界上其他的人，却仿佛便毫无关系可言了"，"也许有些人已成了富人名人，成了当地的小军阀，这些名片却仍然写着催租人，上士等等的衔头"。死了的或许是水淹死的，或许是枪打死的，或许是被外妻用砒霜谋杀的，"然而这些名片却依然将好好的保留下去"，人生有限且变幻无常，"生命似易实同，结束于无可奈何情形中"，"'美不能在风光中静止'，人生究竟可怜！这就是人生！"② 自然的和人为的灾难让个体蒙受劫难，人生中的美好事物总是转瞬即逝，死亡是人生不可逃避的宿命，字里行间透出淡淡的孤独悲哀。

---

① 《沈从文全集》第 11 卷，北岳文艺出版社 2009 年版，第 251 页。
② 《沈从文全集》第 12 卷，北岳文艺出版社 2009 年版，第 130 页。

第五讲 《鸭窠围的夜》：独特的文化行旅类游记散文

如果我们注意到了《鸭窠围的夜》中的命运悲剧感、无常感和不可把握性，我们就不难理解沈从文的下面两段话了：

> 去乡约十五年，去年回到沅陵住了约四个月，社会新陈代谢，人事今昔情形不同已很多。然而另外又似乎有些情形还是一成不变。我心想：这些人被历史习惯所范围、所形成的一切，若写它出来，当不是一种徒劳。……大家对于地方坏处缺少真正认识，对于地方好处更不会有何热烈爱好。……所以当我拿笔写到这个地方种种时，心情实在很激动，很痛苦。觉得故乡山川风物如此美好，一般人民如此勤俭耐劳，并富于热忱与艺术爱美心，地下所蕴聚又如此丰富，实寄无限希望于未来。[①]

> 这个小册子表面上虽只像是涉笔成趣不加剪裁的一般性游记，其实每个篇章都于谐趣中有深一层感慨和寓意，一个细心的读者，当很容易理会到。内中写的尽管只是沅水流域各个水码头及一只小船上纤夫水手等琐细平凡人事得失哀乐，其实对于他们的过去和当前，都怀着不易形诸笔墨的沉痛和隐忧，预感到他们明天的命运，即这么一种平凡卑微生活，也不容易维持下去，终将受一种来自外部另一方面的巨大势能所摧毁。生命似异实同，结束于无可奈何情形中。[②]

这两段话共同透露出沈从文的一个思想：在写湘西世界时，他的内心并不像他的作品那样充满诗情画意，而是满溢着"痛苦"、"沉痛和隐忧"的。这种痛苦和隐忧源于人生无可奈何的悲剧性，源于人生的不完美。

一方面，湘西人民自然洒脱的生命形态使沈从文产生了喜爱、爱怜之情。另一方面，湘西民族又生活得被动、艰辛，缺乏对自身际遇和命运的自觉，沈从文由此又产生了悲悯情怀，用牧歌的情调写悲哀。对湘西人的悲悯源于对湘西人的理解，那个听着吊脚楼上的声音终于按捺不住跑上岸去的临船水手，让沈从文想到了15年前的自己，当年他年轻鲜活的生命

[①] 《沈从文全集》第11卷，北岳文艺出版社2009年版，第329—330页。
[②] 同上书，第390页。

也曾同样被禁锢在枯燥的漫漫长夜中,所以他说:"我懂得那个忽然独自跑上岸去的人,为什么上去的理由!""我认识他们的哀乐,这一切我也有份。"当然,沈从文在散文中的现实感表现为隐性的现实感,不和谐的音符不是直接、明显的出现,现实的创痛往往被诗意的情调所稀释和淡化,因而是一种哀而不伤、有节制的美和深刻的人生悲悯感。沈从文曾感慨道:"你们能欣赏我故事的清新,照例那作品背后蕴藏的热情却忽略了;你们能欣赏我文字的朴实,照例那作品背后隐伏的悲痛也忽略了。"[①] 究其原因,盖源于此。

(二)宗教文化中的神性向度

宗教文化中的神性向度是指沈从文总是在"神性"的光环中透射出人性的光辉,湘西世界自然、洒脱、强悍的生命形态总是与无处不在的"神性"相联系。

《鸭窠围的夜》穿插了一段酬神还愿巫师的巫文化描写:

> 羊还固执的鸣着。远处不知什么地方有锣鼓声音,那一定是某个人家禳土酬神还愿巫师的锣鼓。声音所在处必有火燎与九品蜡,照耀争辉。眩目火光下必有头包红布的老巫师独立作旋风舞,门上架上有黄钱,平地有装满了谷米的平斗。有新宰的猪羊伏在木架上,头上插着小小五色纸旗。有行将为巫师用口把头咬下的活生公鸡,缚了双脚与翼翅,在土坛边无可奈何的躺卧。主人锅灶边则热了满锅猪血稀粥,灶中正火光熊熊。

在历来的分析文章中,人们要么忽略这一段,要么仅仅作为湘西的民俗风情加以简单分析。我们认为,沈从文加入这段酬神还愿巫师的详细描写,并不仅仅在于通过地方风俗满足读者对湘西的猎奇心理,而是为湘西社会下层人民的人生自然状态提供一个神秘、富有诗意的背景,将湘西地区的巫傩文化与完美的生命相结合,写出神性光环下的人性。

《鸭窠围的夜》在描述湘西古老而神秘的土地时,融入人生哲理的阐发和人生况味的体验,并且将这种体验与神性相联系,透出独特的思想神

[①]《沈从文全集》第 13 卷,北岳文艺出版社 2009 年版,第 344 页。

韵和深刻的生命感。由对空间环境的简单摹写转向对心灵界域的多角透视，以表达作家主体的生命体认，这篇游记散文获得了深度和意义。

"小说化"：文本的表现方式

就你笔触所及看来，如能够试用于散文，人事景物兼叙，将农村土地人民为终止战乱，所摧毁残杀伤心惨目无可奈何的种种，于篇章中试作各种设计来加以审慎处理，定必有更高成效。近二十年来所处理这方面题材的，如芦焚、废名、沙汀、艾芜诸先生，多因文格各自不同，使景物人事鲜明突出，各有成就。最近见天津《大公报·星期文艺》常载邢楚均先生有关西南地方故事，用屠格涅夫写《猎人日记》方法，揉游记散文和小说故事而为使人事凸浮于西南特有明朗天时地利背景中。一切还带点"原料"意味，值得特别注意。十三年前我写《湘西散记》时，即具有这种企图，以为这种方法处理有地方性问题，必容易见成功。[1]

沈从文有"文体家"之称，他创作小说时，让小说具有散文化倾向；创作散文时，让散文充满小说的风韵，小说与散文同时兼顾彼此所长，形成了"小说的散文化"和"散文的小说化"。就写法来看，《鸭窠围的夜》不同于其他行旅游记散文的原因就在于此。这是一篇小说特征较强的游记散文。

《鸭窠围的夜》将散文的真实与小说的想象相结合。散文的品格在真实，游记是散文的一种，游记真实性的根本体现在于亲历性、纪实性，此外还要求游记作者应该表现自己的真感受、真情感、真体悟、真性情。《鸭窠围的夜》就主体事实来看，具有亲历性和纪实性，它就是写"我"夜宿鸭窠围的一段经历，文中所抒发的感受、情感以及作者的体悟和性情都是真实的，因而《鸭窠围的夜》本质上是散文。但《鸭窠围的夜》存在大量假定性的想象场景，这些假定性的想象场景可以概括为"吃荤烟的场

---

[1] 《沈从文全集》第17卷，北岳文艺出版社2009年版，第461—462页。

景"、"烤火的场景"和"唱小曲的场景"。沈从文之所以在这些内容上使用假定性的想象场景,是因为这些内容具有私密性,如水手吃荤烟的场景,这些内容受限于作者的观察视角。不论因为何种原因,按照正常逻辑,这些内容都属于第一人称叙事者不可能知道的范畴,于是,作者依据过去的经验,采用冥想的方式间接地讲述出来。与此相关的一个问题是,为什么沈从文一定要描绘这些他不可亲历的事情?首先,"吃荤烟的场景"表现了湘西人民的自然、纯朴、率性的性格。"烤火的场景"表现了湘西人民从容、坚强、倔强的性格。"唱小曲的场景"表现了湘西人民豪放、乐观的性格。沈从文通过这些假定性场景将湘西人民完美的人生形式形象、细腻地展现出来。其次,这些场景是沈从文过去所见所闻所历,将过去的事情与现在的事情相结合,以便更好地突出沈从文一直专注表达的思想——写出湘西社会的"常"与"变",由此引发出沈从文的深沉感悟:有着古老历史的湘西社会也不能抵挡外界的浸染,正发生着悄然的变化。

此外,在这几个假定性场景中,沈从文借鉴小说的手法,大肆铺染生活细节。吊脚楼里除了名片,还写到锯子、小捞兜、香烟大画片、装干栗子的口袋。要深入理会这几个细节所蕴含的意义,必须结合其他散文,采用互文的方式来理解。如《一个多情水手与一个多情妇人》就写到了口袋,牛保从河街上女人那里出来时,手里提着一个棕衣口袋,里面被核桃、栗子、干鱼填得满满的,"我"给他四个苹果,他又飞跑着将这四个苹果送给那位女子,这个口袋是他们情意的象征。牛保和那位女性的情意绵绵全部体现于这个口袋上。《鸭窠围的夜》中装干栗子的口袋,也就是湘西男女自然情爱的象征物。《鸭窠围的夜》还详细描绘了吊脚楼床上那个长方木托盘,盘中的一把小茶盏,一个小烟匣,一支烟枪,一块小石头,一盏灯。此外,沈从文还描绘了妇人唱小曲时的装束、神态,"妇人手指上说不定还戴了水手特别为她从常德府捎带来的镀金戒指,一面唱曲一面把那只手理着鬓角"。一切都那么平常琐碎,一切都那么生动传神;一切都那么生活化,一切又都是那么富有诗意。这些细节既增添了文章的生活化场景和诗的气息,又有助于人物生命形式的表达,生动而传神,读来令人回味无穷。

全文实景与想象融合,虚与实互补互动,过去与当下同在,历史与现实重叠、分解,但这些假定性场景是过去曾经发生或正在发生的,并非子虚乌有的虚拟和幻象，是沈从文把留存在记忆中的种种影像不着痕迹地转换到现实场景里，亦幻亦真，亦虚亦实。"吃荤烟的场景"、"烤火的场景"是以实带虚，而"唱小曲的场景"则是避实就虚。实是虚的支撑，虚是实的升华。在虚实交替中表现湘西社会特有的生命形态，生发出对历史、生命等终极命题的思索。

小说的想象还体现在文章虚拟了一个"陌生人"对湘西作种种误解或曲解："这些房子同沿河一切房子有个共通相似处，便是从结构上说来，处处显出对于木材的浪费。房屋既在半山上，不用那么多木料，便不能成为房子吗？半山上也用吊脚楼形式，这形式是必需的吗？"这里沈从文为他人的想象设定了一个"替身"和"傀儡"，由此作为"立论"的凭依。随着记叙的展开，沈从文将这些"误解和曲解"一一破解，"然而这条河水的大宗出口是木料，木材比石块还不值价"，"沿河因为有了这些楼房，长年与流水斗争的水手，寄身船中枯闷成疾的旅行者，以及其他过路人，却有了落脚处了"。这些人的疲劳与寂寞是从这些房子中可以一律解除的。地方既好看，又好玩，在破解中展现出湘西社会的实际情况。这种以虚引实、以实击虚的手法收到了事半功倍、一箭双雕的效果，既破了人们对吊脚楼多用木材的误解，又立了自己的观点，还展现了湘西社会特有的建筑风貌。将湘西特有的地理环境和人们的生活方式相结合，写出在挣扎中求生的湘西人民独有的一种乐趣，他们抗争着严酷的环境，顽强地活着，追寻着那一点点可以说是卑微的欢乐。

小说，尤其是中国传统小说很注重环境描写，通过环境描写烘托人物心情。沈从文在散文中也很注重环境描写，《鸭窠围的夜》开篇第一、二自然段描写景物："天快黄昏时落了一阵子雪，不久就停了。天气真冷，在寒气中一切都仿佛结了冰。便是空气，也像快要冻结的样子。""两岸是高大壁立千丈的山……这时节两山只剩余一抹深黑，赖天空微明画出一个轮廓。"天寒、风雪、河流、孤舟、夜晚，沈从文着意渲染寒夜中鸭窠围河的环境，使人如临其境，如睹其景，历久不能忘怀。这样的描写有三个意义：其一，借环境的基调为作品定下情感基调；其二，将环境的严酷美丽与人的渺小顽强形成鲜明对比，突出湘西人民顽强坚韧的生活；其三，为沈从文的平等叙事做了环境铺垫。心理学实验表明，人在恶劣的大自然环境中，极易放弃地位的悬殊，进入"同是天涯沦落人"的情形中。沈从文渲染大自然环境的恶劣,也便于其采用平视眼光来观察描述湘西地区的水手和妓女的生活。虽然此时沈从文已深切地意识到他的这些同乡们与世界、与变化着的时代深存隔膜,但他并没有以高高在上的姿态对之进行道德批判,也没有带着优越感去表达所谓的"同情",而是以平等意识描绘他所喜爱的湘西人民。

小说特别注重人物语言的刻画。《鸭窠围的夜》虽然是一篇散文,但沈从文特别注重通过个性的语言来刻画人物。比如,妓女在吊脚楼凭窗向河边水手的喊话,语言自然干净、明白晓畅,符合人物身份,将吊脚楼女子的有情有义和水手的憨厚、诚朴、爽直、侠义全部展现在读者面前。沈从文散文中的叙述语言多使用正规的书面语,如"一切光,一切声音,到这时节已为黑夜所抚慰而安静了","抚慰"一词将"光"、"声音"和"黑夜"拟人化,用得特别雅致。沈从文散文中的人物对话则具有"野性"的特点,沈从文来自湘西民间,受民俗化语言的浸染和渗透,他无法割舍自己泛滥于心的带有"野性"的语言表达方式。妓女和水手的喊话就具有这样的特征。再如在《湘行散记》第一篇《一个戴水獭皮帽子的朋友》里,这个"朋友"从头到尾,野话连篇。他赞扬风景美丽,却说:"这野杂种的景致,简直是画!"他赞美沈石田的画画得好,却说:"沈石田这狗养的,强盗一样好大胆的手笔!"沈从文散文中人物的语言自然、质朴、亲切、传神,而且符合人物身份、地位和教养。

《鸭窠围的夜》告诉我们:沈从文的散文完全属于沈从文,他看待生命的独特性和叙述生命的独特性都非他莫属,这是他尘封数十年之后得以"出土"并能鲜活的理由。

余论:《湘行散记》的文体特征

沈从文的散文起步于 20 世纪 20 代初,成熟于 20 世纪 30 年代。从内容来看,其散文大致可以分为三类:第一类是对自我生命遭遇城市困境的描述,以一个从乡村走入都市的青年的感受,呈现人世的冷漠、自私,表现一个"怀乡病者"内心的孤寂、苦闷、无助,抒发哀世伤感的情绪。第二类是描述外部世界各种人生形式,其间反映出朋友间的友谊、自己的爱情、文学事业及自我人格的形成过程。第三类是将生命的外部形式与主观文化精神有机融汇，表现湘西古朴、纯真、自然的生命形态。在上述三类散文中，影响深广的是第三类，而《湘行散记》又是这一类中影响最大的一部集子。

如何解读《鸭窠围的夜》，或者说如何解读《湘行散记》，前人已经做了许多有益的工作，如有的分析它们的语言形态和结构艺术；有的分析作品中的江湖义气；有的分析作品中透露出的湘西人素朴自然的生命形式；有的借用心理学分析方法，分析沈从文在散文中的欲望化叙事。毫无疑问，这些研究对于解答"沈从文之谜"有着重要意义。但人们在分析《湘行散记》时，始终将《湘行散记》放在沈从文创作的大背景中进行研究，由此沈从文的生命诗学观和美学观成为挥之不去的参考因素，相对而言，人们忽略了《湘行散记》的文体特征。参考沈从文创作的整体因素确实是分析沈从文散文的正确选择，但忽略其文体特征，就有可能遮蔽《湘行散记》在中国现代散文中的某些独特成绩。如果将《湘行散记》放在中国现代散文宏阔的发展背景中，充分考虑它的文体特征，对它的文体进行准确定位，对《湘行散记》在中国现代散文中地位的认识可能会更客观、更全面。

从文体来看，《湘行散记》属于现代游记散文。不论从文体功能、结构、语言符号还是从审美情趣等方面来看，《湘行散记》都超越了中国现代游记散文自然、人、社会的三维度，将自然、人、历史、地理、宗教诸多文化问题结合在一起，通过行走在湘西沿河所产生的所见所闻、所忆所想来反映湘西古朴而独特的地理环境、民俗风情、历史沿革和由此形成的独特的人生形态。就审美情感而言，《湘行散记》的独特性内核在于，徜徉历史境域而产生文化记忆，置身地域文化而生发生命体认，面对宗教文化而游走于神性与心灵之间。这种独特性内核形成了《湘行散记》人类学、文化学、民俗学三学融合的文化景观。就审美方式而言，一般的游记散文以写景为主，景中寄情，而《湘行散记》则是以写人事为主，使用小说化的笔法写游记，扩大了游记散文的表现路子，为游记散文这门古老的文学形式注入了新鲜的血液。因此，《湘行散记》的意义在于，它以自己的实绩丰富了中国现代游记散文，让中国现代文化行旅类游记散文走向成熟。

延伸阅读

1. 凌宇：《从边城走向世界》（三联书店 1985 年版）。这是我国第一部系统研究沈从文的学术专著，揭示了沈从文人生的诗性特征及其文学创作在中国现代文学史上的独特品格。

2. 沈从文：《从文自传》（人民文学出版社 1981 年版）。1932 年暑假，沈从文在青岛完成了《从文自传》。这部书讲述的是 1902—1922 年沈从文进入都市前的人生经历，即沈从文的湘西经历。从书中可以看到沈从文的创作与湘西经历不可分割的关系。

思考题

1. 《鸭窠围的夜》的文化意蕴体现在哪些方面？
2. 《鸭窠围的夜》有哪些细节描写？这些细节描写有什么作用？
3. 分析《鸭窠围的夜》中的"小说的想象"。
4. 综合论述中国现代游记散文的发展概况。

第六讲

《生活的艺术》：
一种跨文化视角的解读

林语堂生前曾颇为自负地给自己题下一副对联："两脚踏中西文化，一心评宇宙文章。"他还托梁启超书录后挂在林家的书房内。他认为，其最擅长"对外国人讲中国文化，对中国人讲外国文化"。这体现了林语堂自我界定的角色转换，即能够担当起"桥架中西"的中介，从单一的汉语作家，变成一个中西文化交流的桥梁人物。

他最初用英文写作、在美国引起热销的散文大作《生活的艺术》，被公认为"沟通中西"的桥梁之作。对于这样一位中英双语都达到"至美境界"、堪称"千古一人"[①]的大家，要解读其经典名作《生活的艺术》，必须从他跨越文化障碍的沟通策略入手。本文将从跨文化的理论视角做文本细读，引导读者探寻——林语堂究竟怎样在美国获得了成功？又如何向西方世界讲述中国文化？以深入研读并领悟他沟通中西的文化魅力，以期为探索、思考当代中国对外文化宣传之路提供启发、借鉴。

借用社会行为主义的"中国"构建

在《生活的艺术》的写作中，林语堂采取了前一部受到美国读者广泛

---

① 详见赵毅衡《林语堂与诺贝尔奖》，《对岸的诱惑：中西文化交流记》，上海人民出版社 2007 年版，第 100 页。

接受的作品《吾国吾民》中类似的社会行为主义的观察,[①] 渲染独特的"中国"行为和生活方式。通过理智的叙述分析,达到与英语读者情感的理解和融通。

首先,林语堂提出从情感和理智两方面重建中西交流应有的人道情怀的桥梁。他举出大诗人罗白脱朋斯(Robert Burns)的例子,诗人一方面能超越观念[②],一方面能以淳朴的心灵看待世界。若能像这位诗人一般"赤条条裸呈了吾人的灵魂,揭露了一般人的性格、情爱并忧郁",才能从根本上真正打开理解、体悟中国的大门。[③]

其次,谈论娱乐,从"消遣闲暇"看一个民族和文化的真实个性,就是运用社会行为主义来分析人生向度的绝佳阐释。如此,也便于让西方人达成共识性的理解:当一个人脱离严肃的工作,才可能露出自我的真性情,为亲朋好友所识。由此,林语堂避开了"严肃的、有关中国国计民生的话题",开始向西方人露出中国的"真性情",展开最吸引外族人的东方色彩游乐生活画卷:从中国人的烹饪传统、享口福所注重的"色香味"俱佳的诗意法则,到布置花园起居、用心于细小琐节的闲适心绪透出的对生活本身的温情蜜意等;完全是人类学家绘出的中国民俗风情图画。他让西方读者感慨中国生活艺术之精雅、愉悦,并且深深领悟到人类幸福和一切知识奋斗的最终目的——但求切心于生活本身的人文主义追求。

再次,讲述中华民族偏于"沉静保守"的优势。因中华民族"太老太圆滑而偏于沉静保守",所以,永远不会适合欧美人"好动"、"探险"、"开拓"的气质。科学、医药学经由千百年来历史长河的积淀,虽无西方之细分和学理,却能为世界提供丰富的研究和发明的灵感园地。唯独艺术,在一切文明的范畴中,最能给予"世界文化不朽的贡献"。比如中国的诗歌,因中国人与自然的贴近、和谐的生活态度,让人借对山水的咏兴,代替了西方的宗教任务,达到慰藉情感的作用。又比如中国独有的单

[①] 社会行为主义,即把个人的外显行为放在社会环境的刺激因素下加以解释。再将个人行为扩大到人际交换领域,使之成为解释社会现象的理论。详细参见霍曼思和斯金纳的社会行为主义理论。

[②] 这包括一般西方儿童时代所深植的思想意识和成年时代所得的深刻印象。

[③] 林语堂:《闲话开场》《吾国吾民》,梅申泉主编:《林语堂名著全集》第20卷,东北师范大学出版社1994年版,第6页。

音语言系统，林语堂从中国人用字简省的文学传统，扩展到由此保持了文化传统的稳定，导致中国人"心智求恒"的习惯。借由遵循社会行为主义的观察思维，林语堂管中窥豹、"一粒沙里见世界"，把引领外国人看中国的功夫修炼得细微又精致，让其理智与情感双双向道统输渝开来。

最后，介绍家庭性的社会形态。林语堂让西方读者更认可中国的女性，非但不是西洋想象中家中男人的奴隶，反而借由"妻子"、"母亲"的身份获得了西方女人羡慕不已的"家长"地位。他参照西方的政治标准，谈论中国的社会、政治生活的概况：因其建立在效忠于家族血缘姻亲的小团体私心基础上，文化习俗呈现出"一盘散沙"、"有家无国"的局面。而且中国社会因为天生"缺乏宪法和公民权利"，全社会把"道德规约与政治管理混合"，总渴求贤能的圣主和清官出现以拯救苍生。

在作品书写中，林语堂处处以自我社会行为观察和个体生命的"人"为出发点，展示了中国人文化行为的方方面面，从一般人可以理解、与人交往的共识性价值观出发，探索了跨越文化的国与国之间，怎样沟通、了解并认可对方的新的策略。他不仅用社会行为主义指导其对中国与西方社会进行观察，也用它引领其行动和写作实践。

塔拉尔·阿萨德曾在批评英国民族志时指出，[①] 由于"民族志学者和土著并不讲述同一种语言"，"土著的语言相比西方语言"，特别是英语，是"弱势者"。在把它们翻译成英语的过程中，更有可能"屈从于强迫性的转型"。在世界政治经济联系当中，强势的西方"更有能力操纵他们"。而且，英文也"比那些第三世界的语言有更好的条件生产和操纵有利可图的知识或值得占有的知识"。

如果把文化翻译的概念置于权利关系当中，那么林语堂就具有能同时驾驭中文和英文这两种语言的能力，其本身就比西方民族志学者有打破后殖民主义二元对立逻辑的优势。一方面，他在面对西方读者、用英文讲述中国文化时，不可避免地要顺应西方人的思维方式，这在一定程度上改写了"中国文化"；另一方面，他能够立足于新的实践目的和需要，从人性、

---

① Talal Asad, James Clifford and George E. Marcus, *Writing Culture: The Poetics and Politics of Ethnography* (Berkeley, Los Angeles & London, University of California Press), pp. 157-158.

"世界公民"的心态,维护中国人的尊严、黏合东西文化差异,达成良性沟通和交流。创造性地"生产"、"操纵"英文,加入"引中入美"的种种"文化",为中国在现代西方赢得亲和力。

首先,林语堂在谈论中国时充满了自我长期挣扎和纠结的思考,此时,他首先袒露的是真诚而淳朴的心。其次,虽然他在此自觉不自觉地采纳了西方的标准,运用了西方可接受的方式,但他会策略性地注入"引中入美"的内涵,既有现代中国人的自知自省,又不失勇于创新和探索的思想。最后,他把策略背后的真诚,一览无遗地摊牌在"收场语"里,以"人生的归宿"做沟通中西文化的底牌和桥基,他认为,这才是让西方可以接受、能够喜爱的"中国人的信仰"——把人生做标准,追求生活中现实的诚信、绝妙的风味,更为热情地享受各自本分中的生活。

叙事层面的"东方幽雅"点染

(一)叙事手段:时空设定与节奏控制

选择典雅悠长的东方世界作为和美国及西方读者沟通的平台,林语堂为自己的书,无论第一本面向西方读者的《吾国吾民》,还是其最畅销的《生活的艺术》,都设计了阅读的节奏与时空。这种暗含于文字之下的时空玄机,有待真正走进林语堂语言精神世界的人来参透。在相对舒缓地乘坐海轮外出调研、欣赏碧波荡漾的日子里,闲淡地读着林语堂《生活的艺术》的英文本,笔者才突然感悟出平日在急于事功、疲于奔命的焦急状态里从没体味出来的林语堂的另一面:像道家仙士那般无所欲无所求的漂泊行走的心境。这恰恰是林语堂为科技进步后生活在快节奏里的现代都市美国的读者设定好的另一块"遥远、舒缓的东方净土"。

在《生活的艺术》中,林语堂以中国古典清客雅士般、慢节奏地充分享受生活的分分秒秒和自然山川植物的小小变化的神奇的喜悦之心,奇思冥想、娓娓道来。这样一来,他既满足了当年美国人快节奏现代都市生活中渴望放松悠闲、再次回归和拥抱自然的愿望,又迎合了他们由马可·波罗时代就造就的对于东方贵族典雅有韵味生活的一种带猎奇色彩的想象。此外,他还专选美国平民化生活所艳羡的欧洲皇家贵族的上流生活——那种远古东方宫廷的繁密生活细节和求仙游山的名士在高山之巅、秋水之怀临风赋词的飘逸加以渲染。就是今天的我们来读，也会觉得他笔下的中国和中国人与现在的中国之情形相比实在太远太理想了，仿若桃花源之于秦汉一般了。

　　这又恰恰是他的大成功。他把全书的节奏定在悠远舒缓的古代，放慢其步伐，以充分成全现代都市人渴望回归自然本真的痴心梦想。也只有这种节奏，读者才可以感受月夜之下，看红绢罗裳的爱妻慢慢焚香，执手相握，体会那种真挚纯粹的情韵，悄悄迷荡的美丽；才能够在春宵之时，听那悠远巷小贩的叫卖、水车送水的喧嚣、邻屋婴孩睡梦方醒时殷殷呼唤的吵嚷，以及鸟雀不同时段轮番上树后有层次的银铃般的欢畅；才可能知晓植物花草的一颦一蹙，什么时候浇水能让它们更舒展地微笑，什么时候应当把它们放在暖暖的室内休养生息，什么时候放在薄薄的晨雾中让它们轻睡小憩、聚积菁露以待怒放。

　　空间幻化于古老而幽远的东方，像唐弢先生所说的"隔开一层釉彩一般"，正好满足了西方人对东方精雅的上流社会生活方式的迷想。终日的快餐汉堡和上公车下地铁的平民化都市生活，太让人期待有距离的贵族式，甚至是神仙式生活景象了。而中国古人秋日临水酣畅豪饮、夏日登高吹风小酌，都是当代人憧憬不已的再好不过的放敞心扉、怡然养心的"奢侈"之举。

　　靠了这层陌生化，或者说间离化的"釉彩"[①]，会讲故事的林语堂非常成功地向西方世界缓缓开启了认识东方曼妙的帷幕，吊起了美国大众对"中国梦"的无尽胃口。

（二）叙事氛围营造：娱乐休闲的主题

　　人生未必尽是飞扬和激越的状态，可以说林语堂这一部《生活的艺术》在美国的大成功，在很大程度上是"小传统"对抗"大传统"的成功：一种对于儒家严肃人生的背反，奉行"生活要快乐"的原则，按照幼年时代在大山中、自然怀抱里成长的心态，几乎大部分选择中国正史经邦济世以外的"边角余料"人物来谈。就是在文中扯上孔夫子，也从不正襟危坐来理论，例如：Men too good to be "moral" and too moral to be

---

[①] 唐弢：《西方影响与民族风格》，人民文学出版社1989年版。

"good" for the Confucius.① 说的是即便对儒士们来说，人要是太好太完美也就不能做圣人了；反之，要是太讲伦理道德太圣人化了，就不能做个好人了。而正是这种享受生活快乐的"小传统"心态，把玩花花草草，啜品美酒美食，放慢节奏来细细体悟每个小细节，才能调动忙碌的读者麻木的神经，无论是对当年的美国读者，还是对当代的中国读者，都是极好的茶余饭后消遣的谈资。

这些倾注了作者生命的小品探究，最能打动读者的心，引领读者痴迷地走入一个接一个曲径通幽的古典中国清客雅士的世界。

怎样在游戏式的"小传统"框架里处理严肃的"大传统"，让西方读者不至于太乏味地了解儒家文化？虽然文中并不缺少林语堂介绍孔夫子的妙语，但不管是以西方人开玩笑的口吻出现，还是闲扯生活之常情常理，最后都会以东方智者孔夫子的话作总结。这说明，在《生活的艺术》全书的思路中，或者说在林语堂心里，儒家正统的关于"修身、齐家、治国、平天下"的讨论还是很难纳入以"讲故书"为姿态、吸引西方读者好奇心的跨文化沟通桥梁之上的。而道家学说更有哲理，或者说想象空间广阔的东方古老智慧，才更能让西方读者耐着性子一路跟随阅读，最终走入并了解东方世界。

以"道家"为梳理中国文化的线索并以之为主要基调，对于今天的外国读者来说，也是十分新鲜的话题。他们已习惯以儒家为进入路径介绍东方文化的方式，可是道家，对他们而言确实是非常生疏并充满了异域色彩的新名词。这一点也很能吸引美国读者的好奇心。

跨语际沟通的修辞平台

林语堂在创作时，始终以不同语种的读者为首要考量，力求符合读者的阅读习惯。同时，他把重写另一语种的历史语境也考虑进来，在文章结构和内容上进行增删、顺序重排，再运用自身跨语际表述的特殊才能，结合该语种的文化背景予以润色，使之流畅生彩。

---

① Lin Yutang, *The Importance of Living* (Reynal & Hitchcock, 1938), p. 41. 下文引文出处同，不再另注。相关中文对照翻译，为笔者自译。

在《生活的艺术》里,常见的几种林氏修辞方法有对话、对比、戏拟、引用、直评和比喻。之所以冠以"林氏",是因为林语堂将其运用得自然灵活、恰到好处;在每一种修辞方法中,又都包含了其他。整体英文行文,仍处处体现了中国思维的相融浑然。

引入东西文化间的新话题,林语堂非常善于设计"对话",以平民化的口吻和读者闲谈聊天,从情感上产生亲和力。如谈论生活的哲学,林语堂就以平易的对话,调侃深奥的经院派。说自己是 a market philosopher(市井之间的哲人),可以 making difficult things simple(把生活中复杂的事弄简单)。因为生活本来就是由吃、喝、拉、撒、睡等组成的,是经院派的家伙们把它搞成了"科学式的哲学",Philosophy, therefore has become a science by means of which we begin more and more to less and less about purselves(我们以越来越科学的方式,越来越少地关心自身了)。如此降低身份,与普通大众谈生活哲学的对话,加上调侃幽默,很容易得到认同。不仅拉近了与读者的距离,还调动了他们的积极性。林语堂便在不经意间扯进了中国古典名人名言和名画等,作为例子,介绍中国文化的生活化哲学,深入洞开了"引中入美"之门。他举例说,孔子就是这么个生活的大艺术家,他在床上从来不躺得直直地,而是横着侧着,因为只有这类姿势,哲人、诗人、艺术家才有灵感。

另外,躺在床上,对 thinker(思想家)来说,更有创造力。Lying quietly for an hour in bed accomplishes even more. There he sees life not in its rawness, but suddenly transformed into a picture more real than life itself, like the great paintings of Ni Yunlin or Mi Fu.(当他们一躺在床上静心养神时,灵感就来了。眼前的生活马上就幻化成比真实还要真实的艺术形式,正如大画家、书法家倪云林和米芾的伟大作品一样。)林语堂在对话中同时加入了对东方文化艺术的引用,东西间话题在关联中互证。他还解释说,正是因为他们躺下来,得到了物理上的静的势能(physical quietude),由此才可达到精神上的集中(making mental concentration)。

接着,林语堂又进一步以自己生活中的例子,如在上海时,早晨他躺在床上听鸟叫能够得到灵感来证明。在晨光中得到的细腻享受,正如李笠翁在《论柳》里所描述的清晨卧着听鸟时灵感充盈一般;又如西洋交响乐一般,给人艺术的灵光(in that quiet dawn it gave me more aesthetic delight than a Brahmas symphony）。在延续的对话里，林语堂悄然加入中国古典名人名作的例子，和西方读者熟悉的西洋交响乐作对比互证。这样，他用生动的形象思维突出对比，既深入展开了话题，"引中入美"，又作了解释，便于读者理解，拉近了与读者间的情感距离。

在饮食和医药的中西对比话题上，林语堂首先开了上帝的玩笑，对他予以幽默戏拟。他用美国人熟悉的，基督教文化影响下的叙述方式与互文对照句式，暗中引介了中国的古典诗文。其次按西方思维实话实说，直接评论美国和西方的快节奏城市生活，导致顿顿吃快餐的悲剧，饮食质量低下。再次他还引用孔子打趣只会煮便饭的主妇后来被休了的典故，与西方饮食习惯作了反向对比。最后，他还突出中国食文化的精雅，顺势深入介绍了中国的名士气节，不吃不洁之食，直接批评西方蔬菜做得不好，要么烹煮过度，要么生冷无味，要么缺乏多样性，以此对比说明中国烹饪是如何的丰富雅致，与肉混煮的借味调菜法是多么的有滋有味。

如此混用的林氏修辞，成功地构建了中西交流沟通的平台。从中文的整体思维安排行文，让各处的引用、对比、戏拟等手法交融互渗，帮助英文读者从智性和情感上双重理解并带着好奇进入"引中入美"的门庭。

适合西方思维的逻辑改写

能够符合西方读者的阅读习惯，迅速地让读者感到进入文本的轻松快乐，不能不说是《生活的艺术》成功的又一个不能忽视的亮点。应该说，全书在不论大到轮廓和框架的设计，还是小到行文用典，林语堂确实精心设计、仔细思考了如今呈现在我们眼前的这本大作的西式阅读期待的适应度。目录框架设计遵循逻辑性，对章节标题细细用心。既然下决心要继《吾国吾民》成功之后，进一步深入展开中国人生活趣味的讲述，当然不妨再使用西方读者熟识的逻辑分章分节手段，来层层深入、引人入胜地剖析美好东方式生活的不同层面。

全书的逻辑架构是，自"怎样认识人的生命"谈起，前四章做西方人熟知的开篇总体论述，第五章到第八章对"生活态度"作了较为细致的分析说明，最后的第九章到第十四章对"生活各个侧面究竟该如何安排"予以逐一展开。

第六讲 《生活的艺术》：一种跨文化视角的解读 / 89

前四章建立了沟通平台的共识性问题：第一章"关于觉醒"、第二章"人类的观点"，到第三章和第四章"我们身上的动物性"和"怎样才被称作人类"，都是顺着要讨论的生活的"快乐"和"艺术"大题之下渐渐展开的。只有了解"怎样生活才能算是觉醒"这一问题，才能讨论不同民族，如基督徒、希腊人和中国人怎样看待真实的人的生活，才能讨论人类究竟会有什么样的共同生活方式，并以此区别于动物。

从第五章起分门别类展开的中国文化的各个侧面，就更是西方人逻辑思维细分方式运用的体现了。如第五章概要地说明了"哪些人能真正领略生活的快乐真谛"；第六章论述了"什么才算得上人生的盛宴"；接下来一路牵引着"快乐"逻辑的展示：悠闲、居家、生活、自然、旅行、文化、与上苍的关系以及思考的趣味所在。总之，全书的内容编排很好地囊括在总的讨论"生活的艺术"之下，熟悉逻辑排列的读者既可顺着主题，依次往下细细阅读；又可根据自己的喜好，按目录进行分段式的直接切入，这都是符合西文逻辑的成书排列方式。至少在形式上，是大大有别于传统中国书籍处处含蕴、浑然一体的表达方式的。

这一点不仅体现在章与章之间并行不悖的大标题和逻辑勾连上，而且体现在每章之中的小标题，或者更进一步的细分标题上。像第九章"生活的快乐"之下，林语堂就分成多到十个节标题来描绘，分别是"躺在床上的乐趣"、"坐在椅子上的乐趣"、"谈话的乐趣"、"与友人品茶之乐"、"吸烟与焚香的乐趣"、"饮酒与行酒令的乐趣"、"食料文化的乐趣"、"让他好奇的某些西方文化的乐趣"、"西方穿着中不太人性的地方"和"房子与室内装潢的乐趣"。而在第十一章谈"旅行的乐趣"时，在与第一节"关于行走与看世界"（On Going about and Seeing Things）并行的小节标题之后引入自己翻译重写的《冥寥子游》的例子，谈中国人向往的真正意味的旅行，并再次划分五个更细小的次级标题进行讨论：（1）"出游的理由"；（2）"旅行之方法"；（3）"素朴的高度"；（4）"回到尘世"；（5）"出游的哲学"。依据西方写作细分展开的思路，以更次一级的标题提示读者注意道家神话故事中"无用之用方为大用"旅行方式的彻底超脱与自由的种种特点。

此外，在细致入微地划分总主题、切分次级主题展开的同时，进行具体叙述的各段内容，也是尽量采用篇章段落的总分习惯。具体到每个长句,处处运用解释的沟通原则,且采用列举中西方浅显明白的故事放松读者的神经来引领读者的阅读。

在最后一章讨论中国人的人情而非逻辑的部分,林语堂更能游刃有余地面对西方细分专业和逻辑远离了生活的发展趋势,作为"制动理论"刹车方法,很真诚地大声宣讲和赞成中国传统贴近生活本身的方法与态度,保持"人文关怀化的思考"(humanized thinking),并依据"常理"(common sense)和"讲道理"(be reasonable),在"和为贵"即"快乐"与"和平"(happy and peace)的生活态度中实现东西方的良好沟通。

这最后的部分最能凸显林语堂的独特性:他始终很清楚自身的价值和意义,坚持"走出来"在美国用这样的办法来宣讲中国文化。面对西方人鄙夷中国人的艰难眼光,尤其是1882年"排华法案"以来美国对中国的极度反感和第二次世界大战背景下中国极度弱势的地位,林语堂非常智慧地用自己的方式架起了这座独一无二、堪称先驱的文化"救国之桥"。

小　结

文化的生命力在于交流。当代中国文学与文化如何能够达到与外界,特别是西方世界的双向沟通?如何在多元融合的历史机遇下,让中国文学焕发出新的生命力?在中外文化交流史上,林语堂以既通中西文化又善于双语写作的优势,用如水的散文语言把中国文化的典雅精致按照西方人可以接受的方式改写,从而成功地实现了跨语际文化的双向沟通。

这部散文著作《生活的艺术》在英文世界里对中国故事的表达,正如王富仁先生评述的是"中国文化的亚文化"[①],他在"与外国文化的不同中显示了自己存在的独立价值"。中国固有文化和西方文化的价值观念,在理论上和在现实生活中都构成了对林语堂的双重压迫。但他却很巧妙地利用枷锁,跳了一段审美领域里的别样舞蹈。我们在作品中所看到的林语堂文学文化创造中的永不枯竭的源泉,正是对这种压迫积极的、创新性的再生产。中国文化的种种精髓是他"反抗"西方文化压迫的精神支柱。自

---

① 王富仁:《中国文化的亚文化圈及其在中国文化发展中的地位和作用》,《张家口师专学报》(社会科学版)1995年第4期。

然，文化上的爱国主义是林语堂最基本的文化观念。而相对于中国文化的主体结构，林语堂"引中国文化入美国"的创造活动，也是与已有传统的区别，显示了他的独立性。他在英语世界中突破上述两层压迫力量，于语际和文化边际的模糊地带振翅重生，在让西方接受的基础上，以及在发展中国文化的愿望中，让自己的创作获得了不绝源泉，或正可以启发当代中国对外宣传与提升文化软实力的具体实践。

延伸阅读

1. 对想深入理解林语堂跨文化传播中国文化的同学来说，在先于《生活的艺术》创作之前出版的《吾国吾民》（张振玉译，陕西师范大学出版社2006年版），是一本值得推荐的读本。它是林语堂自己认为的、"可说是对一般误解中国者之一篇答辩"。在这本著作中，林语堂尝试地搭建起一个新的平台，用吸引西方社会的东方文化色彩结合对人类共同的价值观和人性的真诚探索，铺垫了美国及西方社会对东方示好的情感基础，为今后双方更深更广的文化交流开启了大门。

2. 跨文化交流的视野可以帮助同学深入理解林语堂创作中独特的"桥架东西"之用心。建议同学阅读林语堂后来的长篇小说《京华烟云》（张振玉译，陕西师范大学出版社2005年版），看一看在小说中作家是如何把《生活的艺术》里关于中国文化的要点拆分、重排，以情节穿插、故事演绎，再一次向西方读者讲述中国古典文化之深邃典雅的。

3. 建议大家阅读引导林语堂走上向西方读者介绍中国文化之路的美国诺贝尔文学奖得主赛珍珠的作品。《东风·西风》（林三等译，桂林漓江出版社1998年版）、《大地三部曲》（王逢振等译，人民出版社2010年版）、《母亲》（夏尚澄编译，上海东方出版中心2010年版）等作品，可帮助同学们拓展视野，了解林语堂所处时代西方人深入中国腹地对中国人真实生活的书写。

4. 要想和同样的对外传播中国文化的大家相对照，辜鸿铭是影响林语堂一生的一位重要人物。黄兴涛编的《旷世怪杰——名人笔下的辜鸿铭 辜鸿铭笔下的名人》（上海东方出版社1998年版）是我们了解辜鸿铭如何对外宣传中国文化，深入体会他对林语堂造成巨大影响的文本汇编。

5. 有志于对林语堂"对外讲中"、"引中入美"这个跨文化交流现象作深入思考和探索的同学，不妨研读一下最权威的林语堂传记文学——由承接了林语堂衣钵的、他的二女儿林太乙创作的《林语堂传》（中国戏剧出版社1994年版）。配合阅读林语堂的在跨文化传播中一生的实践，深入体味他系列作品中沟通中西文化的努力付出。

思考题

1. 从《生活的艺术》的篇章中，选取你认为最能展示中国文化的描写，分析它们启发了外国读者对中国什么样的想象。

2. 你喜欢或者仰慕《生活的艺术》中所描绘的中国古典精雅的生活吗？它们像欧洲贵族的生活或者马可·波罗描绘的古代东方的上层生活吗？你是认可这些对中国人的描绘，还是觉得它们是林语堂美化的中国？你觉得，在跨文化交往中应当怎样介绍、宣传中国文化呢？

第七讲

《雅舍》：人性·理性·闲适性

《雅舍》是梁实秋的代表作《雅舍小品》的开本之作。1940年，梁实秋应《星期评论》主编刘英士之约，以"子佳"为笔名在该刊开辟了《雅舍小品》栏目，重启其中断多年的散文创作。后因《星期评论》停刊又移至《世纪评论》，前后所作共有34篇，初版于1949年。到台湾后，梁实秋出版散文有近20本，继续以"雅舍"名之者有1973年出版的《雅舍小品》二集，计32篇；1983年出版三集，计37篇；1986年出版四集，计40篇；1986年出版了合集，计143篇。此外，还有《雅舍散文》《雅舍杂文》和《雅舍谈吃》等，但他对《雅舍小品》特别偏爱，自以为稍差点，便不入此集。[①] 因此，《雅舍小品》可以说是梁氏散文的精品，不仅是其成名作，也是其代表作，名噪于世，久传不衰。据其长女梁文茜说，已"风行全世界，先后印出有三百多版了"[②]。这还不包括该著在大陆畅销后不断加印的版次。著名美学家朱光潜早在给梁实秋的一封信中就给予《雅舍小品》极高的评价："大作《雅舍小品》对于文学的贡献在翻译莎士比亚的工作之上。"[③] 司马长风也曾指出，梁实秋的散文"对于稳健的知识分子，尤其是中年人，则有难以抗拒的魅力"[④]。可见《雅舍小品》流行之广，影响之大，由此也奠定了梁实秋在中国现代散文史上不可动摇的大

---

① 叶永烈：《代序——我看梁实秋》，《梁实秋雅舍小品全集》，上海人民出版社1993年版，第4页。
② 梁文茜：《怀念两章·忆雅舍》，《新文学史料》1993年第4期。
③ 转引自梁实秋《雅舍小品合集·后记》，台湾正中书局1986年版，第3页。
④ 司马长风：《中国新文学史》下卷，香港昭明出版社1978年版，第164页。

家地位。

所谓"雅舍",是指 1939—1946 年梁实秋在重庆郊区北碚主湾 10 号住所（今西南大学旁梨园村）的名称。此前,梁实秋原本在北京大学外文系任教,抗战爆发后,为共赴国难,梁实秋抛妻别雏,几经辗转,于 1939 年 4 月随国民政府教育部教科用书编委会经汉口到达重庆北碚,从此与家人别离达 6 年之久。在重庆期间,梁实秋和清华的同班同学、社会学家吴景超夫妇合资在北碚半山腰买了一幢简陋的平房,共 6 间,梁启超居其中的一室一厅。因地处山坡,上去要走七八十级土阶,又没有门牌,邮递不便,梁实秋便建议在山下立个小木牌,用吴景超夫人龚业雅的名字,取名"雅舍"。名为"雅舍",实为一栋典型的"陋室"。然而梁实秋入住后,却常常宾朋满座。一批文人墨客,经常在此相聚,吟诗作画,谈古论今,热闹非凡。梁实秋在雅舍寓居了 7 年,翻译、创作了大量作品,《雅舍小品》最初便创作于此。

作为开卷首篇,《雅舍》起着开宗明义、统领全卷的作用。细读《雅舍》,既能从中探察梁实秋的文学创作观,感受其个性与情怀,又能一窥以《雅舍》为代表的梁氏现代言志小品的创作特色和风格。

《雅舍》的创作与梁实秋对文学独立性的追求

通读《雅舍》全文,读者会发现,文中所言"雅舍"并非富丽堂皇的"大雅之堂",而是简陋得不能再简陋的一栋陋室。作者谓之"雅舍",且以之为文,与那次"与抗战无关"的论争有关。

1938 年冬,梁实秋接手主编《中央日报》副刊《平明》,12 月 1 日在《平明》上发表《编者的话》,其中有一段让他成为密集批判对象的话："现在抗战高于一切,所以有人一下笔就忘不了抗战,我的意见稍有不同。与抗战有关的材料,我们最为欢迎。但与抗战无关的材料,只要真实流畅,也是好的,不必勉强把抗战截搭上去。至于空洞的'抗战八股',那是对谁都没有益处的。"[①]

在全民抗战的背景下,梁实秋何出此言？这与梁实秋对文学的一贯认

[①] 梁实秋：《编者的话》,《中央日报》副刊《平明》1938 年 12 月 1 日。

识有关。在梁氏的心目中，文学是至高无上的事业，他反对把文学当作政治的工具，文学不属于任何人任何阶级，"文学是属于全人类的"①。"伟大的文学乃是基于固定的普遍的人性，从人心深处流出来的情思才是好的文学，文学难得的是忠实，——忠于人性；至于与当时的时代潮流发生怎样的关系，是受时代的影响，还是影响到时代，是与革命理论相合，还是为传统思想所拘束，蛮不想干，对于文学的价值不发生关系。"②"文学家不接受任谁的命令，除了他自己内心的命令；文学家没有任何使命，除了他自己内心对真善美的要求使命。"③ 这种认识与他对于"文学与阶级"之关系以及"文学与革命"之关系的认识是一脉相承的。

关于文学与阶级的关系，早在 1929 年 9 月，梁实秋在《新月》月刊上发表的著名文章《文学是有阶级性的吗?》中就指出："假如真有所谓'无产阶级文学'这样一种东西……但是我们立刻就可以发现这种理论的错误，错误在哪里？错误在把阶级的束缚加在文学上面。错误在把文学当作阶级斗争的工作而否认其本身的价值。"④ "文学的国土是最宽泛的，在根本上和理论上没有国界，更没有阶级的界限。一个资本家和一个劳动者，他们的不同的地方是有的，遗传不同，教育不同，经济的环境不同，因之生活状态也不同，但是他们还有同的地方。他们的人性并没有两样，他们都感到生老病死的无常，他们都有爱的要求，他们都有怜悯与恐怖的情绪，他们都有伦常的观念，他们都企求身心的愉快。文学就是表现这最基本的人性的艺术。"⑤ 众所周知，这种观点遭到鲁迅的批评。但实际上梁实秋的意思是，估量文学的价值，只应就作品本身去衡量，不应牵扯到作者的阶级和身份，"所谓阶级性云云，其实也就是文学背景研究之一部分的对象而已，单是阶级并不能确定一作家或作品的意识与艺术"⑥，他不同意把文学当作阶级斗争的工具。

---

① 梁实秋：《文学是有阶级性的吗?》，《梁实秋批评文集》，珠海出版社 1998 年版，第 143 页。
② 梁实秋：《文学与革命》，《梁实秋批评文集》，珠海出版社 1998 年版，第 132 页。
③ 同上书，第 133 页。
④ 梁实秋：《文学是有阶级性的吗?》，《梁实秋批评文集》，珠海出版社 1998 年版，第 141 页。
⑤ 同上。
⑥ 梁实秋：《人性与阶级性》，《梁实秋批评文集》，珠海出版社 1998 年版，第 194 页。

同样，梁实秋也不同意把文学当作革命的工具。在其评论《文学与革命》中，梁实秋曾明确对"革命的文学"提出质疑。他认为，革命与否不应该是划分文学的标准，"纯粹以文学为革命的工具，革命终结的时候，工具的效用也就截止"。可见，梁实秋反对把文学直接作为政治的工具。他认为："世界上一切事物皆可做为工具，文学当然亦可做为工具，对于使用者有益，对文学无损。但是不要忘记，这只是借用性质，不要喧宾夺主，以为除此即无文学。菜刀可以杀人，不要说切菜刀专做杀人之用。"[①]由此，他也反对把文学当作一时一地的应景之物，"所谓反映时代的文学，也只是文学的一种副产作用，文学家的努力目标并不在此。文学家果真以反映时代为主要职责，其成绩则远不及历史，远不及新闻纸"[②]。

这就不难理解梁实秋为什么要说"与抗战无关的材料，只要真实流畅，也是好的"，他不希望把文学当作纯粹的工具，不希望抗战期间所有的文学都"勉强把抗战截搭上去"，反对言必称抗战的"空洞的'抗战八股'"。但这样一种选材角度，却被片面地解读为提倡"与抗战无关的材料"，让梁实秋饱受诟病，并招来密集的批判。

罗荪在重庆1938年12月5日的《大公报》上首先撰文对其进行批评："在今日的中国，要使一个作者既忠于真实，又要找寻'与抗战无关的材料'，依我笨拙的想法也实在还不容易，除非他把'真实'丢开，硬关在自己的客厅里去幻想吧。"罗荪还发挥想象对梁实秋加以嘲弄："然而假使此公原来是住在德国式的建筑里面的，而现在'硬是'关在重庆的中国古老的建筑物里面，我想，他也不能不想到，即使是住房子，也还是与抗战有关的。"[③] 显然，罗文绕开了梁实秋所言"与抗战有关的材料，我们最为欢迎"，而突出其"与抗战无关的材料，也是好的，不必勉强把抗战截搭上去"的观点。作为回应，次日，梁实秋便在《中央日报·平明》上也以《"与抗战无关"》为题撰文，认为"只有两种文字写起来容易，那就是只知依附于某一种风气而撷拾一些名词敷凑成篇的一些'抗战八股'，以及不负责任地攻击别人的说几句自以为俏皮的杂感文"，进而再次强调：

---

① 梁实秋：《文学讲话》，《梁实秋批评文集》，珠海出版社1998年版，第220页。
② 同上。
③ 罗荪：《"与抗战无关"》，《大公报》1938年12月5日。

"（一）与抗战有关的材料，我们最为欢迎。（二）与抗战无关的材料，只要真实流畅，也是好的。"并表态："我相信人生中有许多材料可写，而那些材料不必限于'与抗战有关的'，譬如说吧，在重庆住房子的问题，像是与抗战有关了，然而也不尽然，真感到成问题的只是像我们这不贫不富的人而已……讲到我自己原来住的是什么房子，现在住的是什么样的房子，这是我个人的私事。不过也很有趣，不日我要写一篇文章专写这一件事。"[①] 在答辩中，梁实秋对罗文中提及的"住房"问题专门作了说明，言语中流露出浓重的愤慨情绪："有一点我要说穿：罗荪先生硬说我原来是住在'德国式建筑'里面，这是要证实我是属于该打倒的那一个阶级。这种笔法我领教过多次，十年前就有一个自命为左翼作家的说梁实秋到学校授课是坐一辆自用的黑色的内有丝绒靠垫的汽车。其实是活见鬼！"鉴于以往的经验，梁实秋在文章末尾还特地声明："在理论上辩驳是有益的事，我也乐于参加，若涉及私人的无聊的攻击或恶意的挑拨，我不愿常常奉陪。"此后，任凭左翼文人如何批判，梁实秋不再发言。但不发言不代表没有态度，既然对方提到了住房问题，梁实秋就不能不予以澄清，澄清的方式是"要写一篇文章专写这一件事"，那篇文章就是后来成为《雅舍小品》卷首作的《雅舍》。

"雅舍"是不是重庆的中国古老的建筑物？梁实秋用事实作了回答。从结构上看，雅舍是"孤零零砌起四根砖柱，上面盖上一个木头架子"，"看上去瘦骨嶙嶙，单薄得可怜"，一看就给人地基不牢、风雨飘摇之感。而外观呢，瓦顶篦墙，泥灰涂敷，简直不像房子。至于位置，则极为偏僻，地处半山，行走不便，"下距马路约有七八十层土阶"，"客来则先爬几十级的土阶，进得屋来仍须上坡"，因为"屋内地板乃依山势而铺，一面高，一面低，坡度甚大"。作为房屋，最起码的功能要能蔽风雨，但雅舍却是"风来则洞若凉亭"，"雨来则渗如滴漏"，如遇大雨滂沱，更是泥水下注，满室狼藉，根本无法蔽风雨。此外，雅舍篦墙不固，门窗不严，无法隔绝邻里噪音；黄昏时"聚蚊成雷"，入夜则"鼠子瞰灯"。这种居住环境，恐怕一般人都难以处之泰然，作为著名学者、教授的梁实秋自然也不能完全无动于衷。联想到罗荪对他住房的丰富想象，再对照实际居住环

---

① 梁实秋：《"与抗战无关"》，《中央日报》副刊《平明》1938年12月6日。

境，多少会有些无奈和自嘲，干脆以子之矛，攻子之盾，就叫"雅舍"。这多少有些意气用事的成分，但同时也告诉罗荪们，自己并非住在"琼楼玉宇"或"摩天大厦"中，抗不抗战，与住什么房子并无直接关系。

　　不仅《雅舍》与抗战无关，纵观《雅舍小品》中抗战期间所写的十几篇东西，要么是关于家庭的女人、男人、孩子，要么是关于人生艺术的音乐、下棋、写字、画展，要么是关于为人处世的谦让、握手、讲价，均是人情世态，身边琐事，几乎没有一篇是与抗战有关的，那个时代的战火硝烟、兵荒马乱，都与"雅舍"无关。不但与抗战无关，甚至与当时的时事也无任何关联，更不是什么时代精神的传声筒。《雅舍小品》有意回避时行的抗战题材，专注于日常人生的体察和玩味，着眼于人性的透视和精神的愉悦，核心精神是享受生活，珍惜人生。《雅舍》结尾写道："长日无俚，写作自遣，随想随写，不拘篇章，冠以'雅舍小品'四字，以示写作所在，且志因缘。"由此可见他那离世独善、闲逸自娱的写作态度。

　　能不能理解为梁实秋真的不关心抗战？当然不是，梁实秋只是反对"抗战八股"，而不是反对抗战文学，更不是反对抗战；仅仅是一种文学态度，而不是政治态度，更不能说梁实秋不爱国。事实上，梁实秋在编辑《平明》副刊的时候，所选大部分稿件还是"与抗战有关的资料"，正如1939年4月1日他结束与《中央日报》的关系时在《平明》副刊上刊出的《梁实秋告辞》所言："我不说话，不是我自认理屈，是因为我以为没有说错话。四个月的'平明'摆在这里，其中的文章十之七八是'我们最为欢迎'的'与抗战有关的资料'，十之一二是我认为'也是好的'的'真实流畅'的'与抗战无关的材料'。……所有误会，无须解释，自然消除。所有的批评与讨论，无须答辩，自然明朗。所有的谩骂与污蔑，并没有伤害着了我什么。"[①] 进一步说，即使欢迎"与抗战无关的材料"，从今天来看，也应该是被允许的。毕竟，社会生活复杂多样，作家的关注点不同，读者的阅读需求也不同。文学艺术应该反映这样一种复杂状况，作为抗战文学的一个支流，战时的衣食住行、生活琐事并非不值得一写，也并

---

① 《梁实秋告辞》，《中央日报》副刊《平明》1939年4月1日。

非没有存在价值。① 虽然战乱时期，国人未必都有心情欣赏类似《雅舍》之类的奢谈，但当时过境迁生活安定之后，人们会发现，真正有生命力的还是"与抗战无关的材料"。这也是多年之后《雅舍小品》依然走红的原因。

《雅舍》中的人性和理性

梁实秋之所以反对把文学当作工具，是因为在他看来，"人性是测量文学的唯一标准"②，"文学的精髓是人性的描写"③。"文学发于人性，基于人性，亦止于人性。"④

那么，什么是人性？在台湾时期写过的一篇长文《文学讲话》中，梁实秋说，人"比兽高明的地方"在于"人有理性，人有较高尚的情感，人有较严肃的道德观念，这便全是我所谓的人性"。他还重申以前表述过的观点："人性乃一向所共有的，无分古今，无间中外，长久的普遍的没有变动。""人性的探讨与写照，便是文学的领域，其间的资料好象是很简单，不过是一些喜、怒、哀、乐、悲、欢、离、合，但其实是无穷尽的宝藏。"⑤

以此理解，《雅舍》看似写"雅舍"，其实也是写人性。名为"雅舍"，体现的是梁实秋的一种内在涵养和人生态度。既为"雅舍"，自有其"雅"之所在。"雅"在何处？"雅"在作者对所处的不堪环境的"雅"的体验。

首先是雅兴。物质条件固然不尽如人意，但并不妨碍作者用一颗诗心发现自然之美："'雅舍'最宜月夜——地势较高，得月较先。看山头吐月，红盘乍涌，一霎间，清光四射，天空皎洁，四野无声，微闻犬吠，坐客无不悄然！舍前有两株梨树，等到月升中天，清光从树间筛洒而下，地上阴影斑斓，此时尤为幽绝。直到兴阑人散，归房就寝，月光仍然逼进窗

---

① 袁良骏：《战时学者散文三大家：梁实秋、钱钟书、王了一》，《北京社会科学》1998年第1期。
② 梁实秋：《文学与革命》，《梁实秋批评文集》，珠海出版社1998年版，第131页。
③ 梁实秋：《人性与阶级性》，《梁实秋批评文集》，珠海出版社1998年版，第195页。
④ 梁实秋：《文学的纪律》，《梁实秋批评文集》，珠海出版社1998年版，第105页。
⑤ 梁实秋：《文学讲话》，《梁实秋批评文集》，珠海出版社1998年版，第222页。

来，助我凄凉。细雨蒙蒙之际，'雅舍'亦复有趣。推窗展望，俨然米氏章法，若云若雾，一片弥漫。"可谓诗意盎然，美不胜收。这不由得让人联想到苏轼在《前赤壁赋》中所言"惟江上之清风，与山间之明月，耳得之而为声，目遇之而成色；取之无禁，用之不竭"。若无达观心态，何来如此雅兴？

其次是雅趣。"雅舍"所有，一几一椅一榻而已，虽然清贫，但作者却安贫乐道，以为"酣睡写读，均已有着，我亦不复他求"。陈设虽简，作者却喜欢翻新布置，"宜求疏落参差之致，最忌排偶"。在求变求新中寻找生活的乐趣，一物一事之安排布置俱不落俗套，正是源于对生活的热爱。

最后是雅味。作者有自己的生活方式，有自己的人生趣味，"雅舍"虽然简朴，但洒扫拂拭，不使有纤尘。对社会各色人等沽名钓誉、自我炫耀之陋习，作者是排斥的："故名公巨卿之照片不得入我室；我非牙医，故无博士文凭张挂壁间；我不业理发，故丝织西湖十景以及电影明星之照片亦均不能张我四壁。"这里，可以看出作者对独立人格的坚守，既不攀附权贵，亦不随意从俗。

而无论是雅兴、雅趣还是雅味，体现的都是作者的雅量。尽管物质条件苦不堪言，生活多有不便，但作者却能超然物外，苦中作乐，躬受亲尝雅舍"所能给予之苦辣酸甜"。这种以简陋为美、以清贫为乐的心态，表现的正是作者豁达开朗、从容平和的雅量。正是在这样的环境中，梁实秋完成了中小学战时教材的编写任务，创作了《雅舍》等十几篇小品文，翻译了莎士比亚《亨利四世》等多部外国作品。有了这些成就，雅舍就成了真正的书香四溢的雅舍，而不仅仅是一个饮食起居的所在。这颇有些刘禹锡《陋室铭》中"斯是陋室，惟吾德馨"的意味，但《陋室铭》流露的是刘禹锡作为士大夫阶层故作低调的自谦，骨子里依然是"谈笑有鸿儒，往来无白丁"的清高与自傲，《雅舍》显示的却是作为现代知识分子的梁实秋面对艰苦泰然处之、知足常乐的通达心态。显然，作者看似写"舍"，其实是托物言志，借"舍"抒怀。

这种写作角度自然属于梁实秋所说的人性。但是，人性又是受理性节制的,"文学的力量,不在于开扩,而在于集中;不在于放纵,而在于节制"①。"所谓节制的力量,就是以理性(Reason)驾驭情感,以理性节制想象。"② 梁实秋正是站在人性与理性的文学立场,对强调阶级性的文学观进行了批判,对于放纵情感的"五四"新文学的浪漫传统进行了清算,从而张扬带有浓厚古典主义倾向的表现人性的理性文学。

在写作《雅舍》之前,梁实秋已以保守的新月派批评家身份在文坛上广为人知。他的文学观源自在美国留学时的导师、新人文主义者白璧德教授。白璧德在文学观上崇尚古典主义,在人性问题上则强调它是二元的:"那即是说,人性包括着欲念和理智。这二者虽然不一定是冰炭不相容,至少是相互牵制的。"③ 梁实秋亦复如此。在赴美留学归来后,受白璧德以及新月社同仁的影响,梁实秋一改曾经热衷的浪漫主义,以古典主义为标准,转而批评新文学运动中的浪漫倾向。在《现代中国文学之浪漫的趋势》中,他认为,新文学太受外国影响,太推崇感情,流于印象主义,"就整个来说,是一场浪漫的混乱"④。

对于文学与情感的关系,他认为:"浪漫主义的成分无论在什么人或什么作品里恐怕都不能尽免,不过若把这浪漫的成分推崇过分,使成为一种主义,使情感成为文学的最高领袖的原料,这便如同是一个生热病状态,以理性与情感比较而言,就是以健康与病态比较而言。""情感不是一定该被诅咒的,伟大的文学者所该致力的是怎样把情感放在理性的缰绳之下。文学的效应不在激发读者的热狂,而在引起读者情绪之后,予以和平的宁静的沉思的一种舒适的感觉。"⑤ 在文学上,就是要用人的理性,用高尚的情感与道德来克服人性的弱点,陶冶、提升读者的精神境界。从这个意义上说,梁实秋心目中的人性与理性是一致的。

具体到情感与想象,梁实秋认为:"假如情感与想象都能受理性之制

---

① 梁实秋:《文学的纪律》,《梁实秋批评文集》,珠海出版社1998年版,第102页。
② 同上。
③ 梁实秋:《文学因缘·关于白璧德先生及其思想》,《梁实秋批评文集》,珠海出版社1998年版,第216页。
④ 梁实秋:《浪漫的与古典的·现代中国文学之浪漫的趋势》,《梁实秋批评文集》,珠海出版社1998年版,第38页。
⑤ 梁实秋:《文学的纪律》,《梁实秋批评文集》,珠海出版社1998年版,第103页。

裁，充分发展而不逾越常轨，这便是古典的了；假如情感与想象单独的发展，成为一种特殊的奇异的现象，那便可以说是浪漫的了。""我以为'古典的'与'浪漫的'不是两种平等对待的名称。'古典的'即是健康的，因为其意义在保持各个部分的平衡；'浪漫的'即是病态的，因为其要点在偏倚的无限发展。"① 同时，梁氏主张："一切文学都是想象的"，"因为文学里有这想象的成分，所以文学才有主观性，高超性"，但是"文学不是无目的的漫游，而是有目的的创造，所以这文学的工具——想象，也就不能不有一个裁剪、节制、纪律。节制想象者，厥为理性。"②

这种节制在《雅舍》中表现得非常明显。从题材上看，在全民抗战的背景下，作者不写抗战转而写"与抗战无关"的"雅舍"，本身就是理性取舍的结果。从内容上看，在写对"鼠子"、"蚊子"的厌烦时，作者用了"骚扰"、"猖獗"，这或可理解为作者内心的不满，对生活、对战争的不满，却没有直抒胸臆的愤怒和反抗，而是超然物外，烦中求安，化苦为乐，只写对"月夜"、"细雨"的欣赏，对"简朴"之风的追求，对"似我"、"非我"境界的陶醉。在写窗外烟雨的美景时，作者写道："细雨蒙蒙之际，'雅舍'亦复有趣。推窗展望，俨然米氏章法，若云若雾，一片弥漫。"可以看出，此时作者已然忘却雅舍的简陋，由眼前山水联想到米氏章法，怡然成趣。但作者并没有展开想象，将自己对美景的沉醉泛滥开去，而是笔锋一转，想到"大雨滂沱，我就又惶悚不安了"，"房顶浓印到处都有，起初有碗大，俄而扩大如盆，继则滴水乃不绝，终乃屋顶灰泥突然崩裂，如奇葩初绽……"正在欣赏幽美的月夜，突然想到"大雨滂沱"时的"惶悚不安"，语意的转折又传达出梁实秋在那个风雨飘摇的时代内心的漂泊感和忧患感。这种由家国之痛引发的身世之感，尽管沉重，但作者并没有直接表露，而是尽量用主观感情的温暖去化解和消融。文章结束语引用南宋爱国词人刘克庄《玉楼春》中的名句"客里似家家似寄"，也是有所寄托的。"客里"也即异乡，"寄"即临时借住。这里的意思是说，住在外边的时候多，住在家里的时候反而少，这是国家动荡年代的特征。作者引用刘克庄词，表达的是抗战时期流落重庆时的感慨，可见他对眼前

---

① 梁实秋：《文学批评论·结论》，《梁实秋批评文集》，珠海出版社1998年版，第124页。
② 梁实秋：《文学的纪律》，《梁实秋批评文集》，珠海出版社1998年版，第105页。

的现实并没有视而不见，只是他的感慨不像其他文人那样直露、激昂，而是表现得委婉、细腻。这与儒家"乐而不淫，哀而不伤"的理性精神是一致的。

正是这种理性色彩，使梁实秋的小品在中国现代散文中显得独树一帜。在现代文学史上，文学研究会的朱自清、冰心等人的散文影响较大，但他们的散文常常是一段事迹的记叙或一种景物的描写，尽管也不乏情感，却少有深刻的理性内容。创造社的郭沫若、郁达夫等人的散文抒情性较强，虽然也与记叙结合，但没有将一时一地的情感与永久的人性结合起来。而梁实秋的《雅舍小品》却在看似无关宏旨的漫谈中，传达出对于生活本身的丰富情趣和富有同情的理解，这也意味着独具特色的中国现代"知性散文"的崛起。

闲适幽默的艺术风格

对文学独立性的追求和对理性的人性的提倡，使梁实秋的散文小品能够超越现实的功利性，不为时局所左右，从而呈现出一种闲适幽默的艺术风格。

所谓闲适，就是清闲安适。作为创作风格，就是创作者把生活作为审美对象，以欣赏的态度看待它，并借以丰富自己的精神、情趣，从中获得心境上的愉悦。现代文学第一次闲适潮发生于 20 世纪 30 年代初，以周作人、林语堂为代表，他们受明清的名士派散文和英国兰姆等西方小品大师的影响，以《论语》《人世间》和《宇宙风》为阵地，提出"以自我为中心，以闲适为格调"的主张，进行小品文创作。到 40 年代，梁实秋再次把闲适潮推上高峰，他的小品文伦理亲情、人生世相，无所不包，特别是在当时战争的背景之下，那种随缘淡泊、超脱豁达的风格正反映了一个自由主义文人特别的闲适心态。在《雅舍》中，作者写道："这'雅舍'，我初来时仅求其能蔽风雨，并不敢存奢望，现在住了两个多月，我的好感油然而生。虽然我已渐渐感觉它是并不能蔽风雨，因为有窗而无玻璃，风来则洞若凉亭，有瓦而空隙不少，雨来则渗如滴漏。纵然不能蔽风雨，'雅舍'还是自有它的个性。有个性就可爱。"对于自己居住的凄风苦雨的寒舍，作者没有自怜，没有抱怨，而是饶有兴致地品味其中的酸甜苦辣，怡然自乐,字里行间,流露的是一种享受人生、自我慰藉的闲适心态,体现了一种优雅怡适之人生境界。文章篇末,作者自称:"长日无俚,写作自遣,随想随写,不拘篇章,冠以'雅舍小品'四字,以示写作所在,且志因缘。"作者心有余闲,随缘赏玩,旨在愉悦性情,调剂生活。这种写作态度显然来自他安时处顺、出入自如的处世态度,外化为文章的艺术风格,就成了表里谐调的恬淡雅致。

但梁实秋并不视闲适为一味地逍遥放肆,而是立足于理性思考,对世俗生活中的种种不堪现象加以玩味,这就构成了闲适风格的另一层面——幽默。司马长风曾这样评述道:"在现代散文作家中,论幽默的才能,首推梁实秋,其次是钱钟书。""梁实秋的幽默不伤大雅,处处有谨厚之气。"[①] 的确,梁实秋善以幽默的态度看待人生。他能自觉地从枯燥、平淡、死板的日常生活中提取"趣味",产生了"寓庄于谐"的审美效果,也发现了愉悦自身的美。这种幽默风格在《雅舍》里体现明显。"雅舍"明明老鼠纵横,蚊蝇成群,简直无法居住,但作者偏说它"可爱"、"有趣"、"无复他求",是难得的"雅舍",正表现了作者自我解嘲的幽默心态。再比如,写室内格局:"因为屋内地板乃依山势而铺,一面高,一面低,坡度甚大,客来无不惊叹,我则久而安之,每日由书房走到饭厅是上坡,饭后鼓腹而出是下坡,亦不觉有大不便处。"明明是房子的简陋造成的出入不便,作者却说自己是"饭后鼓腹而出",似漫画一般,很有分寸地表现出作者处之泰然的幽默感。而对于中国文化或普遍人性中的缺陷,作者常常选取不为人注意的场景,用寥寥数笔精确勾勒,加以谑而不虐的针砭。《雅舍》以谐谑的语言说壁间不挂星要的照片,也没有牙医的博士文凭,更不须张贴电影明星画片以各种发式招徕顾客似理发馆等。这些文字颇具英国式的幽默感,既不愤世嫉俗,亦非玩世不恭,而是含笑玩味,寓庄于谐,调侃世俗,善解人意,深得幽默三昧,非智者兼仁者难以做到。作为一种写作风格,幽默还体现为一种语言特色。比如作者写雅舍单薄简陋,不避风雨,本来是生活中并不"雅观"的困境,却用了一组雅正的骈句来描绘,出人意表。雅舍的名字听起来非常"典雅",但文中却是"水池、粪坑"一应俱全,"鼾声、喷嚏"破墙而入。这类充满人间烟火味

---

① 司马长风:《中国新文学史》下卷,香港昭明出版社1978年版,第164页。

的近乎粗俗的事物，又用上一个十分雅致的文句来收束——"荡漾而来，破我岑寂"，庄谐交替，文白并列，都有新颖幽默的雅趣。

"幽默"是洞察人生百态后自由心态的一种外化。如果说闲适是把人生诗意化，那么幽默则是把人生喜剧化，二者相辅相成，相互辉映，从而把人生艺术化，体现了作者优游自在的雅士风度。

《雅舍》虽短，但蕴含丰富，不仅体现了梁实秋思想感情上高雅的志趣和恢弘的雅量，也集中体现了梁实秋散文创作的整体风格，并折射出其主要的文学主张。因此，《雅舍》不仅在 40 年代的文坛上独标一格，在今天依然可视为小品文创作的典范。

延伸阅读

1. 高旭东《梁实秋：在古典和浪漫之间》（北京大学出版社 2005 年版）从梁实秋黄昏岁月的热恋写起，全面考察了他的为文与为人，认为"古典的"与"浪漫的"不但表现在他的文学选择上，而且是他一生为人与为文的矛盾所在。在全面探讨梁实秋回国之后文学批评的伦理文化特征的基础上，该论著指出了他批判"五四"文学的得失。从中西比较文学与文化的角度，该论著认为，他是"穿着西装的孔夫子"：他以西方的古典精神与中国的儒家精神相沟通，以西方的浪漫主义与中国的道家理念相沟通，从而建立了一个中西沟通比较的架构。该论著有助于我们进一步了解梁实秋的为人为文，从而加深对《雅舍》的进一步理解。

2. 求聿军《论禅宗思想对梁实秋人生态度和艺术创作的影响》［《浙江师大学报》（社会科学版）（金华）1999 年第 5 期］，从分析梁实秋作为一个传统士大夫型文人的文化构成以及自由主义文人的立场入手，探讨了中国禅宗影响梁实秋的途径，并在此基础上揭示了禅宗思想对他的人生态度和艺术创作所产生的一系列影响。该文有助于我们从另外的角度理解《雅舍》的主题意蕴和创作风格。

思考题

1. 《雅舍》体现了梁实秋怎样的文学观？
2. 如何理解《雅舍》的理性色彩？
3. 《雅舍》的闲适幽默风格是怎样体现的？

第八讲

《一个消逝了的山村》：
怎样利用伴随文本

伴随文本是指一切处于文本之外，但又可以影响文本的解释意义的文本。如果文本意义过于隐晦，或过于深奥，超出了一般人的理解水平，分析时就要充分利用伴随文本。虽然伴随文本分析不能代替文本分析，但是解释伴随文本却可以为理解文本提供便利。本讲以冯至的《一个消逝了的山村》为例，说明如何充分利用伴随文本以帮助解释文本。

《一个消逝了的山村》选自冯至的散文集《山水》。《山水》的出版有一个过程。1942年秋，冯至将曾经写的十篇散文集在一起，题名《山水》，1943年9月在重庆出版。后来冯至又加上之后写作的三篇散文，再加上一个《后记》，1947年5月由文化生活出版社出版。本文使用的版本为河北教育出版社于1994年根据文化生活出版社1947年版本的重排版。《山水》出版后，学界对它的评价很高，香港文学史家司马长风认为，虽然冯至在40年代只有《十四行集》和《山水》两小本著作，但是"在诗和散文两方面，他都站在'一览众山小'的高峰"。《山水》中的《一棵老树》和《一个消逝了的山村》最为精纯，并将前者称为"白话散文诞生以来的杰作"[1]。陆耀东称《一个消逝了的山村》为"我国现代主义散文中的杰作"，"无论从哪一方面说，它都是一个真正的创造，在中国，是独树一帜的"[2]。

---

[1] 司马长风：《中国新文学史》下卷，香港昭明出版社1978年版，第151—152页。
[2] 陆耀东：《冯至传》，北京十月文艺出版社2003年版，第193、194页。

《山水》一共由 13 篇散文组成，按写作时间排序。这 13 篇文章分别是《蒙古的歌》《赤塔以西》《塞纳河畔的无名少女》《两句诗》《怀爱西卡卜》《罗迦诺的乡村》《在赣江上》《一棵老树》《一个消逝了的山村》《人的高歌》《山村的墓碣》《动物园》《忆平乐》，最后还有一篇《后记》。题名为《山水》，其实不是游玩的山水，而是对人与自然的关系、生命与时间、平凡与伟大等严肃的人生哲学问题的沉重思考。本讲从人与自然的关系角度，探讨《一个消逝了的山村》给我们带来的启示。

我们应该怎样理解自然？

　　《山水》是一部关于自然的散文集，山水就是自然。冯至在《后记》中录入了他在民国 31 年秋天为初版写的一段跋语，解释了他对自然的看法。几年以后，他认为，这段文字仍然没有失去作为跋语的意义。仔细研读这段文字，我们便可发现这个集子中存在的几个关于自然的重要理解。先读《后记》，是为了给《一个消逝了的山村》的解释提供基本理论源头。

　　第一，人生的意义在于对自然和生命过程的记忆。冯至说，十几年来，走过许多地方，有意或无心地在某些地方或长或短停留下来。可是一旦离开这些地方，它们便如种子似的种在了身内，有的发了芽，有的长久沉埋，静默无形，似乎成为一个沉重的负担。不论是哪种关于该地方的记忆，都"成为我灵魂里的山川。我爱惜它们，无异于爱惜自己的生命"。冯至将对这些地方的记忆与生命并提，无疑是将对自然的记忆看得与生命同等的重要。人生的意义和价值问题是困扰人一生的问题。有人将自己预设的目标看作生命的意义，认为达成目标则实现了人生意义，不达成目标则是失去了人生的意义。这种对人生意义的理解是片面的，因为任何目标的实现即意味着目标的消失。既然目标消失了，那么意义又在哪里呢？更进一层来讲，任何人都不得不面临最终的目标——死亡，当我们不得不面临死亡的时候，是否就意味着人生意义的虚无呢？所以，要寻找人生的意义，防止人生意义陷于虚无，就不能向前看，而应该向后看，人生的意义存在于记忆之中，而不存在于未来。未来是虚拟的想象，过去才是真实的记忆。因为只有过程才是可以被记忆的，所以人生的意义不在终点，而在过程之中。对过去的记忆，自然山水是主要内容。"我最难忘怀的，譬如某某古寺里的一棵千年的玫瑰，某某僻静的乡村礼堂里的一幅名画，某某海滨的一次散步，某某水上的一次夜航……这些地方虽然不在这小册子里出现，但它们和我在这里所写的几个地方一样，都交织在记忆里。"为什么记忆中只有一些地方？为什么《山水》中的文章明明写了人，但冯至在《后记》中却迟迟不提？这就得谈到冯至对自然的另一个重要理解，这个理解来源于里尔克的思想。

第二，人是自然的一部分。冯至是里尔克《论"山水"》的翻译者，他盛赞里尔克的这篇文章，说"这篇短文内容的丰富，在我看来，是抵得住一部艺术学者的专著的"[①]，里尔克的思想深深地影响了冯至对自然的理解。里尔克这篇文章的大概意思如下：在古希腊绘画中，裸体的人体是一切，景物（山水）只剩名称或缩写，山水只不过是人的附属，没有人的动作，山水是空虚的。基督教的艺术虽不像古希腊艺术那样把人的身体作为一切意义的来源，但是也没有真正地接近山水。基督教艺术的山水因人而改变，可爱的地方一定是天堂，恐怖荒凉冷酷的地方一定是地狱，山水不属于尘世，只是人的一个短短停留的暂住地，人成为山水的衣裳。后来山水成为艺术，人画山水时，并不意味着山水，而是为他自己，山水成为人的情感的寄托、人的欢悦、素朴与虔诚的比喻，比如莱奥纳多的画。许多后来的先驱都用山水作为生命的象征，但是还没有人画过一幅"山水"像《蒙娜丽莎》深远的背景那样完全是山水，而又如此是个人的声音与自白。这样的山水不是人对静物的看法，它是完成中的自然，变化中的世界，对于人是生疏的，它完全在自身内演化。因为它对于我们是疏远的，所以对于我们的命运而言才能成为一种迎刃而解的比喻，才能用山水中的事物给我们的生存带来一种新的解释。若要成为山水艺术家，就必须这样：人不应再物质地去感觉它为我们而含有的意义，却要对象地看它是一个伟大的现存的真实。把人画得伟大的时代，人却变得飘摇不定。自然却恒久而伟大，其中的一切运动更为宽广，一切静息也更为单纯而寂寞。当人用自然的崇高的材料来说自己，认为人与自然是一些同样的实体之时，毫无事迹的山水画就成立了。人沉潜在伟大的静息中，万物的存在在规律

[①] 冯至：《里尔克〈给一个青年诗人的十封信〉译序》，《冯至文集》，华夏出版社2000年版，第185页。

中消隐，与静默行走的动物一样担负着日夜的轮替，都合乎规律。不论什么人走入这个环境，都成为一个"物"。在以前的缓慢发展的山水艺术的历史中，都有一个辽远的人的发展，然而这个时代的未来已经不同，人不再是他的同类中保持平衡的伙伴，他有如一个物置身于万物之中，无限的孤独，一切物与人的结合都退到共同的深处，那里浸润着一切生长者的根。[①]

里尔克的意思说得很清楚，人类向来把人看作自然的中心，一切自然皆是人化的自然，人眼中的自然都是为人类服务的。但是与伟大的自然相比，人无比的渺小，人只是自然的一部分，人只是自然中的一个物，自然的规律永远不随人的意志、好恶而改变，生命的秘密藏在山水之中，不会随人的意志而转移。人只有在与自然的相互融合中才能真正体会生命之于我们的意义。所以，寻找生命的意义，不应在人的生命中寻找，而应到自然中寻找；不应在人的故事中寻找，而应在自然的故事中寻找。当然，即使有人的故事，这些故事也只是自然的故事的一部分。换句话说，感应自然的变化与更替，就是感应生命的变化与更替。自然永恒，所以生命永恒。

人是自然的一部分，所以自然的人也会与自然一样有自己的规律和节奏。《忆平乐》写作者6年前逃难经过桂林平乐时，恳求一位裁缝赶时间做棉衣，这位裁缝加班工作却不多收一分钱的故事。后来平乐沦陷了，作者便想象起这位裁缝的去向。该文的重点在于文末的一段议论："在这六年内世界在变，社会在变，许多人变得不成人形，但我深信有许多事物并没有变：农夫依旧春耕秋收，没有一个农夫把粮食种得不成粮食；手工艺者依旧做出人间的用具，没有一个木匠把桌子做得不成桌子，没有一个裁缝把衣服缝得不成衣服；他们都和山水树木一样，永久不失去自己的生活形式。"只有像自然一样按自己的规律生活的人，才是自然的人，而那些衣冠人士，就如被人破坏的自然一样，是非自然的人。

第三，自然的伟大存在于平凡的山水之中。普通人往往喜欢参观名胜，认为只有在这些地方巨大的起伏中才能看到造物的神奇，冯至认为，

[①] 参见里尔克《论"山水"》，冯至译，叶廷芳选编：《里尔克散文》，人民文学出版社2008年版，第74—78页。

其实这是大大的误解。这些地方只不过是在地壳构成时因为偶然的巧合才产生出来的,只能使人一新眼界,却不能让我们惊讶造物的神奇,真正的造化之工存在于平凡的原野。"一棵树的姿态,一株草的生长,一只鸟的飞翔,这里边含有无限的永恒的美。"在自然之中,并无所谓的奇与胜,一切人类所谓的奇与胜在自然之中都不算什么,没有特别的意义。人类之所以喜欢名胜,其实是把自身心态中的某些东西附加在了自然之上。"自然本身不晓得夸张,人又何必把夸张传染给自然呢?"所以,平凡的山水之中才有永恒的生命与美,造化的神奇只在自然之中最普通的事物中体现。读一下冯至的《十四行集》就会发现,他所歌咏的事物,几乎都是平凡的事物,例如鼠曲草、有加利树、小昆虫、蝉蛾、驮马、原野的小路、刚出生的小狗等。在散文集《山水》中,平凡的人、平凡的事物也是主要的描写对象,《怀爱西卡卜》中的爱西卡卜是柏林郊外的一块小住宅区,《罗迦诺的乡村》写的是作者住过一个月的瑞士的湖边小乡村,《在赣江上》写的是江上对话,《一棵老树》讲一个老人与牛的故事。这些地方与人物都普通得不能再普通,人物故事完全没有轰轰烈烈与惊天动地,但是,正是这些平凡的自然与人的故事才能阐释生命的真实与美。"山水越是无名,给我们的影响也越大;因此这些风景里出现的少数人物也多半是无名的:但愿他们都谦虚,山上也好,水边也好,一个大都会附近的新村里也好,他们的生与死都像一棵树似的,不曾玷污了或是破坏了自然。"越是平凡,就越是真实。一旦有名,就有了文化,命名是文化的起始。因此,去名,就是去除文化的干扰与玷污,就是让人与自然回到它们本来的状态。于是便有了下面的第四点理解。

第四,体悟自然应消去人化的痕迹。对任何一个地方或人物,我们对它的理解都难以去除文化加之于它的想象,或者是个人对它的理解,这不但不能接近真实的自然,而且会失去认识生命意义的机会。冯至在《后记》中说:"对于山水,我们还给它们本来的面目吧。我们不应该把些人事掺杂在自然里面……在人事里,我们尽可以怀念过去;在自然里,我们却愿意万古常新。"一个西湖,被人文历史弄得支离破碎,只有那些还没有被人类历史点染过的自然,才能让我们感应到应该如何生长。这一理解成为《山水》的重要主题之一。

《蒙古的歌》写的是作者听一个俄国人用严肃的态度唱了一首像催眠

曲似的极其沉闷的蒙古歌的故事,一点也听不出"大漠孤烟直,长河落日圆"的境界,也听不出"蝴蝶也想咬人"的那种豪迈与极端体验,也没有"天苍苍,野茫茫,风吹草低见牛羊"的感觉。通过与俄国人交谈才知道,这是因为鲁钝朴质的蒙古人不像文明人那样喜用感情传染人,他们把爱情与悲哀害羞似地紧紧抱着,从生到死,他们的生命极为平凡,但平凡中才藏着生命的真实,作者这才知道自己以前对蒙古的文化想象完全是错误的。

《塞纳河畔的无名少女》写一个雕刻家想把一个无名少女天使般的微笑雕刻出来,虽然少女就坐在他面前,但是他雕刻出来的微笑却永远是别样的微笑:太小心,则微笑太柔弱;稍用力,面容又太凛然。有时笑容成了冷笑,有时成了幼稚的儿童的笑,有时又成了朦胧的情人的笑。最后,雕刻家竟然雕出了娼妇的笑。雕刻家喝得大醉,少女来到塞纳河边,带着永久的微笑走入河中。雕刻家到处寻找未果,一天却在一家商店门口看见了一个好事者以溺水死亡的少女脸部为模子做的"死面具",面具上带着少女那永恒的微笑。雕刻家惊慌地向不可知的地方走去了。这篇文章的最后一句"带着永久的无边的微笑好像在向我们谈讲着死的三昧",似乎是说着对死亡的理解,即死亡并不是悲哀与可怕的,而是人生的一个阶段,是自然蜕变的过程,永恒的美并不会因为死亡而消失。文章又是在谈关于人化的艺术的问题,所有艺术都难以摆脱创作者的观察方式、表现手段、潜在目的等主观因素的影响,但最好的艺术应该是忠于自然本身的。人永远无法掌握、洞悉自然的秘密与美,所以,求助于自然本身或许才是唯一的办法。

那么,怎样才能去人文化而返回真正的自然?人与自然应该如何达成生命的交流呢?《两句诗》或许能给我们以解释。一天,作者在林径里读到贾岛的名句"独行潭底影,数息树边身",才真正体会到人与自然的相通。独行的人把影子映在明澈的潭水里,就活泼泼在水中看见自己的心性,把身体靠在树干上,就如蝴蝶落在花上,人身和树身好像不能分开,人就可以从全身的血液循环感到树是怎样汲取养分输送入枝叶,甚至输送入我们的血液的,甚至像里尔克那样,有了让树的精神传入他的身体之内的体验。人把自己安排在一个和自然声息相通的处所,就是接近自然、理解自然的办法。

当我们明白了冯至在《后记》中所表达的这些对于自然的观念之后，我们才能更容易地理解《一个消逝了的山村》中关于自然的哲学认识。《后记》是《山水》的副文本，里尔克的《论"山水"》是前文本，《山水》中的其他篇目是《一个消逝了的山村》的型文本，司马长风和陆耀东的评论是元文本，这些文本都有助于我们对《一个消逝了的山村》的理解。

《一个消逝了的山村》被评价得很高，但至今没有人为它写过专门的评论或研究文章，这不能不说是一件憾事。对这篇散文论得最详细的，是温儒敏主编的《中国语文》中的一段"阅读提示"①。究其原因，可能不是冯至把问题说得太明白，而是因为单独看这一篇散文的话，他把话说得过于隐晦。

《一个消逝了的山村》中到底消逝了什么

据说，《一个消逝了的山村》所写的地方，就在冯至在昆明西南联大任教期间的住地旁。事实可能正是如此，恰如冯至在《后记》中所说，每一个他到过的地方，都在记忆中深藏，变成他生命的一部分。这篇散文与冯至其他散文的主题很是接近，仍然是解释生命与自然之间的关系，有浓厚的里尔克的思想色彩。这是冯至的深刻处，也是冯至的缺点，一个作家如果受另一个作家影响太深，就会失去创造思想的动力。

《一个消逝了的山村》从结构上看分为八个部分。第一自然段是引入部分；第二部分写探访一个在 70 年前因回汉互相仇杀而消逝了的山村；第三部分写一条小溪；第四部分写这里生长着的一种鼠曲草；第五部分写山上雨季人们采菌子；第六部分写一种高高耸立的有加利树；第七部分写秋后的野狗和其他野兽；第八部分是总结。无论哪一部分，都是这个地方的普通景物、普通的动植物和人的活动。从这几个部分对事物的描绘中，我们将消逝了的和没有消逝的作一个对比，便会发现作者的用意。

文章一开始，就讲述消逝与永恒的关系。"在人口稀少的地带，我们走入任何一座森林，或是一片草原，总觉得它们在洪荒时代大半就是这样。人类的历史演变了几千年，它们却在人类以外。不起一些变化，千百

---

① 温儒敏、陈庆元：《中国语文》（简编本），北京大学出版社 2009 年版，第 228 页。

年如一日，默默地对着永恒。"这里表达的是对自然的敬畏。消逝的是人类，不消逝的是自然。自然就是永恒，自然在人类以外，其实也是人类在自然之外。上文讲过，人类其实是自然的一部分，人类是处于自然之中的，这岂不自相矛盾？但经过考查，这个道理其实很清楚：正是因为人类不关注自然，盲目地以自己为中心，才导致人类处于自然之外。自然在人类之外（人类自己与自然疏离），导致了人类处于自然之外。人类因盲目的自大而失去体察自然与生命的机会。

这个地方几乎没有了人类的痕迹，难道还有一个地方不会与人类发生关联？

顺着一条窄窄的石路，一个秘密展开在我们眼前。这条石路从四五里远的一个村庄伸出，逐渐消失在山谷之中，而在消失的路的尽头，曾经有房屋，也曾有田园。"我在那条路上走时，好像是走着两条路：一条引我走近山居，另一条路是引我走到过去。"空间与时间在这里被打通了：这条路既可通向另一个空间，又可通向另一个时间。为什么时间与空间可以打通呢？这个说法似乎只存在于科幻小说或文学性的表述之中，永远带有一种神秘与朦胧，然而在这里却是一个严肃的思考。要理解这一点，就仍然得返回冯至对自然的理解之中。时间通常被理解为一维，生命被理解为只有一次，失之即不再有。但是，如果我们拒绝把时间与空间进行人化的理解，而是站在自然的角度看时间，那么时间就是不变的，"千百年如一日，默默地对着永恒"。对于任何一个在空间中存在的自然而言，过去、现在、未来都一样，都在自然的规律中循环。同样的道理，在同一个时间里，无论我们在哪个地方存在，都如同存在于同一个地方，因为这些地方属于同一个空间，其中的规律也都一样。立足于人，我们看到的只有生命的短暂与空间的浩大，站在自然的角度，时间没有意义，空间差异也没有意义。所以，超越时空，其实只是个视点的转换。人若是想拥有这个视点，便要在体悟自然生命的过程中，将生命融进自然，将自然融入生命。难怪冯至要如此盛赞里尔克有过将树的精神传入身体之内的体验，如此盛赞贾岛那两句诗中的灵性感悟了。这种将生命融入自然的哲学玄思，几乎贯穿了冯至整个40年代的创作。

后来，"我"了解到这里曾经是一个村庄，70年前，云南多地发生回汉民族仇杀，许多村庄就此消失。很多地方只剩一个名称，这些名称只存在于一些当地人的口里。一个无名的村庄,就像一个民族在这世界上消亡,村庄的历史也再无办法追寻,只在草木之间,仿佛还留有一些余韵。写到人类的生死情仇,战争杀戮,作者异常平静,这才是让人感到惊异的地方。仿佛一段不可追寻的历史和无数人的死亡,仅仅只能证明一个问题:这个地方曾经和人发生了一些关系。如何才能具有如此平静的态度?只有将人看作自然中的物,人与物的存在与消亡一样,人只是自然规律的一部分的时候,人才能如此的平静。人在乎生死,是因为人没有将生命融入自然;人能超脱生死,是因为人已经化为自然。自然永恒,化为自然的人也就永恒了。化为自然,不是化为一棵树、一株草,而是化为生命。万物生命同一,生命之树常青,我的生命是自然生命的部分,即使我不再存在,但是我的生命与自然的生命已经连为一体,因而也就常青。这就不难理解下文的叙述了。

　　作者接下来写到了可爱的小溪。"这清冽的泉水,养育我们,同时也养育过往日那村里的人们。人和人,只要是共同吃过一棵树上的果实,共同饮过一条河里的水,或是共同担受过一个地方的风雨,不管是时间或空间把他们隔得有多么远,彼此都会感到几分亲切,彼此生命都有些声息相通的地方。"为什么呢?因为人的生命都来自于自然,都是自然养育的,因而人的生命其实属于同一个母体,人们都在共享生命之树,因此你的生命就是我的生命,它们没有差别。"日日思君不见君,共饮长江水"的深刻的含义在于:相爱的双方,从中感悟到了生命的同一。

　　然后,作者写到了一种在这里开遍了山坡的鼠曲草。"我"之所以爱它,是因为这种草从叶子演变成的花朵,"谦虚里没有卑躬,只有纯洁,没有矜持,只有坚强"。这里说的是人对待生命的态度:生命不需张扬,生命如同自然,只有低调的诚实,执着的单纯,静默的永久。这是自然的态度,也是生命应有的态度。只要生命拥有这样的态度,那么,一个小生命之内,就包含了整个自然生命的内涵。有了这样的态度,人的一切纷扰、忧虑、喜乐也就不再有意义,生命本就如同自然一般平静,人世的纷扰哪能触及它呢?如同那个心无旁骛的少女,与谦虚的鼠曲草一样,"一个小生命是怎样鄙弃了一切浮夸,孑然一身担当着一个大宇宙"。这样的生命也如同那个消逝了的村庄,静默地存在,又静默地消失,不留下任何可夸耀的事迹。于是,一种草、一种人、一个村庄乃至一个民族、一个国

第八讲 《一个消逝了的山村》：怎样利用伴随文本 / 115

家，都在这个意义上被连为一体，它们都是一种生命，也都是自然生命的一个部分，也都应该有一种与自然生命一样的态度。这样，人类现在的一切纷争也就将不复存在了。鼠曲草象征生命的平静、谦虚、纯洁与坚强。

再接下来作者写到山中雨季五彩的蘑菇。这是最热闹的季节，也是山中最热闹的季节。这种热闹的景象在 70 年前也不会两样，蘑菇点缀过多少民族的童话，也滋养了山里人的身体和儿童的幻想，蘑菇是欢乐和想象的象征。生命不只有平静，它也有热闹、喜悦的一面。彩菌在自然的语言中表示情绪的欢乐和艺术的想象，也象征着人类的欢悦和人类的想象。想象、欢乐与静默的生命，共同弹奏出生命的华彩乐章。因为自然永远如此，所以人类也永远如此，70 年前如此，现在也是如此。

再往下便写到了有加利树，作者称其为植物界里最高的树木。有加利树象征生命中的崇高与庄严。望着有加利树，"好像对着一个崇高的严峻的圣者，你不随着他走，就得和他离开，中间不容有妥协"。有加利树生长极快，"我们望着它每瞬间都在生长"，所以它又象征着生命的高潮与激昂。但是作者马上又说，"这种树木本来是异乡的"，意思是说，这种生命态度并不属于本土，应该算是一种外来文化、外来生命哲学的输入。从这个意义上看，冯至对自然生命的理解，虽然受到里尔克的启发，但骨子里属于中国。

文章接近尾声时，写到了生命的残酷与竞争，其实是说这些也是自然生命的一种状态。秋后黄昏树林，有嗥叫的野狗、巨响的狂风松涛，它们使树林再也不能平静，即便对于几十年前的村庄，这些也是一种威胁。对于人而言，也有老弱病残的痛苦，无眠的老人、夜半惊醒的儿童、抚慰病儿的寡妇。这些都象征着人间的疾苦，也象征着自然的蜕变。自然中有竞争，也有算计。温良而机警的麂子，躲避了野狗，却躲不过人的诡计，最后被人类全部猎杀。一旦人类加入，自然中的生命可能会暂时失去平衡，但是更大的平衡也正等待着人类：这个村庄最终消失了。这一部分说的是自然中的竞争、平衡、蜕变、惩罚，但是无论生命中发生了什么，都不影响自然生命的继续，任何物、任何人根本不可能伤及自然的丝毫。

到此为止，我们可以看到，这个地方的山水自然——各种植物、动物、村庄——和人类一道，共同谱写了一曲生命的乐章，让我们看到了生命的过程与意义。生命中有谦虚的平静，也有高傲的庄严；有相互联系的亲密，也有残酷的竞争；有热闹与喧腾，也有疾病与痛苦；有诚实的生命，也有阴谋与算计，但这些都是生命的规律，绝无善恶的差异与高下的区别，不论是哪一种状态，都在更大的生命体中达成了谅解与平衡。

最后，作者不无深思地写道："两三年来，这一切，给我的生命许多滋养。"意思是说，给我生命滋养的，是这里的"一切"，一切，就包含了上述的各种生命状态，不论哪种状态都能给"我"以启迪。之所以能够如此，是因为"我"将自己的生命化入自然的生命，这就是境界。"但我相信它们也曾以同样的坦白和恩惠对待那消逝了的村庄"，就是说，自然之于人，并不因时间、空间的差异而有差异，自然永远平等地给予万物以同等的生命与机会。"在风雨如晦的时刻，我踏着那村里的人们也踏过的土地，觉得彼此相隔虽然将及一世纪，但在生命深处，却和他们有着意味不尽的关联。"这是全文的总结，也是对生命相通的再次超越性理解。前面所说的人与自然万物的关联，主要是同时间内人与万物的关联，这里说的我与这个消逝的村庄中的人的生命的关联，已经越过了时间的阻碍，时间的隧道再次被打通。生命的关联既可以越过空间，也可以越过时间。

当个体生命通过与自然关联而趋向永恒的时候，个体生命也就不存在消逝与否的问题了，所以这个山村，也就不存在消逝与否的问题了。山村中人的生命，与自然生命相连，又通过新的万物的生命体现了出来。到此时，我们才能真正明白，为什么在写这个消逝了的山村的时候作者说："它像一个民族在这世界里消亡了，随着它一起消亡的是它所孕育的传说和故事。我们没有方法去追寻它们，只有在草木之间感到些它们的余韵。"从草木之间感到的"余韵"，就是它们生命气息的延续。消逝了的是关于这个山村的形态、故事、传说、文化，没有消逝的是生命本体。

冯至于抗战爆发后在西南联大外文系任教，当时，中国现代文学史上另一位重要诗人穆旦恰好在西南联大学习。冯至的思想给予穆旦以深刻的影响，这种影响在穆旦的《诗八首》中有清晰的表现。当我们明白了冯至关于生命与自然的沉思与理解时，就能懂得《诗八首》中所表达的生命与自然之间的关联。例如第八首最后一节："等季候一到就要各自飘落，/而赐生我们的巨树永青，/它对我们的不仁的嘲弄/（和哭泣）在合一的老根里化为平静。"本诗作于1942年2月，冯至的《一个消逝了的山村》也作于1942年，但是诗中提到的"赐生我们的巨树"、"合一的老根"与冯至理解中的生命本体,"化为平静"与冯至对生命的基本存在状态的理解,"不仁的嘲弄"与冯至的去人文化思想,都保持了高度的一致。里尔克影响了冯至,冯至影响了穆旦,他们在诗、文中深思的问题,其实是同一个问题。没有对冯至的理解,也就难以真正读懂《诗八首》。同样,通过解读穆旦,又可以反过来加深对冯至的理解。里尔克的作品是《一个消逝了的山村》的前文本,冯至的作品是《诗八首》的前文本,文化与思想的传承,得通过前文本的方式加以考察。冯至的《十四行集》可以看作《一个消逝了的山村》的链文本。《一个消逝了的山村》写到的多种事物,都被冯至用诗的形式再写了一遍,例如《鼠曲草》《有加利树》《原野的哭声》中的病儿寡妇、《深夜又是深山》《这里几千年前》,诗歌中写的事物或哲理,基本上都可以在这里找到原型,其中的道理可以相互阐释。但是限于篇幅,这里就不再一一分析了。

延伸阅读

1. 周棉的《冯至传》(江苏文艺出版社 1993 年版)和陆耀东的《冯至传》(北京十月文艺出版社 2003 年版)两本传记各有特色,都系统地梳理了冯至一生的重要阶段、创作、思想。作为传记,限于篇幅和可读性要求,对文本分析不可能做到精深专业,但却可为我们提供不少的文本链接和背景知识,有助于我们更好地理解冯至的作品。

2. 陈卫的《西方山水理念与冯至的〈山水〉、〈十四行集〉》(《中国现代文学研究丛刊》2011 年第 7 期)认为,冯至 20 世纪 40 年代的诗文写山水是吸取了里尔克、歌德、斯宾诺莎的观点,用原人视角观察自然山水中的普通人物和动植物,表现了人类与自然的关系,思考生与死、蜕变、分离与融合中的偶然与必然、短暂与永恒的关系,展现了普通生命的普遍存在方式。

3. 杨志的《人格的形成:时代、山水和神性——论冯至中期文学观念的核心》(《诗探索》2003 年第 3—4 辑)从冯至 40 年代的四部著作——《十四行集》《山水》《伍子胥》《杜甫传》入手分析,重点讨论了冯至思想中的三个主题:时代、山水、神性的内涵。关于时代,他认为,冯至谈论时代的时候,最关心的不是时代的群体性变动,而是个人能否承担时代的考验,并把这作为一个人是否秉承高贵人格的重要标准。关于山水,他认为,冯至的山水观念具有强烈的人本主义色彩,与中国山水观念淡化个性的精神是不相契合的。冯至的独特性也在于此,他以他的存在主义哲学为底子,在剔除中国山水文学的出世思想的同时,又努力汲取它强大而丰富的养分,形成了汉语诗歌中从未有过的以"山水"滋养入世人格的独特的、中国式的"山水伦理学"。关于神性，他认为，在冯至的"人格"概念中，"山水"和"时代"占据了重要部分，而作为最根基层面的"神性"，却依然缺乏足够的强度。

4. 陆耀东的《冯至与里尔克》(《外国文学研究》2003年第3期) 阐述了冯至阅读里尔克作品的过程和接受里尔克影响的方式，探讨二者在精神与形式上的关联。

思考题

1. 为什么文本解释总是要与伴随文本发生关联？
2. 你怎样理解人与自然的关系。
3. 分析《山水》中的另一篇散文《一棵老树》所表达的思想内涵。

第九讲

《口中剿匪记》：
论哲理性散文的谋篇布局艺术

《口中剿匪记》文本鉴赏

《口中剿匪记》这篇哲理性散文，是丰子恺先生在 1947 年 12 月 10 日为纪念无痛拔牙而作的，后来刊登于当年 12 月 21 日的《京沪周刊》上，最后收录于他的文集《缘缘堂随笔》中。丰子恺先生这年 50 岁，住在浙江杭州。他身体仍然康健，思维也甚敏捷，但口中牙齿却境况不佳、七零八落，只剩下 17 颗，而且大半动摇，时时作痛。他的学生郑棣将丰子恺先生的这一情况告诉了先生的朋友许钦文。许钦文于是介绍丰子恺先生去看易昭雪牙医。最后丰子恺先生去拜访易昭雪牙医，并下定决心拔光了口中 17 颗牙齿，随后写下了这篇散文来记叙拔牙的经过。

以《口中剿匪记》为代表的这类哲理性散文的鉴赏，关键是要把握其"形"与"神"的关系。所谓散文的"形"，就是散文在字里行间所体现的结构形态，体现了作者谋篇布局的功力。在汉语中"散文"一词中的"散"，有松散、散漫的含义，这容易让读者产生误解，以为散文就是信马由缰随手写成的。在散文的写作过程中，内容与题材的选择固然重要，文字与笔法的锤炼也不容忽视，但最重要的仍然是文章结构与布局的营造。一篇散文，个别字句欠缺锤炼，无伤大雅。但结构散乱、逻辑不清，就很难改进了。散文的结构可以创新，容许自由，但不能松散。一篇好的散文，在构思的时候，就应该有整体感与框架性。如同建造房屋，必须先打地基，搭好钢筋，才能添砖加瓦，丰富骨架。正如丰子恺先生下笔写就的这篇散文,语气轻松幽默,隐喻令人深思,篇幅虽然短小,但脉络结构无比清晰。而散文的"神",则是指散文的内涵与立意,是作者要通过整篇文章所表达的主题与思想。要把握散文的"神",其核心是找寻散文的"文眼",从而抓住散文的线索。所谓"文眼",是指在构思精巧、富有意境的散文中,作者往往会暗设一个关结,用意是揭示全篇的旨趣,并且对其起到画龙点睛的妙用。"文眼"的设置各有不同,在不同文章的布局谋篇之中,其存在可以是一个字、一句话甚至是一个意象。例如《口中剿匪记》这篇哲理性散文,其"文眼"就在于"剿匪"这一短语。一方面,"剿匪"这一动宾短语,以幽默风趣的方式描述了"拔牙"这一日常生活中的琐事,能够引起读者的好奇心与阅读兴趣,对"口中剿匪"一探究竟;另一方面,"剿匪"一词,又暗扣了丰子恺先生在整篇文章中要表达的内涵:世道艰难当局腐化,唯有清剿官匪肃清贪官,换来方正干练之士为民服务,一方热土才能天下太平。阅读散文作品,就应当抓住线索,才能真正理清作者的想法,把握文章的立意。可以说,找寻并抓住文章的线索,是和把握散文的"神"一脉相承又延伸扩展的,是从"文眼"出发进而品读全文的必然过程。散文的线索有很多种,例如以时间的顺序为线索,以感情的发展为线索,以事物的发展过程为线索等,千变万化,不一而足。但不论散文作者是怎样把线索含蓄地埋伏在文字之中的,都仍然要外化为"起承转合"。丰子恺先生的这篇《口中剿匪记》正是如此,在起承转合之间撒得开又收得住,显得笔尖灵动、游刃有余。

散文的标题《口中剿匪记》就非常独特,寥寥五个字就使人有心一探究竟:如果不读正文,甚至还会以为"口中"是个等同于"口内"的地理概念,指的是长城以内的广大地区,而文章则记叙了在此处的剿匪历险。只是看到文章的第一段,才知道"口中剿匪"是指把牙齿拔光,缘由是丰子恺先生口中所剩的 17 颗牙齿,"不但毫无用处,而且常常作祟,使我受苦不浅,现在索性把它们拔光,犹如把盘踞要害的群匪剿尽肃清,从此可以天下太平,安居乐业"。读到此处,读者才恍然大悟:原来这是篇有弦外之音的散文,要说的是拔牙的事儿。并且直截了当体现了本文的特点,就是幽默风趣,把拔牙这件并不好受的事情写得十分俏皮,甚至兴味盎然。这就是这篇散文的"起",向读者宣示了他要写的是什么。

"承"就是承接而来的内容,从逻辑上就顺理成章地递进了一步。丰子恺先生接着写道:"不过这匪不是普通所谓'匪',而是官匪,即贪官污吏。何以言之?因为普通所谓匪,是当局明令通缉的,或地方合力严防的,直称为匪。而我的牙齿则不然,它们虽然向我作祟,而我非但不通缉它们,严防它们,反而袒护它们。我天天洗刷它们;我留心保养它们;吃食物的时候我让它们先尝;说话的时候我委屈地迁就它们;我决心不敢冒犯它们。我如此爱护它们,所以我口中这群匪,不是普通所谓'匪'。"丰子恺先生说,他的这17颗坏牙并不是啸聚山林的大盗,也不是躲躲藏藏的小匪,而是有合法的官方身份的匪徒,细心的读者就可能开始意识到,虽然丰子恺先生一贯幽默风趣,但这贴切的比喻背后,也许有着更深的含义,存在着伏笔铺垫。

果然,丰子恺先生继续发挥道:"怎见得像官匪,即贪官污吏呢?官是政府任命的,人民推的。但他们竟不尽责任,而贪赃枉法,作恶为非,以危害国家,蹂躏人民。我的十七颗牙齿,正同这批人物一样。它们原是我亲生的,从小在我口中长大起来的。它们是我身体的一部分,与我痛痒相关的。它们是我吸取营养的第一道关口。它们替我研磨食物,送到我的胃里去营养我全身。它们站在我的言论机关的要路上,帮助我发表意见。它们真是我的忠仆,我的护卫。讵料它们居心不良,渐渐变坏。起初,有时还替我服务,为我造福,而有时对我虐害,使我苦痛。到后来它们作恶太多,个个变坏,歪斜偏侧,吊儿郎当,根本没有替我服务、为我造福的能力,而一味对我贼害,使我奇痒,使我大痛,使我不能吸烟,使我不得喝酒,使我不能作画,使我不能作文,使我不得说话,使我不得安眠。这种苦头是谁给我吃的?便是我亲生的,本当替我服务、为我造福的牙齿!因此,我忍气吞声,敢怒而不敢言。在这班贪官污吏的苛政之下,我茹苦含辛;已经隐忍了近十年了。"这里句句写的是坏牙,但句句都另有所指,笔锋犀利直骂贪官污吏,"承"在"起"后而来,使得文章的用意更深一层,并自然而然地引出下文。

"转"即是转折而另表新意,丰子恺先生骂够了之后,从这里开始转而叙述自己想法的变化,说自己之前是如何如何地反对拔牙,而现在怎样的契机让自己下了决心来医师这里拔牙。并且字里行间的语气也从刚刚的剑拔弩张、锋芒毕露转为诙谐幽默、峥嵘暗藏,说自己犹如从文王变成了武王,毅然决然兴兵伐纣。在这里用到周文王、周武王以及武王伐纣的一系列典故，一是为了使得文章信息量与易读性都更加丰富；二来则是冲淡一些刚刚过分流露的针对性，从而躲避相关检查部门的查检与删禁。

最后是文章的"合"。医生给丰子恺先生拔牙完毕，先生发出感慨："经过他的检查和忠告之后，我恍然大悟，原来我口中的国土内，养了一大批官匪，若不把这批人物杀光，国家永远不得太平，民生永远不得幸福。我就下决心，马上任命易医师为口中剿匪总司令，次日立即向口中进攻。攻了十一天，连根拔起，满门抄斩，全部贪官，从此肃清。我方不伤一兵一卒，全无苦痛，顺利成功。于是我再托易医师另行物色一批人才来。要个个方正，个个干练，个个为国效劳，为民服务。我口中的国土，从此可以天下太平了。"结尾部分亦庄亦谐，读来既可以想象丰子恺先生的满意和微笑，又不难感受他心中的决心与愤怒。他可能旨在感慨口中的这 17 颗官匪，又像是句句针对当时的各地匪官，让读者掩卷不由得久久深思。因而起承转合之末，能够使得结尾与开头完美对应，成功地收束全文。

纵观全文，丰子恺先生的谋篇布局可谓恰到好处。他既善于叙事说理，叙事的时候要言不烦。前后寥寥几句，把拔牙始末交代清楚。而说理的部分则自问自答，层层推进，说明拔牙和剿匪的联系所在，以及为何把坏牙称为匪。整篇散文从"剿匪"这一文眼而生发，夹叙夹议，说理说得透彻明白，叙事又因此而更加顺畅明了。丰子恺先生在前三段的说理层层递进，后两段记人记事又气氛活泼，结合恰当的比喻、风趣的笔法，成就了哲理性散文中这一难得的佳作。

丰子恺哲理性散文的艺术特征

丰子恺先生师从弘一法师，不但是一位散文家，也是书法大家、漫画大家。他博采三种艺术形式中的精华，并结合自己的日常生活与生平经历，创作了诸多散文作品。若要概括丰子恺先生的散文艺术特色，首先要从整体上理解丰子恺先生在艺术创作中的理念。丰子恺先生曾谈道："漫画这个'漫'字，同漫笔、漫谈等的'漫'字用意相同。漫笔、漫谈，在文体中便是一种随笔或小品文，大都随意取材，篇幅短小，而内容精粹。漫画在画体中也可以说是一种随笔或小品文。实在，我的作画不是作画，而仍是作文,不过不用言语而用形象罢了。既然作画等于作文,那么漫画就等于随笔。"① 从这段话中可以看出,丰子恺先生的散文跟他的漫画在内在精神上有一脉相通之处。丰子恺散文主要的艺术特色可以从以下方面把握:

首先,以小见大、深入浅出。丰子恺先生在他的文集序言中说,他平生"最喜小中能见大,还求弦外有余音"②,故而他的哲理性散文几乎都是以小见大、深入浅出,将深刻的洞见寓于日常生活的细微小事之中。他往往偏重描写生活中的点滴细节,让读者从点滴细节察觉到生活中的美与哲学;在字里行间不加雕琢,如小溪流水潺潺而叙,毫不晦涩,让读者没有任何理解上的负担,自然而然就进入了散文营造的生活氛围。这种平易近人的写法,较之刻意而为的雕琢痕迹,自然要高明得多。比如《口中剿匪记》,牙齿较之个人,本已是较为微小的事情。一个人的牙齿,相较之社会时局,更是微不足道。然而就在这看似的微不足道中,丰子恺先生能从中落笔,抒发真挚而又深沉的情感,阐述深刻的哲理。谷崎润一郎对丰子恺先生这种对生活的"原生态"追求是这样评价的:"所取的题材,原并不是什么有实用或者深奥的东西,任何琐屑轻微的事物,一到他的笔端,就有一种风韵,殊不可思议。"③ "一花一世界,一树一菩提"用以描述丰子恺先生的哲理性散文最恰当不过了。他的散文虽多是写一些琐屑平凡的小事,却表达着他的社会理想、人生感悟与忧国忧民的深切情怀。这则是他的文外之"大"。

其次,亦庄亦谐的复调性。"复调"最早由巴赫金在分析陀思妥耶夫斯基的小说时提出的,与传统的起源、狂欢体文学的发展以及古希腊罗马的文体密切相关。庄与谐在文本中并存,形成了鲜明的对比,使文本在存在不同声音的同时,对主题进行了更好地反映。丰子恺先生的散文能体现出一种精心构成的复调性,而这种复调性主要体现为庄与谐的并存。丰子恺先生在国破家亡之际,在颠沛流离之中,仍然用他的笔庄严而猛烈地吹响着保家卫国的号角。例如,在《一饭之恩》中他慷慨激昂地呐喊:"我

---

① 《丰子恺漫画精品集·漫画的意义》,中国青年出版社2009年版,第3页。
② 《丰子恺散文选集·序言》,百花文艺出版社2004年版,第13页。
③ 同上书,第14页。

们是为公理抗战,为正义而抗战,为人道而抗战,为和平而抗战。"同时作为一个传统文人,他又不忘诙谐地写上几笔,字里行间流露着趣味。丰子恺先生用庄谐错落的方式表达他超常的识见与胸怀,也使得文本呈现出与众不同的声音。他强调:"趣味,在我是生活上一种重要的养料,其重要几近于面包。别人都是为了获得面包而牺牲趣味,或者堆砌法币而抑制趣味。我现在幸而没有走上这两种行径,还可以省下半只面包来换得一点趣味。"[1]例如在《口中剿匪记》里,丰子恺先生写道:"我那时真有文王之至德,宁可让商纣方命虐民,而不肯加以诛戮,直到最近,我受了易昭雪牙医师的一次劝告,文王忽然变成了武王,毅然决然地兴兵伐纣,代天行道了。"丰子恺先生穿插运用古语、典故,显得生动易读,用诙谐的语言来表达庄严的主题。通过对个别人物或者事物的幽默化的描写,反映严肃的"缺陷主题",构成庄与谐错落有致而又有机统一的整体。同时,丰子恺先生的散文擅长用口语化的文字表达严肃庄重的主题。在《口中剿匪记》里到处可见如拉家常闲聊一样的设问与回答,自然而然地亲近了读者,拉近了距离。

最后,具有密度的单线叙述。丰子恺先生的散文,几乎没有使用过悬念、插叙、倒叙等写作手法,叙述的时候也极少有"山重水复疑无路,柳暗花明又一村"的大开大合、峰回路转。他的散文多是对日常生活的单线性、渐进式的叙述,并不刻意追求文章的枝蔓藤繁,因此文章显得结构简洁,情节清晰,从文本上看语言的密度也更高。所谓"密度",是指散文在一定的篇幅中,能够通过有限的文字,满足读者对于美感与内涵要求的分量。分量愈重,当然密度愈大。较大的密度,使得整篇文章能成为一个紧凑、自足的系统。进而顺理成章地将读者导向文章的主题,即作者对人生、对社会的思考。如《口中剿匪记》中作者平铺直叙自己的坏牙所带来的烦扰与不便,继而提到自己决定拔牙的前因后果,以及对拔牙之事的所思所感。从情节、结构的角度上看似平淡无奇,遣词造句也朴实无华,但这种单线叙述被丰子恺先生充分发挥,利用语言的密度,使得情节的推进紧凑而有张力,调动着读者的思维,最后直达文章的主题与意蕴。拔掉坏牙象征着革除落后的统治当局,一扫而光则可安居乐业,这一主题的表达

---

[1]《丰子恺散文精选·家》,浙江文艺出版社2004年版,第119页。

在文中毫无拖泥带水、故作繁复之感。但与此同时，丰子恺先生又从他的漫画作品中汲取了精华。在紧凑的单线叙述过程中，字里行间也提供了很多的联想与发散的空间，即漫画中的"留白"：用极其简洁的线条勾勒大致的轮廓，从而使读者能够超越具体的约束与规定，用个人的想象来填充留白，获得尽可能大的审美效果。在《口中剿匪记》中，丰子恺先生虽然是在抨击与战斗，但全文只字未提落后的统治当局，只是点到为止，究竟实情如何，各位读者都心知肚明且各有体会，尽在不言之中了。

如何阅读哲理性散文

丰子恺先生的哲理性散文一方面从日常生活着眼，关注人的现实；另一方面他试图构筑一个对抗庸俗的现实生活的艺术领域。这种风格在当时的文坛独树一格。现代散文在发展初期，往往存在着用力过度、收放不够自如，抑或雕琢过分、匠气稍显重的弊端。即便形成幽默风趣的写作风气，也自然不足、天性受限，对日常生活的琐屑题材不大重视。而丰子恺先生及其散文的出现，恰好弥补了文坛这一稍显欠缺的部分。随着现代散文的发展，以及整个社会风气的转变，哲理性散文以其春风化雨、说理育人的特点，为诸多读者所青睐。但是这类散文往往比较含蓄，主题意蕴含而不露，如何阅读哲理性散文，就对读者提出了新的要求。解读一篇哲理性散文，可从五个方面入手。

第一，观其形而摄其神。上文提到，散文最大的特点是形散而神不散。透过看似散漫的材料，发掘包蕴其中的哲理是最重要的，这离不开整体阅读的方式。通过理清文脉，找到散文的关键字句，也就是"文眼"，加深对内容的印象，尝试把握作者的行文思路。哲理性散文往往通过一两件生活中的小事来表达深刻的哲理，所以在阅读时要透过文字表面去理解作品的深刻内涵。阅读时，先从整体出发通读全文，辨明是托物言志，还是揭示了人生哲理？是对社会现象的思考，还是对个人生活的感悟？是就历史作阐发，还是就现实作联想？在此基础上把握文章的主旨。哲理性散文一般采用"卒章显志"的结构方式，文章的主旨在结尾部分，所以如果我们认真研读文章的结尾部分，大多能明确文章的主旨。像丰子恺先生的《口中剿匪记》，就是这样的一个典型。

第二，味其显而探其隐。哲理性的散文思想较其他散文更加深邃，语言收敛而含蓄。读者需要从显而易读的情节与故事中，体味其中深意，从而探究作者隐藏在字句段落背后的深意。散文首先是一种语言的艺术，语言的凝练与优美，自由与灵活，都十分重要。作家在创作时，一定会用贴切的语言文字来表达其思想感情，因此读者只有透彻地了解了语言文字所具有的意义和情味，才能感知作品的艺术形象，领悟作家的思想感情。

第三，感其情而悟其理。哲理性散文都不是干巴巴的说理，而是作者将所思所想融入生活之中，在写作的过程中调动了个人情感参与其中。因而读者在对哲理性散文进行阅读的时候，也要调动自身的情感，尝试与作者的情感产生共鸣，从而达到从感性到理性的感悟过程。在鉴赏散文的时候，读者可以联系作家一贯的语言风格与性格特征，例如丰子恺先生的性格幽默而富有童真，平淡而具有佛性。这种既有的了解可以帮助读者更快地进入状态。但是不能够牵强附会，不能将作者的一贯风格盲目、机械地套在他所有的文章上，对具体的文本要有针对性地理解。

第四，入其内而出其外。哲理性散文的说理，往往是点到为止、以小见大的，这就要求读者在读透散文，把握其主题意蕴之后，能够入得其内，出得其外。结合个人的生活经验与人生阅历，对散文阐释的道理进行发散性的思维。这种思维的过程是每个人独立拥有的。可以说，读者的"入其内"是由文本引导的，而"出其外"则是由个人与文本产生的共鸣和呼应而产生的。这样的方法是对哲理性散文最佳的阅读体验。

第五，析其法而述其言。这是在之前的基础上更为"入门"的阅读鉴赏的方法。读者在具有相当的欣赏水平的前提下，对散文的艺术结构与手法、题材的选择与语言的组织进行较为专业的分析。读者可以看文章的结构是否完整，过渡是否恰当自然，表现手法是否有利于表现主题，前后照应是否合理乃至于语音语调的韵律、字词出现频率的高低等。

在鉴赏的过程中，灵活而合理地运用这五种技巧，能够精到地理解散文内容，透彻地把握主题意蕴，起到事半功倍的效果。当然，这不是一朝一夕、按图索骥就能做到的。不积跬步无以至千里，只有点滴积累，时常品读，对散文的品读鉴赏水平才能有质的提高。

延伸阅读

1. 朱晓江的《追寻一道消逝的风景——丰子恺文化个性的成因》(《杭州师范学院学报》1999年第4期)从时代主题、师承、对传统文化的态度及明清文人的影响四个方面对丰子恺文化个性及其成因进行了考察。

2. 苏易的《最精美的哲理散文》(中国华侨出版社2013年版)收录了70多篇中外名家的经典散文,可作为扩展读本。

思考题

1. 结合《口中剿匪记》谈谈哲理性散文的构思特点。
2. 请运用相关技巧,细读散文作品《渐》。

第十讲

《听听那冷雨》：
新古典主义视域下的乡愁

  作为享誉华语文坛的著名作家，余光中以其清丽、温婉、素洁的文风，灵动自在、神行无迹的语言把握，达到"化欧"与"化"的和谐统一。本文拟采用文本细读的方式，就其乡愁散文名篇《听听那冷雨》中新古典主义的生成、存在方式及其与乡愁情结的内在联系与表现方式进行初步探究，并发掘其散文创作和诗歌创作在精神气质和美学观念上的密切关系。

新古典主义与 20 世纪中国文学

  谈到新古典主义，就要从古典主义说起。"古典主义"是 17 世纪开始流行于法国，进而波及欧洲，直到 19 世纪初浪漫主义文艺兴起才结束的一种文学思潮。因它在文艺理论和创作实践上以古希腊、罗马文学为典范而被称为"古典主义"。它有三个基本特征：以中央集权的君主专制为其政治基础，具有鲜明的政治倾向；以笛卡尔的唯理主义为其哲学基础，崇尚理性至上；以古希腊、罗马的艺术为典范。总体而言，对于理性、秩序、规范性和整体性地强调是其鲜明特征。自文艺复兴以降，"古典主义"已经演变为一种宽泛的形而上学美学观念与艺术精神。在这个意义上，中国古典文学所强调的"温柔敦厚"、"中和典雅"等范畴与西方的古典主义有内在的一致性。

  那么，何谓"新古典主义"？对此，杨经建进行了较为准确的对比描述:"其一,与古典主义的本质不同,新古典主义主要是一种文化理念和具有形而下性质(与古典主义形而上意味的艺术精神和美学观念相比)的文艺思潮运动;如果说,古典主义的理性精神立足于对社会协调、融洽的维系('诗意时代'),那么新古典主义则强调个体情感、欲望必须服从国家、社会的责任。其二,新古典主义代表的是新兴的资产阶级对自己美好前途的向往和努力,它直接模仿古代优秀艺术传统,尊崇古代文学典范,强调服从权威,主张'高级的题材'和崇高的风格。其三,认为文学形象应当体现普遍人性,偏重古希腊、罗马的题材,并以其语言典雅、气质高贵、风格崇高来表现人性的伟大。其四,讲求艺术规范,强调共同规范比个性创造更为重要。"[1] 那么,对于"新古典主义"的这种认识在20世纪中国语境下又有怎样的变化呢?对此学界至今缺乏足够的话语资源。在笔者看来,"新"与"古典主义"之间并非一种简单的加法的关系而是乘法的关系,"新"代表着新语境、新情况、新问题、新方法。"新古典主义"之于"古典主义"绝非复古守旧,而是"创古创旧",只有从这个意义上思考,新古典主义才能充满活力,创造未来。回顾20世纪中国文学,"五四"新文化运动以来,由于对传统文化的激进排斥态度,事实上,新古典主义观念并没有得到充分的发展,但并不意味着其始终销声匿迹。在"文学革命"的喧嚣之外,有一股新古典主义的潜流在默默流淌,虽然由于被抨击为"复古",没有得到更好地发展,但毕竟是对激进的文学革命话语具有某种客观上的纠偏作用。比如学衡派、梁实秋等,他们由于多有留美经历,深受以白璧德为代表的新人文主义的影响。新人文主义主张以古典的人文精神解决西方的现代性危机。梁实秋正是在留美期间形成其理性、健康与尊严的新古典主义文学观,并先后出版了《浪漫的与古典的》《文学的纪律》《文艺批评论》《偏见集》等文艺理论著作,构建了他的古典主义文学理论体系。

随着三四十年代国内政治形势的紧张,文学实用主义、功利主义的方面得到了不断强化,而追求典雅、和谐、庄重文学观的新古典主义精神受到很大程度的压抑,而这种压抑一直延续到新中国成立后的几十年,然而幸运的是,这一流脉在台湾得到了保存与复生。当然,这与台湾孤悬海

---

[1] 杨经建:《新古典主义与二十世纪中国文学》,《文艺研究》2006年第4期。

外,政治文化氛围的转变有密切关系。孤悬海外的台湾,一方面,政治文化上快速西化,欧风美雨劲吹;另一方面,又难以割断与大陆,与几千年传统文化的脐带。正是在这种新的特殊的历史语境下,新古典主义作为处理这种精神矛盾的"平衡器"得到迅速发展。新古典主义在台湾的复生,一方面是对于过度西化的反拨,另一方面又是对于传统的超越,正是在这个层面上新古典主义的活力才能被激发出来。而余光中可以说是这股新古典主义潮流最忠实也是最成功的践行者。60年代初期,余光中以《莲的联想》和《五陵少年》开始步入"新古典期",并逐渐完成其新古典主义文学观的构建,具体表现为其关于传统与现代的"常""变"。

除在诗歌领域的成功实践外,余光中在散文创作领域,也成功践行了这种文学观念。尤其是在新古典主义"常"与"变"的综合方面:"重启与开放古典人文精神在当下的新意;继承与光大古典诗学精粹在现代向度的转化;激发母语诗质与外来文化互撞中的活性;于传统最富生机的部位寻找变异的突破。"[①] 这一点在其"乡愁散文"中得到了淋漓尽致的表现,并在一定程度上构成其"乡愁散文"产生并取得巨大成就的潜在美学动因之一。现就其最具代表性的"乡愁散文"——《听听那冷雨》做一斑窥豹似的分析。

新古典主义与《听听那冷雨》的语言艺术

余光中对于汉语是有着敏锐的关注与体认的,在某种程度上,对于汉语的自觉是其新古典主义文学观念的重要内容与实践方式。因为汉语中凝聚着几千年的思想与文化,是传统精神最为凝练的形式,可以说是汉民族精神历史的"活化石"。庄重、典雅、和谐、健康是古典语言的显著特点,正是由于看到了这一点,余光中在自己的创作中始终注意汉语的继承与发展。在这一点上,其散文名篇《听听那冷雨》提供了很好的范本。正如《听听那冷雨》中所写到的:

[①] 陈仲义:《遍野散见却有待深掘的高品位富矿——新古典诗学论》,《中国文化研究》1997年春之卷(总第15期)。

第十讲 《听听那冷雨》：新古典主义视域下的乡愁 / 131

无论赤县也好神州也好中国也好，变来变去，只要仓颉的灵感不灭，美丽的中文不老，那形象磁石般的向心力当必然长在。因为一个方块字是一个天地。太初有字，于是汉族的心灵他祖先的回忆和希望便有了寄托。

首先，这本篇散文作品在遣词造句上，大量运用叠字叠韵词语。散文的开篇便写到"先是料料峭峭，继而雨季开始，时而淋淋漓漓，时而淅淅沥沥，天潮潮地湿湿……"一个句子中连续用了八个叠声词，生动地刻画了雨的变化、雨的状态和雨给人的感受，仿佛人侧耳即能听见淅淅沥沥的雨声，潇潇的冷雨，让人不禁寒战，颇具李易安笔下"寻寻觅觅，冷冷清清，凄凄惨惨戚戚"的神韵，乡愁正是在这样的氛围中展开，怎能不让人动容。在文中，类似语句不胜枚举："凭空写一个'雨'字，点点滴滴，滂滂沱沱，淅淅沥沥……""雨气空蒙而迷幻，细细嗅嗅，清清爽爽新新……""至于雨敲在鳞鳞千瓣的瓦上，由远而近，轻轻重重轻轻，夹着一股股的细流，沿瓦槽与屋檐潺潺泻下……"但是，余光中对于古典语词的用法又有新的创造，他更注重叠词叠韵的具体性、准确性，使语言表达在具体性与音乐性的协奏中达到对汉语最大程度的激活与发挥，而且余光中散文中叠字使用的独异之处更在于对于一般不是叠音词的拆解、叠用，比如滂滂沱沱、虚虚幻幻、间间歇歇、咀咀嚼嚼等，虽然个别词语如此用来略显生硬，但对整体而言起到了丰富表达，增强音乐表现力的艺术效果。

其次，在句法上，余光中交替运用长短交错的句子，使乡愁的表达伸缩自如，极具表现的弹性，使情感表达的自由度和丰富性大大加强。例如，"在旧式的古屋里听雨，听四月，霏霏不绝的黄梅雨，朝夕不断，旬月绵延，湿黏黏的苔藓从石阶下一直侵到舌底，心底"。长短参差的句子使听雨的姿态，雨的情态，感觉的状态抑扬顿挫，细腻准确而又极富层次感，情感之流，汩汩而出。另外，在余光中的长句中，有很多与其对标点的独特处理方式有关。通过对于标点的省略来拆解、组合新的句子，造成新的表达效果。例如，"雨下在这城市百万人的伞上雨衣上屋上天线上，雨下在基隆港在防波堤海峡的船上，清明这季雨"。通过几个分句成分的并置，并省略标点，使句子整饬，节奏密集，语气加快，更加准确生动地写出雨范围之广、之密。长短的巧妙结合，主语的后置又有强调的效果，使句子表达更加丰富传神，获得形式与情感的水乳交融，仿佛文字在作者笔下变成拨动的琴弦，余味无穷。可以说，对于词法句法炉火纯青的掌握使得语言在余光中笔下变成了呼吸和说话的方式，使这种乡愁的表达不再是一种表达，而是一种自然的诉说。与这种丰富的语言表达和诉说方式相关的，是其所变现出的音乐性。

同时，短语或句子的复叠也是其增强音乐性、产生一咏三叹的重要手段。"复叠作为一种修辞文本模式，它的建构都是建立在修辞文本建构者（表达者）通过增加刺激物的刺激次数来强化修辞文本接受者的注意来实现其交际目的的心理基础上的。"[①]《听听那冷雨》中的复叠具有鲜明的特色，比如"听听那冷雨"就在文中反复出现，或建议，或吁求，或倾诉，在不同的情感节奏中，不同的语气，变化中有秩序，秩序中有变化，达到了情感与形式的融合。又如"听听，那冷雨。看看，那冷雨。嗅嗅闻闻，那冷雨，舔舔吧，那冷雨。"整饬的句式，复叠的音节，灵动错落的变化，分别从听觉、视觉、嗅觉、触觉角度写出作者对雨的细致入微的体察和感受。如果说，余光中通过对词句的左右逢源、游刃有余的熔铸侧重追求的是其音乐性的效果，那么，大量修辞群的熟练运用则是其文章色彩丰富绚丽的重要手段。而修辞格就是达到这种修辞效果的最直接的手段。中国古典文学和西方文学中有丰富的修辞资源，余光中在使用时并没有采用简单的"拿来主义"，而是在其新古典主义的视野中进行了创造性的发挥，使这种东方式的乡愁得到最恰切的表达。文中运用了大量的比喻、通感、亮相等修辞手法，现择要述之。

首先来看比喻。作者运用了丰富的比喻修辞，明喻、暗喻、借喻交叉使用，姿态横生。并且这些比喻修辞的运用都极具东方古典气质，与其乡愁情结保持内在的和谐。比如，"二十年来，不住在厦门，住在厦门街，算是嘲弄吧，也算是安慰"。借"厦门街"喻指"厦门"，安慰背后流露出的却是对大陆的浓浓的眷恋。在首段中，作者由厦门街的霏霏细雨惹起情丝："想这样子的台北凄凄切切完全是黑白片的味道，想整个中国整部中国的历史无非是一张黑白片子，片头到片尾，一直是这样下着雨的。"由

---

① 孟建安：《叠音袅袅，异彩纷呈——论余光中〈听听那冷雨〉中的复叠修辞文本》，《平顶山工学院学报》2004 年第 4 期。

雨天想到黑白片子，又以黑白片隐喻中国的历史和命运，自然而贴切。在作者的记忆里，暗淡的黑白片与自身具有一种内在的感性的统一，这种隐喻是自然流出的，而非刻意为之。又如"急雨声如瀑布，密雪声比碎玉"，这种修辞意象在古典诗词中经常出现，可以说在一定程度上，余光中正是通过这种古典主义的表达方式，缓解他的乡愁之痛的，在传统的雍容典雅、和谐庄重的风物中，暂时地安歇他那颗浪子的漂泊之心。

联想在文中也大量出现，联想的特点在于其能根据事物间的丝丝关联，使事物得到超越时空的联系。可以说，本文在某种程度上就是一片由联想展开的美文，全文由听听那冷雨开始，想到雨的声色，不同地方的雨，进而又想到家国……这种自由联想在文中俯拾皆是，比如第二段，作者由台北之雨想到大陆之雨，更为精妙别致的是第四段由"杏花。春雨。江南"六个方块字想到"雨"部，想到古神"美丽的霜雪云霞，骇人的雷电霹雹"。这种联想看似天马行空，其实又有内在的必然性。古典主义诗学强调规范性、秩序性，余光中的创造性就体现在继承了古典的意象与气质，又能打破传统的表达方式。如此一来，这种浓浓的乡愁的表达就表现出了当下体验的现场感、时代性。

另外，作者在文中还多次使用对比修辞手法。以"听雨"为立足点感受台湾与大陆，江南与厦门街不同地域给作者的不同感受，台北听雨是当下的、真切的，大陆听雨则是记忆的、朦胧的，正是在这种古典情境的对比中，作者流露出对故国的眷恋。又如以"落基山簇簇耀目的雪峰上，很少飘云牵雾"与台湾溪头"树密雾浓，蓊郁的水汽从谷底冉冉升起，时稠时稀，蒸腾多姿，幻化无定"进行对比，突出前者的单调，后者的美妙，字里行间流露出对祖国山水的热爱与自豪。

新古典主义与《听听那冷雨》的意象选择

"意象"是中国古典文学中的重要范畴。要了解"意象"的内涵及其美学特征，必须从"言、象、意"的关系说起。关于三者之间的关系，最早见于《周易》，《周易·系辞上》："子曰：'书不尽言，言不尽意。'然则圣人之意，其不可见乎？子曰：'圣人立象以尽意，设卦以尽情伪，系辞焉以尽其言，变而通之以尽利，鼓之舞之以尽神。'"又说："是故夫象，圣人有以见天下之赜而拟诸其形容,象其物宜,是故谓之象。"由此可见,《周易》把握世界的方式靠的是"象",并且《易传》认为,"意"和"言"的沟通是通过"象"来完成的。庄子对于三者之间的关系则持"言不尽意"说。《庄子·外物》云:"筌者所以在鱼,得鱼而忘筌;蹄者所以在兔,得兔而忘蹄;言者所以在意,得意而忘言。"庄子充分注意到了"言""意"之间的矛盾,但没找到恰切的解决方法,而魏晋时的王弼则在《周易例略·明象》里调和沟通了《易传》和《庄子》的矛盾,进而提出:"夫象者,出意者也;言者,明象者也。尽意莫若象,尽象莫若言。言出于象,故可寻言以观象;象生于意,故可寻象以观意。""故言者,所以明象,得象而忘言;象者,所以存意,得意而忘象。"王弼的这种看法既表明了"言"和"意"的工具论倾向,又暗含了形象大于语言的思想。言、象、意之辨启发了后世的意象理论。将"意象"作为独立的文学批评术语则是到了刘勰的《文心雕龙·神思》才出现的:"玄解之宰,寻声律而定墨;独照之匠,窥意象而运斤。"纵观"意象"范畴的发展可以看出其重要的审美特征:首先,意象是"意"和"象"的和谐统一,"意"中有"象","象"中有"意"。其次,意象应该有丰富的内涵和表现方式,也就是说,用生动形象的"象",表现丰富充实的"意"。再次,意象要具有创造性,作者"意"的不同必然会造成表现之"象"的差异,这种独创性是意象本质特征的内在要求。最后,由于"意"和"象"之间的灵活性,这就要求意象应该圆转自如、玲珑剔透,而不能是僵化的、求实的。

在考察了中国传统意象理论的内涵与流变后再来看余光中乡愁散文中的意象问题,就可以清晰地发现他新古典主义诗学观念的创造性改造与利用。一方面,余光中文章中出现了大量的中国古典文化中的意象;另一方面这种意象又是在对现代经验的处理中使用的,这有赖于余光中对于西方文学传统"横的移植"。首先来看"雨"这一自然意象,"雨"可以说是贯穿全文的核心意象,作者一开始由雨想到祖国大陆的雨,想到台湾的雨,想到中国古典诗词里的雨,并且雨可听、可视、可嗅、可触:"听听,那冷雨。看看,那冷雨。嗅嗅闻闻,那冷雨,舔舔吧,那冷雨。"似乎雨无所不在,下在文章的字里行间,仿佛读者在读这篇美文时,心情都是湿湿的、潮潮的,这就为作者乡愁的表达营造了浓烈的情感氛围。当然古典文学中也经常会出现"雨"这一意象,但是,在古典文学中,"雨"往往只是作为背景出现的,"雨"在其中只是作为一种氛围的营造者、渲染者出现的。例如王维的《山居秋暝》:"空山新雨后,天气晚来秋。明月松间照,清泉石上流。竹喧归浣女,莲动下渔舟。随意春芳歇,王孙自可留。"诗中写到了"雨",但是"雨"是作为清凉、清幽气氛的营造者出现的:空寂的山中由于一场秋雨,秋意更加浓烈,在这种氛围中明月、青松、清泉、白石、喧竹、浣女、碧莲、渔舟悉数登场,在秋雨渲染的背景下流动起来,最终表现的是诗人那种天人合一、逍遥自在的情怀。而在《听听那冷雨》中,余光中对"雨"的处理则要复杂得多。当然,"雨"在文中也有渲染气氛、烘托感情的作用,但更重要的是余光中是把"雨"当作"乡愁"的存在方式来处理的。作者对于故国的种种情愫都是由"雨"触发,并在对"雨"的观照与体验中完成的。一开始,作者由台北的雨想到中国的历史,由厦门街的雨想到厦门,想到南京,想到江南,想到杏花春雨、牧童遥指和剑门细雨渭城轻尘。思绪的展开、情感的延宕是与雨的弥漫、雨的呼吸节奏一致的,乡愁就在这思绪与冷雨的和鸣中汩汩流淌。

更具有创造性的是,在文中第四段出现了"杏花。春雨。江南"等古典意象,但是作者不是把它们当作意象来处理,而是从汉字的角度展开对母语的感怀,对民族情结的抒发。接着,又由"雨"字,想到《辞海》或《辞源》中的"雨"部,进而想到"古神州的天颜千变万化,便悉在望中,美丽的霜雪云霞,骇人的雷电霹雹,展露的无非是神的好脾气与坏脾气,气象台百读不厌门外汉百思不解的百科全书"。这种对于意象处理方式、呈现方式正体现出了瞬间的理智与复杂的现代经验的化合与碰撞,是一种古典意象的现代生发,也是余光中新古典主义诗学的重要特色和外在表现。

其次,余光中的这篇散文中出现了大量的人文意象,比如"云萦烟绕,山隐水迢的中国风景,给予读者宋画的韵味。那天下也许是赵家的天下,那山水却是米家的山水。而究竟,是米氏父子下笔像中国的山水,还是中国的山水上纸像宋画,恐怕是谁也说不清楚了吧?"由台北的山雨美景想到宋画,但是这种联想又非简单的比附,而是以一种轻松幽默的语调想象山水画与历史的关系,既突出了台湾山雨美景,又增加了古典神韵。更具代表性的是文中对古典诗词的化用。第七段作者写到听雨的美感时,化用蒋捷《虞美人·听雨》道:"一打少年听雨,红烛昏沉。再打中年听雨，客舟中江阔云低。三打白头听雨的僧庐下，这便是亡宋之痛，一颗敏感心灵的一生：楼上，江上，庙里，用冷冷的雨珠子串成。十年前，他曾在一场摧心折骨的鬼雨中迷失了自己。"蒋捷原诗本是写人生不同阶段听雨的不同感受，进而表达自己的亡国之痛，重在其凄楚之感，而余光中则在凄楚之外，借以衬托台岛听雨之凄迷，而这一凄迷则既突出雨的情态，又写尽人生的辛酸，雨与情水乳交融，别创佳境。台湾的雨与大陆的雨，现代的雨与古典的雨在对比中交相辉映，使浓浓乡愁在自然的交响与变奏中得到不动声色的表现，可谓神行无迹，天真自然。

与意象相关的古典美学范畴是意境。"意境"是中国古典诗学的最高范畴。"意境"一词较早见于相传为王昌龄所作的《诗格》："诗有三境。一曰物境：欲为山水诗，则张泉石云峰之境，极丽绝秀者，神之于心，处身于境，视境于心，莹然掌中，然后用思，了然境象，故得形似。二曰情境：娱乐愁怨，皆张于意而处于身，然后驰思，深得其情。三曰意境：亦张之意而思之于心，则得其真矣。"在此，"意境"范畴还处于萌芽阶段。后来皎然《诗式》有"取境"说，刘禹锡提出"境生于象外"的命题，直到晚唐司空图提出"象外之象，景外之景"命题，才标志着古代中国"意境"说的确立和理论的成熟。关于"意境"内涵的界说在中国古代莫衷一是，直到近代王国维以来才有更为明确的理论解说和系统的理论综述。对于"意境"问题的论述大体包括以下几个方面：其一，"意境"由审美主体的"意"和审美客体的"境"构成，它是二者的完美统一。对此，宗白华在《美学散步·中国艺术意境之诞生》中有精辟的论述："以宇宙人生的具体为对象，赏玩它的色相、秩序、节奏、和谐，借以窥见自我的最深心灵的反应；化实景而为虚境，创形象以为象征，使人类最高的心灵具体化、肉身化，这就是'艺术境界'。"其二，"意境"的审美特征主要表现在意与境浑、情景交融、境生象外、虚实相间、动静相宜等方面，是艺术辩证法的充分体现。对此，宗白华以王安石的一首诗为例进行了说明："'杨柳鸣蜩绿暗，荷花落日红酣。三十六陂春水，白头相见江南。'前三句全是写景，江南的艳丽的阳春，但着了末一句，全部景象遂笼罩上，啊，渗透进，一层无边的惆怅，回忆的愁思，和重逢的欣慰，情景交织，成了一首绝美的'诗'。"① 其三，有无"意境"成为文学成败的关键，正如王国维在《人间词话》中所说的"有境界自成高格"。

余光中在自己的散文中也深得"意境"之精髓，并在创造性的"新古典主义意境"的营构中抒写着缕缕乡愁。具体而言，表现在两方面。首先是他在古典意境重构中表现出动态的时空观。例如，作者写到在旧式古屋听雨时先写到不同时间听雨的感受：

听四月，霏霏不绝的黄梅雨，朝夕不断，旬月绵延，湿黏黏的苔藓从石阶下一直侵到舌底，心底。到七月，听台风台雨在古屋顶一夜盲奏，千层海底的热浪沸沸被狂风挟持，掀翻整个太平洋只为向他的矮屋檐重重压下，整个海在他的蜗壳上哗哗泻过。不然便是雷雨夜，白烟一般的纱帐里听羯鼓一通又一通，滔天的暴雨滂滂沛沛扑来，强劲的电琵琶忐忐忑忑忐忐忑忑，弹动屋瓦的惊悸腾腾欲掀起。不然便是斜斜的西北雨斜斜刷在窗玻璃上，鞭在墙上打在阔大的芭蕉叶上，一阵寒潮泻过，秋意便弥漫旧式的庭院了。

在这个场景中，以旧式古屋为立足点写了不同时间的听雨感受：梅雨绵长湿黏，台风台雨热浪沸沸，雷雨滂滂沛沛，同样听雨，不同的时间，不同的节奏、不同的音响，共同营造出丰富跌宕、奇幻无穷的意境，让人感受到雨的不同风姿。若仅限于此，此意境并无多少创新之处，但余光中并没有到此为止而是接着写道：

在旧式的古屋里听雨，春雨绵绵听到秋雨潇潇，从少年听到中年，听听那冷雨。雨是一种单调而耐听的音乐是室内乐是室外乐，户内听听，户外听听，冷冷，那音乐。雨是一种回忆的音乐，听听那冷雨，回忆江南的雨下得满地是江湖下在桥上和船上，也下在四川在秧田和蛙塘，下肥了嘉陵江下湿布谷咕咕的啼声，雨是潮潮润润的音乐下在渴望的唇上，舔舔吧那冷雨。

---

① 宗白华：《美学散步》，上海人民出版社1981年版，第70—71页。

对于丰富多彩的雨的意境营造不仅仅停留在秋意弥漫的层面,而是透过这种意境传达出"从少年到中年"的历史感,是对江南的雨、四川的雨、嘉陵江的雨的怀想与渴望的悲剧感。"雨是一种回忆",对于雨的出神的、细致的聆听是服务于这种回忆的情感逻辑的,乡愁就在这平静的倾听、想象与回忆中得到款款的诉说,在广阔的时空的流动与变化中得到更加立体、充沛的表现。

其次,余光中在意境的营造中更多地表现了对现代经验的体认与反思。例如:

> 瓦是最最低沉的乐器灰蒙蒙的温柔覆盖着听雨的人,瓦是音乐的雨伞撑起。但不久公寓的时代来临,台北你怎么一下子长高了,瓦的音乐竟成了绝响。千片万片的瓦翩翩,美丽的灰蝴蝶纷纷飞走,飞入历史的记忆。现在雨下下来下在水泥的屋顶和墙上,没有音韵的雨季。树也砍光了,那月桂,那枫树,柳树和擎天的巨椰……

古典的雨是落在瓦上的,雨落在瓦上,奏出美妙的音乐,奏出美妙的意境,但是现代文明的发展使"瓦的音乐竟成了绝响","雨来的时候不再有丛叶嘈嘈切切,闪动湿湿的绿光迎接。鸟声减了啾啾,蛙声沉了咯咯,秋天的虫吟也减了唧唧"。这两种截然相反的意境的对比表现出作者对古典悠远的传统的怀念和对现代文明的反思,在对比性的情景中表现出对现代经验的深刻体认与反思和对古典主义文化传统的追认,这种追认也正是其"文化乡愁"的自然流露。

结　语

在《听听那冷雨》一文中,余光中从多角度、多层次的视野书写了"文化乡愁"。"乡愁"自古以来都是中国文学表现中的重要母题。在古典文学中,乡愁主要表现为诗人背井离乡后对于故乡亲人的思念,多出现在"羁旅诗"、"送别诗"等类型的作品中。而余光中文学创作中的乡愁则是一种有别于此的"文化乡愁",虽然并不否认这种乡愁中也有对故园的怀念,但更主要的是一种精神与文化上的乡愁,主要表现为对故国的眷恋,对传统精神文化的追认等。这是一定的社会历史因素所造成的孤居台岛的文人的普遍情结。这种"文化乡愁"一方面不同于传统的乡愁；另一方面，又与传统"乡愁"有着内在的精神血缘关系。"文化乡愁"在一定程度上表现了对于传统"乡愁"的价值认同。正是在这个意义上，余光中通过"文化乡愁"完成了对古典主义文学在一定程度上的继承、皈依与超越。

延伸阅读

1. 刘莉的《声、光、色里的追求美——论余光中散文写作的审美特质》（《贵州社会科学》2011年第11期）对余光中散文创作理念进行了深入分析，特别是其散文所体现的"三美"特质进行了探讨。

2. 夏昭炎的《意境概说：中国文艺美学范畴概说》（北京广播学院出版社2003年版）从义界、形态、创作、鉴赏和源流五个层面探讨了意境理论的系统构成。

思考题

1. 什么是文化乡愁？在《听听那冷雨》中余光中是怎样诠释文化乡愁的？
2. 结合余光中的诗歌作品，总结余光中文学创作的基本风貌及其特征。

第十一讲

《下放记别》:别样的"文革"书写

《下放记别》[①] 是杨绛的散文集《干校六记》中的第一篇。《干校六记》由《下放记别》《凿井记劳》《学圃记闲》《"小趋"记情》《冒险记幸》《误传记妄》6 篇散文组成。本组散文写于 1980 年，1981 年在香港出版，同年 7 月在北京出版。通过"记别"、"记劳"、"记闲"、"记情"、"记幸"、"记妄"，记写了 20 世纪 60 年代末 70 年代初中国社会科学院文学研究所的学者到"五七干校"参加体力劳动，接受"再教育"的事情。本散文集不择不扣地属于忆旧之作，所忆之"旧"属于"文革"记忆，对《下放记别》及《干校六记》的解读当从此角度进行。

零度情感叙事与"隐身衣哲学"

《下放记别》以人生三次离别为"文眼"构建全篇：第一次离别是杨绛和其女儿、女婿送别钱锺书，四个人挤上火车，杨绛和其女儿、女婿安顿好钱锺书，三人下车，"痴痴站着等火车开动"：

> 默存走到车门口，叫我们回去吧，别等了。彼此遥遥相望，也无话可说。我想，让他看我们回去还有三人，可以放心释念，免得火车驰走时，他看到我们眼里，都在不放心他一人离去。我们遵照他的意思。不

[①] 本文有关《下放记别》的引文均出自《杨绛作品集》第 2 卷，中国社会科学出版社 1993 年版。

等开车，先自走了。几次回头望望，车还不动，车下还是挤满了人。

第二次离别是杨绛送别文学所和另一所的主体人员：

> 下放人员整队而出；红旗开处，俞平伯老和俞师母领队当先。年逾七旬的老人了，还像学龄儿童那样排着队伍，远赴干校上学，我看着心中不忍，抽身先退；一路回去，发现许多人缺乏欢送的热情，也纷纷回去上班。大家脸上都漠无表情。

第三次离别是钱锺书、杨绛的女儿送别杨绛：

> 上次送默存走，有我和阿圆还有得一。这次送我走，只剩了阿圆一人；得一已于一月前自杀去世。
>
> 可是我看着她踽踽独归的背影，心上凄楚，忙闭上了眼睛；闭上了眼睛，越发能看到她在我们那破残凌乱的家里，独自收拾整理，忙又睁开眼。车窗外已不见了她的背影。我又合上眼，让眼泪流进鼻子，流入肚里。火车慢慢开动，我离开了北京。

三次人生离别杨绛都处于世态中心，以"我"的视角叙写别离场景。三次离别蕴含深厚的时代色彩，但杨绛仅仅写离别的场景、离别双方的行动、思绪、神态，不含任何对时代、政治的主观性评价，套用一句老话，让倾向性从情节中自然而然地流出。

采用日常说话的方式叙写离别场景，仿佛与知己谈心，虽然所叙之事是人生的大苦大悲，但作者以平平淡淡的口吻进行叙述，语调平和、宁静、自然，语气淡然，宁静大气，困境之中我自岿然不动、清醒自持。

杨绛写离别不露声色，写生死同样不动声色。其女婿在"文化大革命"中被迫自杀，杨绛叙述此事时用语极为简略："得一已于一月前自杀去世"，"工宣队领导全系每天三个单元斗得一，逼他交出名单。得一就自杀了"。这段记叙冷静得近似冷漠，仿佛杨绛本人是旁观者，给好友讲述一个与己无关的人的去世。

杨绛从其叙写的情境中跳脱出来，在处理充满悲剧色彩的事件时，故意将自己拉开距离，给予"静观"。因而，叙述生离死别，而且是与己密切相关的人的生离死别，杨绛也能如此"冷眼旁观"，这就是通常所说的零度情感叙事。所谓零度情感叙事就是作者尽量超然于世态人情之外，不着褒贬，采用平实的语气，客观叙述生活中的某些细节，以一种荣辱不惊、处惊不变的叙述态度对事件进行冷眼描绘，风格淡定。

此外，《下放记别》中的"杨绛捆床"、"何其芳吃鱼"和"钱锺书看病"以及《干校六记》中的其他五篇都采用了零度情感叙事方式。

零度情感叙事的核心在于情感的自我节制，既不为物所喜，也不为物所悲，将喜悦带来的喧闹变得沉静，将灾祸产生的创痛变得淡定。《下放记别》通过客观化叙事，将人生最大的悲痛淡化，所以，《下放记别》以及《干校六记》的文风自然平淡、不急不躁、不温不火，美学风格体现为含蓄蕴藉、温柔敦厚，具有中和之美。

然而，零度情感叙事不等于没有情感，而是情感包含在叙事中。在《下放记别》里，看不到杨绛声嘶力竭的宣泄，也没有情感浓烈的抒情、议论和冷嘲热讽，但仔细咀嚼品咂，每一段文字都饱含杨绛的宣泄，可谓字字血，声声泪。

第一次离别表现夫妻情爱，突出的是牵挂之心。钱锺书一生"痴情"十足，生活全靠杨绛料理，现在单独出门在外，而且是下放劳动锻炼，杨绛对他的牵挂不言而喻，虽然杨绛没有直接写出这种牵挂，但通过描写送别场面，尤其是"几次回头望望"，将挂念之心、依依不舍之情勾勒出来。第二次离别表现朋友之情，突出悲悯之情，"心中不忍，抽身先退"写出杨绛对俞平伯夫妇以及具有同样经历的人的理解、同情之心。第三次离别表现母女之情，突出的是凄楚之情，是三次离别中最令人伤感的，既为女儿的孤苦，也为对女儿的爱。"火车慢慢开动，我离开了北京"，这句话完全是大实话，但读起来令人沉重难忍。对得一去世的叙述，杨绛虽然没有一个字的议论，但对践踏人性、无视人性的兽性做法，杨绛的愤懑之情展示无遗，此时无声胜有声。真正的悲哀未必要用哭声来表示，如实的叙写往往更具悲剧性，压抑情感的冷静叙述能收到以平出奇的效果。三次离别的叙述为《干校六记》抹上一层凄切惨淡的调子，同时侧面表现了杨绛的贤惠、善良、慈爱和从容淡定。

行文平静，在平静中蕴藉波澜，在平静中表现作者情感，在平静中让读者内心产生强烈的震撼，这种特点在《干校六记》的其他篇章中比比皆是。如《学圃记闲》写杨绛劳作归家：

> 我住在老乡家的时候，和同屋伙伴不在一处劳动，晚上不便和她们结队一起回村。我独往独来，倒也自由灵便。而且我喜欢走黑路。打了手电，只能照见四周一小圈地，不知身在何处；走黑路倒能把四周都分辨清楚。我顺着荒墩乱石间一条蜿蜒小径，独自回村；近村能看到树丛里闪出灯光。但有灯光处，只有我一个床位，只有帐子里狭小的一席地——一个孤寂的归宿，不是我的家。因此我常记起曾见一幅画里，一个老者背负行囊，拄着拐杖，由山坡下一条小路一步步走入自己的坟墓；自己仿佛也就是如此。

这段文字叙述冷静、客观，但却透露出杨绛孤寂的灵魂和绝望的内心。

从表面上看，零度情感叙事姿态以及由此产生的含而不露、怨而不怒、哀而不伤的美学风格属于方法技巧的范畴，但实际上，"怎么写"体现出的是作者的心态，叙述的平静从容是作者超然的人生态度的体现。具体而言，《下放记别》及《干校六记》的叙事特点和美学风格与杨绛的处世态度、道德人格紧密相关，体现出杨绛达观、超脱但又绝不沉沦的人生态度。

杨绛写过一篇随笔《隐身衣》，这篇随笔是散文集《将饮茶》的"代后记"。《隐身衣》是杨绛处世态度的最好注解。文章开篇就说，杨绛夫妇曾戏言想要一件仙人的隐身衣，如果有了这样一件隐身衣，他们可以将自己隐藏起来，摆脱羁束，同出遨游，随意游历。由想象中的隐身衣，杨绛进一步想到，其实人间确实存在隐身衣，这种隐身衣就是卑微。身处卑微，人家就视而不见，见而不睹。有了这种谦逊卑微之心，就能够淡泊名利、与世无争，踏踏实实做事，老老实实做人。"一个人不想攀高就不怕下跌，也不用倾轧排挤，可以保其天真，成其自然，潜心一志完成自己做的事"。杨绛非常欣赏英国诗人兰德的诗并在她的散文中予以引用：

> 我和谁都不争
> 和谁争我都不屑

我爱大自然
其次就是艺术
我双手烤着
生命之火取暖
火萎了
我也准备走了。

和谁都不争，和谁都不屑于争，我按照我的方式生活，我就是我了。但不争、甘愿卑微，并不等于没有思想，甘当白痴。在《隐身衣》中，杨绛表示甘愿位居卑微，但同时又表示不自暴自弃，"是什么料，充什么用"。藏身众人之中，不求显达，不求名利，但与世无争不等于庸碌无为、自暴自弃，而应该如萝卜，"假如是一个萝卜，就力求做个水多肉脆的好萝卜；假如是棵白菜，就力求做一颗滋滋实实的包心好白菜"。在自己的位置上，也要指点生活，不放弃对生活的臧否。

"隐身衣"的人生态度能帮助我们理解为什么在《下放记别》和《干校六记》中杨绛能从容豁达、处变不惊。身处卑微、淡泊名利方能超脱豁达，走出所叙之境，客观叙事。不自暴自弃，"是什么料，充什么用"，使杨绛在叙述中又饱含臧否。《下放记别》有生死离别的愁苦与眼泪，有生理和心理上的痛楚与无奈，《干校六记》中的其他篇目还有人格受辱时按捺不住的悲愤，有面临危险的恐惧，杨绛既不隐讳，也不惭愧，更不怨天尤人，冷静如实地叙述，让情感在叙述中自然倾泻，以"轻"写重，收到举重若轻的效果。

"初读使人想笑"与"再读使人想哭"

有人说初读《干校六记》使人想笑，再读使人想哭，这样的阅读效果是《干校六记》以喜剧写悲剧所形成的，正如一些研究者所指出的，《干校六记》既可以看作是充满悲剧意味的喜剧，也可以当成充满喜剧意味的悲剧，悲喜的难分难辨凸显的是世态的荒诞不经。

（一）杨绛的幽默精神

杨绛有一种幽默精神，关于这一点，早在20世纪40年代中期，著名评论家李健吾就指出："假如中国有喜剧，真正的风俗喜剧，从现代中国生活提炼出来的道地喜剧，我不想夸张地说，但是我坚持地说，在现代中国文学里面，《弄真成假》将是第二道纪程碑。有人一定嫌我过甚其辞，我们不妨过些年回头来看，是否我的偏见具有正确的预感。第一道纪程碑属诸丁西林，人所共知，第二道我将欢欢喜喜地指出，乃是杨绛女士。"①柯灵在20世纪80年代将杨绛流传至今的两部喜剧——《称心如意》和《弄真成假》称作中国话剧史上"喜剧的双璧"②。形成杨绛喜剧精神的因素多种多样，但有两点尤其值得注意：其一，钱锺书的影响。杨绛作为钱锺书的妻子，深谙钱锺书小说的风格，"我们俩日常相处，他常爱说些痴话，说些傻话，然后再加上创造，加上联想，加上夸张，我常能从中体味到《围城》的笔法"③。其二，西方喜剧艺术理论的影响。杨绛比较系统地阅读过西方喜剧艺术的相关书籍，这一点可以从杨绛的《怀念石华父》一文中得到证实，"我学写剧本就是受了麟瑞同志的鼓励，并由他启蒙的"，陈麟瑞"在哈佛大学专攻戏剧，对喜剧犹感兴趣"，"麟瑞同志熟谙戏剧结构的技巧，对可笑的事物也深有研究。他的藏书里有半架子英法语的'笑的心理学'一类的著作，我还记得而且也借看过"④。杨绛曾说："沃尔波尔有一句常被引用的名言：'这个世界凭理性来领会，是个喜剧；凭感情来领会是个悲剧'。"杨绛说他喜欢奥斯丁用理性的态度看待世界的方式。用理性的态度看待世界，就是用喜剧的眼光看待世界。杨绛所具有的喜剧精神一直延续到杨绛晚年的散文创作，甚至可以说："杨绛晚年的散文创作是在'喜剧精神'的烛照下，建构她的艺术审美理想。"⑤

具有喜剧精神并不等于能很好地表现喜剧精神，更为重要也更为困难

---

① 转引自孟度《关于杨绛的话》，《杂志》1945年第15卷第2期。
② 柯灵：《上海沦陷期间戏剧文学管窥》，《上海师院学报》1982年第2期。
③ 《杨绛作品集》第2卷，中国社会科学出版社1993年版，第152页。
④ 同上书，第347—348页。
⑤ 黄科安：《喜剧精神与杨绛的散文》，《文艺争鸣》1999年第2期。

的是,如何展现自己的喜剧精神。与零度叙事方式保持一致,杨绛展现自己的喜剧精神采用了站在世态之外,冷静叙写荒诞不经的历史,并由此形成自然冲淡的幽默风格。

早在 20 世纪 40 年代,杨绛在《听话的艺术》中就说过:"辞令巧妙,只使我们钦慕'作者'的艺术,而拙劣的言词,却使我们喜爱了'作者'自己。""说话的艺术愈高,愈增强我们的'宁可不信',使我们怀疑,甚至恐惧。笨拙的话,像亚当夏娃遮掩下身的几片树叶,只表示他们的自惭形秽,愿在天使面前遮掩丑陋。譬如小孩子的虚伪,哄大人给东西吃,虚假问一声'这是什么?可以吃吗?'使人失笑,却也得人爱怜。"[①] 在无技巧中展现最高技巧,这是艺术的最高境界,杨绛在幽默中追求这样的境界。

(二) 如实写出荒诞的世界

《干校六记》所追忆的时间是 20 世纪 60 年代末 70 年代初,那是一个每一个角落都能感受到荒诞的年代,失去理性的人们狂热甚至癫狂,不可言喻的、令人惊奇的、愚蠢的东西触目皆是,生活本身十分荒谬,如实写出荒谬的世界就能取得喜剧的效果。《下放记别》中有两段这样的描写,一段是"何其芳吃鱼"的故事,一段是"钱锺书看病"的故事:

> 在北京等待上干校的人,当然关心干校生活,常叫我讲些给他们听。大家最爱听的是何其芳同志吃鱼的故事。当地竭泽而渔,食堂改善伙食,有红烧鱼。其芳同志忙拿了自己的大漱口杯去买了一份;可是吃来味道很怪,愈吃愈怪。他捞起最大的一块想尝个究竟,一看原来是还未泡烂的药肥皂,落在漱口杯里没有拿掉。
>
> 干校的默存又黑又瘦,简直换了个样儿,奇怪的是我还一见就认识。
>
> 我们干校有一位心直口快的黄大夫。一次默存去看病,她看他在签名簿上写上钱锺书的名字,怒道:"胡说!你什么钱锺书!钱锺书我认识!"默存一口咬定自己是钱锺书。黄大夫说:"我认识钱锺书的

---

① 《杨绛作品集》第 2 卷,中国社会科学出版社 1993 年版,第 324 页。

爱人。"默存经得起考验，报出了他爱人的名字。黄大夫还待信不信，不过默存是否冒牌也没有关系，就不再争辩。事后我向黄大夫提起这事，她不禁大笑说："怎么的，全不像了。"

上述两段记叙很生动，读者仿佛身临其境。没有极端的夸张丑化，完全依据现实生活本身进行描写，但所有的读者看了之后都会忍俊不禁，尤其是"奇怪的是我还一见就认识"，这句话一点也不夸张，但又那么富有讽刺意味。关于这种如实叙写生活以收到喜剧效果的方式，我们要特别注意两点：

第一，这两段描写将喜剧精神日常化，喜剧的主角在事发情形里是平凡的小人，所谓普通人和英雄的区别在于，英雄是"超群绝伦的人物，能改换社会环境"；而普通人则是"受环境和时代宰制"的。① 喜剧的内容是日常生活化情景："吃"、"看病"。"没有高超的理想，只有平凡的现实"②，不过是"大背景的小点缀，大故事的小穿插"，日常化的喜剧精神造就了一种自然冲淡的幽默风格。

第二，这两段描写富有戏剧的张力和小说的情景化特点。为什么何其芳听说吃鱼"忙"拿自己的大漱口杯去买？"忙"的动作后面遮掩着何其芳什么样的内心？何其芳的"忙"折射出时代的哪些"光芒"？钱锺书为何变化如此之大？钱锺书"人形"的变化折射出哪些时代的变化？杨绛有意在叙写中留下空白，给读者一份想象的空间，也符合杨绛客观叙事的风格。

（三）"《围城》笔法"

杨绛认为，"《围城》笔法"就是在捧腹大笑中讽刺人生。幽默不等于滑稽、无聊，"对于喜剧却要提出较深刻的要求，要让读者去笑最重要最有深刻意义的事物"③。杨绛对幽默的认识也是如此，她说她与钱锺书在日常相处中"体味到《围城》的笔法"。依据杨绛的理解，钱锺书毕竟"不是个不知世事的痴人，也毕竟不是对社会现象漠不关心，所以小说里

---

① 《杨绛作品集》第3卷，中国社会科学出版社1993年版，第70页。
② 同上书，第198页。
③ 黑格尔：《美学》第3卷下册，朱光潜译，商务印书馆1982年版，第291页。

各个细节虽然令人捧腹大笑,全书的气氛,正如小说结尾所说'包涵对人生的讽刺和伤感,深于一切语言、一切啼笑'"①。幽默不能缺乏作者基本的道德判断,幽默必须具有道德感。如果仅仅是为了逗乐而幽默,这样的写作终将失去意义。真正的幽默背后必隐藏某种与表象相悖的事实。优秀的幽默大师必然展现幽默背后更深长的韵味,让幽默具有不同寻常的意义。

对于"何其芳吃鱼"、"钱锺书变形",大家笑过之后是眼泪,是感伤。透过"吃鱼"和"变形",鞭打了那个非人时代对人性的践踏,幽默中透出杨绛心灵的隐痛。以喜剧的方式营造悲剧的气氛,更能让人感到那个时代的悖谬,更能展现人处于那种境遇中的无奈与无助。

在喜剧精神中体现否定精神,《干校六记》收到了这样的效果。这个效果的实现通过两个途径:途径一,如实记写荒诞的现实;途径二,时代特色的背景显现。全文中的"小点缀"、"小穿插"都是放在"文化大革命"特殊背景中的,"文化大革命"始终作为背景在后台活跃着,"'记劳''记闲',记这记那,都不过是这个大背景的小点缀,大故事的小穿插"②,杨绛深得个中精髓。《下放记别》开篇就介绍背景,1969年,学部的知识分子正在接受"工人、解放军宣传队"的"再教育"。全体人员先是"集中"住在办公室里,六七人至九十人一间,每天清晨练操,上下午和晚饭后共分三个单元分班学习,这些介绍隐约反映出"文化大革命"风暴的威势。正是因为有"文化大革命"这一背景的衬托,"何其芳吃鱼"、"钱锺书变形"才浸染了深厚的内涵,才会如此令人心酸,才能摆脱浮浅。如果没有这种背景,这些幽默很可能就是轻浅的情趣。同时,这种写法让杨绛的否定精神显得十分蕴藉。

(四) 冷热交替

杨绛的喜剧精神使《下放记别》的情绪笼罩在大悲大喜之中,全文感伤情怀与莞尔一笑相结合。全文由三次离别构成,最让人伤感的离别是第三次离别,杨绛在第三次到来之前穿插了"何其芳吃鱼"和"钱锺书变

---

① 《杨绛作品集》第2卷,中国社会科学出版社1993年版,第152页。
② 《杨绛作品集》第2卷,中国社会科学出版社1993年版,第3页。

形"两段幽默,一会儿冷,一会儿热,冷热交替,让全文更显灵动自然之致。

《干校六记》中的其他篇目也是冷热交融的。《冒险记幸》展示杨绛的三次冒险经历:雨后和钱锺书冒险"相会"、雪夜冒险送别钱锺书、电影学习后迷路。事件本身充满着心酸,但杨绛在这三次事件中都穿插了一些幽默的描写,读来却饶有趣味。如在泥泞里雨鞋愈走愈重,走一段路,就得停下用拐杖把鞋上沾的烂泥拨掉。烂泥就像"胶力士",争着为杨绛脱靴,"我走在路南边,就觉得路北边多几茎草,可免滑跌;走到路北边,又觉得还是南边草多","有人说,女同志多半不辨方向。我记得哪本书上说,女人和母鸡,出门就迷失方向。这也许是侮辱了女人,但我确是个不辨方向的动物,往往'欲往城南往城北'","我的手电昏暗无光,只照见满地菜叶,也不知是什么菜。我想学猪八戒走冰的方法,虽然没有扁担可以横架肩头,我可以横抱着马扎儿,扩大自己的身躯"[1]。

情节大起大落,幽默、诙谐、感伤、惊悚相互交织,从而达到中和之美,这是杨绛匠心所在,也是杨绛超然独立之处。

余论:《干校六记》的文学史地位

止庵在《杨绛散文选集·序言》中说:"我们考察杨绛散文,须得从两个方面着手,一是其本身的成就,一是在散文史上的成就,这两者乃是交织在一起的。"[2] 这是评价杨绛散文的最佳思路。前面我们分析了《下放记别》的特点,在此基础上,我们将在20世纪七八十年代散文创作的大背景中,讨论《干校六记》在中国当代散文史上的地位。

首先,以同时期的哀祭散文为参照系,《干校六记》的意义在于超越哀祭散文单一的史学价值,同时具备"美文"与"文献"的双重价值。《干校六记》发表于1981年,当时中国文坛沉浸在一片哭声之中,"伤痕文学"方兴未艾,"反思文学"崭露头角。与大的文学思潮一致,散文基本上是追忆逝者,既有追祭老一辈无产阶级革命家、哲学社会科学家、自

---

[1] 《杨绛作品集》第2卷,中国社会科学出版社1993年版,第36页。
[2] 《杨绛散文选集》,百花文艺出版社1996年版,第2页。

然科学家、作家、诗人的散文，又有怀念亲朋故友的散文。正如《新时期文学六年》所描述的那样："散文这支回春之曲，最初也是由泪水孕育而成的。后人在研究这一段历史转折时期的散文时，可能会惊异于这样一个特殊的文学现象：挽悼散文大盛于当时的中国。数以百计的长歌当哭文章寄托着对饮恨而逝的志士仁人的哀思与悲怀，短短几年里涌现那么多忆怀祭悼的篇章，在我国文学史上实属罕见。"[①] 这些作品是作者痛定思痛、情思奔涌的产物，包含激越、悲壮、绵长的情思，因而这类作品往往或叙述与抒情相结合，或抒情兼议论，或伤感与激愤并存，文学史将这类散文称为哀祭散文。借助哀祭散文，不论作者还是读者都尽情宣泄郁积已久的愤懑，哀祭散文极大地满足了特定政治情形下多数人的心理需求，因而，哀祭散文曾一度深受欢迎。然而，当人们的极端情绪得以释放之后，哀祭散文直白浅显、缺乏深度、缺少技巧的弊端不可避免地显现出来，哀祭散文单一的史学价值不再能满足读者的审美需求。而《干校六记》哀而不伤、痛而不戚的零度叙事和幽默风格，克服了这一时期哀祭散文的不足，自成风格。

《干校六记》冷眼观人生，温和、节制、自我超脱的叙事方式，中和的美学风格以及轻松、诙谐、睿哲的幽默在发表之初不太迎合当时读者的心理需求。在发表之初，国内外对其反响不一。在国外反响较大，很快被译成日、英、法等多种文字在海外传播。1982年，日本汉学家中岛碧将此书翻译成日语，在日本的《水焉》杂志分期刊出，并出版单行本。接着，美国汉学家葛浩文、中国旅美学者章楚和澳大利亚学者白杰明分别将此书翻译成英译本和法译本。在国内，20世纪80年代，此书未能引起太多共鸣，当时一些较有影响的当代文学史都未论及此书，一些有影响的文学选本也没有选入此书。直到20世纪80年代末90年代初，这种局面才有所改变。1989年，《干校六记》获本年度"新时期全国优秀散文（集）奖"，同时，《干校六记》也进入各种不同版本的中国当代文学史，各种不同的"百年中国文学经典"以及各式各样的中国当代文学散文选本都选入《干校六记》中的一些篇目。《干校六记》之所以能逐渐进入读者的视阈，

---

① 中国社会科学院文学研究所当代文学教研室集体撰写：《新时期文学六年》，文化艺术出版社1985年版，第124页。

是因为冷静之后的读者更喜欢大悲无言的审美风格，这种风格让我们亲近历史，尽管我们对于那段历史很陌生。"这部作品既没有椎心泣血地宣泄对'文革'的切齿痛恨，也没有直接出现骇人听闻的'文攻武卫'的场面，甚至没有明白了当地描写'文革'当中知识分子如何遭受残酷的肉体与精神迫害，然而，这部作品所给予我们的美学冲击某种意义上却超过了那些直接描写、控诉'文革'的残暴言行的作品，这其中的一个极其重要的原因就在于，与许多有意识地凸显某种具体的、功利性的意图而忽视艺术传达的文本相比，杨绛的《干校六记》更多地注重了作品的艺术经营，可以说，《干校六记》是本时期描写'文革'的同类散文中艺术性极为显著的作品之一。"①

其次，以"文化大革命"题材的散文为参照系，《干校六记》和其他"文化大革命"题材的散文一道，共同丰富着读者的"文化大革命"记忆，以不同的主体形象共同构筑出中国式知识分子的群体人格精神。

《干校六记》虽然是客观叙述，然而，同样凸显了"自我"形象，在不动声色的叙事中，我们看到的是一个爱丈夫、爱女儿、爱他人的慈爱、善良、坚强、乐观的知识女性。在《下放记别》中，"我"用牙齿咬住绳头，一人吃力地帮助丈夫捆床；久不缝纫的"我"为丈夫补了一条布满经线纬线的地球仪裤子；担心丈夫洗衣跌落水塘，"能请人代洗，便赔掉几件衣服也值得"；想到女儿踽踽独归，孤独度日，"我"眼泪流进鼻子，流入肚里。看到俞平伯夫妇排队下乡，心中不忍，抽身先退。《干校六记》的其他篇章可以看到杨绛的诸多思想，如在《凿井记劳》中，杨绛借助于双脚踩踏污泥说："我暗暗取笑自己：这可算是改变了立场或立足点吧。"诙谐的文字表现出杨绛对运动的不满，但她不敢斗胆抗议，依然参加学习，独守菜园，遵守纪律。在整个运动过程中，杨绛对于运动处于"接受"和"疏离"之间，参加运动，但又不积极；在不满中偷安，在苦闷中寻找乐趣。在可能的范围内洁身自好，在有限的空间坚守个体的自由。《干校六记》显现出的主体形象就是一个通达世情、透悟人生的女性，是一个具有内心安宁与清明的女性，是一个在疯

---

① 董健、丁帆、王彬彬主编：《中国当代文学史新稿》，人民文学出版社2005年版，第491—492页。

狂变态年代，能够洞察世事、富于理性而又不愿随波逐流的知识女性。

"文革"记忆的散文不乏其数，尤其是老一代作家特殊的人生阅历和丰厚的学识修养，使他们在这一领域具有先天的优势，巴金、丁玲、冰心、叶圣陶、孙犁、萧乾等老一代作家对此多有涉及。但因精神资源的差异性，在这些"文化大革命"题材的散文中，主体形象的精神人格具有一定的差异。以巴金为例看待这个问题。巴金的《随想录》也以"文化大革命"为题材，《随想录》是用真话建立起来的揭露"文化大革命"的"博物馆"，为的是让后世子孙记住"文化大革命"这段民族的历史悲剧。在《随想录》中，巴金为读者塑造了一个"忏悔者"形象。正如笔者在《中国现代汉语文学史》中论述巴金时所说，《随想录》最能打动读者的是巴金的真诚忏悔。[①] 新中国成立前，巴金在创作中以先知先觉的殉道者身份出现，希冀以自己的作品点燃自己，照亮别人，做人类灵魂的工程师。创作《随想录》时，巴金改变了自己在创作中的位置，他不再是高高在上的大智大勇者，不再以先行者的姿态引导读者，而是以民族大悲剧中一个实实在在的角色，对自己灵魂深处那些并不光亮的东西进行无情的解剖。在审视世界的不完满时，也审视自己的不完满，而且是不留任何逃路地把自己放进去。他对自己的解剖几乎达到了残忍的地步。他承认，自己不像有些人那样总是一贯正确，他相信过假话，传播过假话，也不曾与假话作过斗争。[②] 他自责在"文化大革命"中不坚持原则和立场，为了早一些从牛棚中解放出来，别人大吼"打倒巴金"，他也高举右手积极响应（参见《随想录·十年一梦》）。这些仅仅是愚昧的表现，并未危害他人。他进一步解剖自己，在专制秩序统治下，为了保全自己，他被逼成为帮凶，牺牲他人，也牺牲正义。在《怀念非英兄》《怀念胡风》等文章中，谴责自己写过对他人不负责任的文章，间接地"下井投石"。他每当剖析自己的"病痛"时，就如用手术刀割自己的心，五卷书上的每篇每页满是血迹。巴金之所以忍受剧痛挖掘自己，是因为他知道，不将脓血挤干净，就会危害全身，为了有一个健康的肌体，巴金拿着手术刀往自己心窝里刺。这种解剖带给作者自身的是巨大的精神苦痛，没有足够强大的精神力量，没有

[①] 曹石生主编：《中国现代汉语文学史》，中国人民大学出版社2007年版。
[②] 参见巴金《探索集·真话集》，人民文学出版社1984年版。

对新的价值理想的执着追求，将很难做到。巴金在自我忏悔、自我批判的过程中，完成了灵魂的复归与升华。"《随想录》在新时期文学中第一次表达了对灾难中'我'的愚昧、胆怯行为的忏悔意识，并以一个知识分子的良知和道义反思自己理应承担的角色和站立的岗位。"[①]

显然，《干校六记》和《随想录》中的主体形象迥然不同，他们完成了彼此间的互补，共同构筑了特殊年代中国式知识分子的群体形象。它们和其他"文革"记忆的散文共同构筑了"文化大革命"历史，与其他史料共同完善了一段不该忘却的历史。

延伸阅读

1. 刘思谦：《反命名和戏谑式命名——杨绛散文的反讽修辞》（《郑州大学学报》2002年第2期）。文章指出，杨绛散文通过反命名和戏谑式命名的修辞方式，实现了对语境限制的反限制，构成了一种互文本的深层意义结构，并进一步分析了杨绛使用反讽作为自己散文的基本修辞方式的个中缘由。

2. 周政保：《怀人忆旧的意义——读杨绛、黄宗江、楼适夷的散文》（《文艺评论》1997年第3期）。文章通过阐析三位作家对同一题材的不同处理，突显每个作家的独特之处。比较研究的方式更能彰显作者的个性。

思考题

1. 分析《下放记别》的零度叙事特点。
2. 怎样认识《下放记别》的幽默特色。
3. 对比分析《下放记别》和《怀念萧珊》。

[①] 谷海慧：《"文革"记忆与表述——老生代散文的一个研究视角》，《上海师范大学学报》（哲学社会科学版）2008年1月。

第十二讲

《风雨天一阁》：文化散文的典范之作

何谓文化散文

20世纪90年代，散文在长久的沉寂之后迎来了突如其来的繁荣，散文创作不仅数量庞大，而且形态各异，种类繁多，包括巴金、杨绛等老一辈作家反思历史的回忆性散文、汪曾祺和贾平凹等注重艺术感的抒情美文、女性散文以及新生代散文等，各类散文创作争奇斗艳，交相辉映，共同掀起了一阵炫目多彩的"散文热"。而在众多的散文样式中，"文化散文"的影响最大，流行最广，成为90年代散文繁荣最重要的标志。与单纯的作家书斋写作不同，文化散文的创作主体往往是具有学术背景的学者，他们把对学术的思考扩展、延伸到更为广阔的社会、历史之中，将自身的生命体验与历史文化融为一体，创作出的散文具有深沉的历史意识和浓郁的人文情怀。文化散文扭转了此前散文宏大叙事的方向，"向内"转向作家主体生命经验的书写，还原了散文应有的生命气息，重视作家主体生命的感发。文化散文往往熔铸了作家对人生、历史和现实社会的关注和思考。与"小散文"相比，"文化散文"具有厚重的现实感、历史感、时代感，形成了内容充实、意蕴深沉、风格庄重、格调高迈的"文化大散文"。

"文化散文"的创作滥觞于余秋雨在《收获》杂志上发表的旅行游记。在写作文化散文之前，余秋雨主要从事艺术领域的研究工作，并著有《戏剧理论史稿》《戏剧审美心理学》《中国戏剧文化史》以及《艺术创造工程》等学术著作，深厚的学养为余秋雨后来的文化散文写作提供了学术积累。1992年，余秋雨在《收获》杂志上以专栏的形式发表旅行游记，并

第十二讲 《风雨天一阁》：文化散文的典范之作 / 155

集结出版了《文化苦旅》一书。在《文化苦旅·自序》中他写道："我发现自己特别想去的地方，总是古代文化和文人留下较深脚印的所在，说明我心底的山水并不完全是自然山水而是一种'人文山水'。"由此可见，作者在旅行过程中，着重挖掘的是"自然山水"中所蕴含的文化内涵，作者站在古今交会处尝试着用理性去探索时代、民族、人类的诸种深厚问题。

书籍是人类进步的阶梯，也是人类文明的载体，在《文化苦旅》诸多的"人文山水"中，没有什么比藏书楼更能完整而详细地保留文化的痕迹。作为唯一一篇关于藏书楼的散文，《风雨天一阁》在《文化苦旅》中具有独特的价值和地位，成为其"文化散文"的典范之作，这里拟从文化视角解读该作品。

文化散文与《风雨天一阁》的创作风貌

"文化散文"既不是单纯地记人叙事，它体现了学者的求真精神，又有文人的尚美情怀。这使得作家并不囿于史实的考证，不受制于情感的泛滥，在创作中力求实与虚的结合。

所谓"实"，是指文化散文中丰富的文史知识。丰富的文史知识是文化散文存在的前提，是作家谋篇布局的骨架，也是作家寻思感发的理性根基。散文创造的主体多为学者，具有扎实的学术功底，深厚的文史积累成了连接、沟通作家与历史、传统与现实的纽带，同时还增加了散文的文化内涵，提升了散文的文化品位。文化散文虽然有大量的历史叙述，但在散文中是以铺陈演绎的方式展开的。作家在创作中，并不是把文史材料言简意赅地插入文中，而是将它砸碎、咀嚼、拼贴、重组，最后内化为自己的语言，以一种散文惯有的平实节奏，在文中将文史知识娓娓道来，读之自然平顺而又有理有节。

《风雨天一阁》讲述宁波天一阁400年的沧桑际遇，涉及了大量的文史知识。作品的开头就写道："现在大批到宁波作几日游的普通上海市民回来都在大谈天一阁，而我这个经常钻研天一阁藏本重印书籍、对天一阁的变迁历史相当熟悉的人却从未进过阁，实在有点说不过去。"这里，简单的一句"经常钻研天一阁藏本重印书籍、对天一阁的变迁历史相当熟悉"于无形中显露出作者的学者身份，为后面作者讲述天一阁历史做好了铺垫。然而，一篇散文如何能够承载天一阁400多年的沧桑历史呢？作者的做法是有取有舍，详略相间：范氏家族如何解决天一阁藏书与传播的矛盾是文章的一条主线，围绕着这条主线，作者将天一阁的历史分为"范钦创阁"、"后代守阁与开阁"、"近代毁阁"以及"当代复阁"四个部分。之所以这样切分，是因为它们是天一阁历史中具有重要意义的时段，也直接关系到文章的思想主旨。这四部分在文中彼此独立又彼此连贯，组成了天一阁400年历史的主体面貌，而与之无关的历史，在文中并无讲述，被作者有意舍去，做到取舍有别。以这四部分为基本框架，作者对范钦的身世，遗产分割，范氏族规，钱秀芸之死，黄宗羲登楼，向《四库全书》的编纂进呈珍本，藏书楼被盗等历史事实的时间、地点、前后经过等进行了详尽的铺叙，使得文章充盈着饱满的历史感和真实性。除此之外，在这四部分之间，作者还巧妙地插入一些并无直接联系但与之相关的知识和掌故，比如在"范钦创阁"部分，作者就将对丰坊和范大澈的描绘插入其中，极大地丰富了作品的文史知识含量。

所谓"虚"，是指散文中作家的想象和虚构。文化散文大多具有很强的知识性，但它毕竟不等于学术论文，也不等同于历史文献，作家在铺陈文史材料时并不生搬硬套，而是靠着丰富而巧妙的想象和虚构，使文史材料具有文学性。当然，这种想象和虚构并不像纯粹虚构型小说那样天马行空，不着边际，作家进行想象和虚构的前提是尊重那些常识性的基本史实，在此基础上，进行修辞性、艺术性加工，使之既具有学术性又蕴含文学性。文化散文的这种想象和虚构在《风雨天一阁》中有典型的体现，比如在讲到范钦搜集书籍时，作者写道："一天公务，也许是审理了一宗大案，也许是弹劾了一名贪官，也许是调停了几处官场恩怨，也许是理顺了几项财政关系，衙堂威仪，朝野声誉，不一而足。然而他知道，这一切的重量加在一起也比不过傍晚时分差役递上的那个薄薄的蓝布包袱，那里边几册按他的意思搜集来的旧书，又要汇入行箧。他那小心翼翼翻动书页的声音，比开道的鸣锣和吆喝都要响亮。"这样的语句不会出现在史书中，也不可能是真实的历史，这段独立的描绘显然是作家虚构出来的，它集中了环境、故事、人物、情感等因素，寥寥数句，却蕴含小说的意味，并且有很强的画面感，文官范钦热心搜书的形象跃然于纸上，读之大有魏晋《世说新语》的味道，妙趣无穷。作者这般的虚构，含蓄平实而又合情合理，既避免了对历史的戏谑歪曲，维持了文章气韵高雅的整体格调，又为文中的历史材料增添了一丝活脱生动之色，使文章更具可读性。在虚构的同时，作者还恰如其分地发挥其想象，比如在写天一阁近代被盗时，文中有这样的描写："1914年，一个叫薛继渭的偷儿奇迹般地潜入书楼，白天无声无息，晚上动手偷书，每日只以所带枣子充饥，东墙外的河上，有小船接运所偷书籍。""但是，这正像范钦想象不到会有一个近代降临，想象不到近代市场上那些商人在资本的原始积累时期会采取什么手段。一架架的书橱空了。钱秀芸小姐哀怨地仰望终身未能上的楼板，黄宗羲先生小心翼翼踏过的楼板，现在只留下偷儿吐出的一大堆枣核在上面了"。"楼板"只是天一阁的一个物理构件，作者却将它与钱小姐、黄宗羲和枣核想象在一起。如果说此前对范钦搜书的虚构是为了增加文章的故事性、生动性的话，那此处的想象则点出天一阁在历史上被盗的遭遇，作者将想象聚焦于楼板，楼板一前一后的变化，象征着天一阁命运的转变。此处的想象看似随意，却浸透着作者对天一阁不幸命运的哀婉，为文章平添了悲剧色彩，增加了情感的厚度。

在实与虚的交相辉映下，文化评论成了全篇的点睛之笔。散文作为作家思想情感最自由、最灵动的感发，其中自然免不了评论，不同类型的散文有与之相称的评论风格，文化散文中的评论既不是模式化的"描写＋说理"，也不是简单的夹叙夹议，首先，它表现为由"理"而发，即借助对历史、文化的思考，作出理性的评价和判断，做到立论不俗，每每精辟透彻，发人深省。在《风雨天一阁》中，作者在评论范钦之前，先将他与缺少理性的"学者艺术家"丰坊以及凭借意气藏书的侄子范大澈做比较，用后者藏书的失败反证前者成功的原因，随后作者评论道："实际上，这也就是范钦身上所支撑着的一种超越意气、超越嗜好、超越才情，因此也超越时间的意志力。这种意志力在很长时间内的表现常常让人感到过于冷漠、严峻，甚至不近人情，但天一阁就是靠着它延续至今的。"因为有前面的对比，作者在这里的分析和评价获得了理性成分，这样的评论在彰显范钦睿智和大气的同时，也显露出作者独到而深邃的智慧。其次，作品中的文化评论表现为由"情"而发，即借助对历史、文化的感悟，有感而发。在讲到范氏家族的遗产接力时，作者感慨道："按照今天的思维习惯，人们会在高度评价范氏家族的丰功伟绩之余随之揣想他们代代相传的文化自觉,其实我可肯定此间埋藏着许多难以言状的心理悲剧和家族纷争,这个在藏书楼下生活了几百年的家族非常值得同情。"在这里,作者敏感地发现庄严宏大的天一阁也有阴影的一面,由此生发出对范氏家族的同情。再比如在讲到钱绣芸的故事时,"现代社会学家也许会责问钱姑娘你究竟是嫁给书还是嫁给人",但作者却为她的悲剧难过、感动,悲叹着"在那很少有人文主义气息的中国封建社会里,一个姑娘的生命如何强韧而又脆弱地与自己的文化渴求周旋"。最后,作品中的文化评论还呈现出"文"、"史"、"议"三者的水乳交融之状,难解难分,这也是该篇作品中最具艺术特色之处。在"文化散文"里,其实很少有纯粹、明确的文史之分,作家一方面以文学的眼光看待历史,另一方面又以历史的眼光看待文学,在整体的思维和具体的写作上形成"文"与"史"的大综合,这就使得作家的认识和评论既是文学的又是历史的,"文"、"史"、"议"三者融为一体。在《风雨天一阁》中,对于范氏后代为大学者黄宗羲开阁这件事,作者写道:"这里有选择,有裁断,有一个庞大的藏书世家的人格闪耀。黄宗羲先生长衣布鞋,悄然登楼了。铜锁在一具具打开,1673年成为天一阁历史上特别有光彩的一年。"在这段话里既有黄宗羲的登楼史实,也有"长衣布鞋"的文学描写,还有"人格闪耀"的价值评判,但每一种又都不典型。这种似文非文、似史非史、似评非评的写作方式,构成了"文化散文"独有的艺术审美张力。

文化散文与《风雨天一阁》的主题意蕴

"形散而神聚"是散文的结构特点。"形"指散文的表层形态,包括段落、语言、结构等,而"神"指的是散文的主题意蕴。相较于其他文学体裁,散文由于较少有外在体例和技巧的限制,成为作家个体心灵最自由、最直接的表达形式,在看似散乱漫漶的语言背后,散文蕴含着个体鲜明的创作意识,这种创作意识就是散布于作品中的主题意蕴。具体而言,《风雨天一阁》的主题意蕴包括以下三方面。

第一,作品透过天一阁从创建到被毁这400年艰难险阻的沧桑际遇,表现了范氏家族为藏书事业所付出的矢志不渝的努力和难以言说的牺牲,抒发了作者对天一阁藏书艰辛的感叹。在文中,天一阁藏书的困难集中表现为书籍的收藏和传播的矛盾。由于书籍本身的易毁性,藏书在今天看来都是一件需要格外小心的事情,更不用说在社会条件远不如今天的古代了,"范钦的继承者们早就预料到这种可能,而且预料藏书楼就会因为这种点滴可能而崩塌,因而已经预防在先"。正因如此,范氏家族才对天一阁制定了不近人情甚至有点极端的族规:"子孙无故开门入阁者,罚不与祭三次;私领亲友入阁及擅开书橱者,罚不与祭一年;擅将藏书借出外房及他姓者,罚不与祭三年,因而典押事故者,除追惩外,永行摒逐,不得与祭。""族规还规定,不管家族繁衍到何等程度,开阁门必得各房同意。"族规之严,一目了然,族规越严,越说明了范家的为难、无奈,为了保护好藏书阁,钱小姐的悲剧正是范氏家族为此付出的牺牲。同时,"遗产分割法"将天一阁变成了必须代代相传的接力比赛,范氏子孙不仅背负着藏书楼的现实负担,而且还默默承受着精神上的苦恼,他们不仅要"诚惶诚恐地维护和保存",还要面对藏书与传播难以调和的艰难选择,"永远地不准登楼,不准看书,这座藏书楼存在于世的意义又何在呢?这个问题,每每使范式家族陷入困惑"。向黄宗羲等寥寥十几位大学者开放,也是"没有办法中的办法"。在乾隆皇帝编纂《四库全书》时,天一阁进呈珍本,藏书与传播的矛盾得到了解决,"家族性的收藏变成了一种行政性的播扬",但随之而来的近代,天一阁惨遭偷盗,书籍被偷被毁,范氏家族为之呕心沥血的藏书楼,被无情、残暴地践踏、摧毁。在作者的笔下,天一阁已不只是一个藏书楼,而是"极端艰难、又极端悲怆的文化奇迹",它的境遇代表了中国古代藏书文化的沧桑流变,"作为一种古典文化事业的象征存在着,让人联想到中国文化保存和流传的艰辛历程,联想到一个古老民族对于文化的渴求是何等悲怆和神圣"。作者身上浓厚的人文精神和文化意识,让他对藏书所代表的传统文化视为最珍贵的精神遗产,对民族文化延续所经历的坎坷艰辛发出了沉重悲悯的感叹,表现了作者深沉而博大的文化情怀。

第二,在《风雨天一阁》中,作为古典文化事业象征的天一阁,高度浓缩了作者对中华民族的文化担忧,承载着作者浓郁的忧患意识。散文一开篇,作者就抒发了对中华民族文明的脆弱和荒芜感到的忧虑,他写道:"野蛮的战火几乎不间断地在焚烧着脆薄的纸页,无边的愚昧更是在时时吞食着易碎的智慧。一个为书写、印书创造好了一切条件的民族竟然不能堂而皇之地拥有和保存很多书，书籍在这块土地上始终是一种珍罕而又陌生的怪物，于是，这个民族的精神天地长期处于散乱状态和自发状态，它常常不知自己从哪里来，到哪里去，自己究竟是谁，要干什么。"随后作者仰天长叹，呼喊道："上天，可怜可怜中国和中国文化吧。"文人对国家、民族文化的期盼和担忧油然而生。在古代社会里，"士"不仅是国家、民族命运的掌握者、担当者，也是精神、文化的创造者、守护者，这使得他们具有与国家、民族紧密相连的担当意识，"先天下之忧而忧，后天下之乐而乐"成为这种担当意识最集中的写照。同时"士"的这种担当意识本身就成为中国民族文化的一部分，甚至是浓墨重彩的一部分。随着社会结构的变革，作为社会阶层的"士"在现代社会已不复存在，但作为文化意义上的"士"仍在历史中延续了下来，"文化散文"的作者虽然是现代社会的学者，但他们大多仍保留和延续着中国传统文人或"士"的精神气质，继承着"忧天下"的担当和忧患意识。出于对国家、民族、社会、文化的担当，作家在创作文化散文时，选择这些具有忧患意识的保家卫国者作为审美对象以表达自我情怀。作品第五节写的就是天一阁的近代遭遇，关于这段历史，文中没有长篇累牍的铺陈，没有浓墨重彩的着色，没有气愤悲慨的议论和抒情，有的只是诸如"这就成了天一阁此后命运的先兆，它现在遇到的问题已不是让某位学者上楼的问题了，竟然是窃贼和偷儿成了它最大对手"，"近代都市的书商用这种办法来侵吞一个古老的藏书楼，我总觉得其中蕴含着某种象征义"，"这当然不是数百年前的范钦先生所能预料的了。他'天一生水'的防火秘咒也终于失效了"这样一种凝重的用笔，作者的情感和内心的忧虑表面平静，心灵的深层却是暗流涌动，波涛翻滚。作者对民族文化的忧患太过于厚重，只能将之融于杜甫式的沉郁顿挫之中。

第三，探寻"文化良知的健全人格"。中国 90 年代的社会转型造成了知识分子的分化，一部分知识分子向西方寻求思想资源，而另一部分将目光转向了中国的传统，通过对历史的回溯和重新审视，以期获得思想和精神价值的来源。文化散文的作家在追寻历史遗迹的过程中，重新挖掘"人文山水"的历史文化内涵，因此，它的书写方式是历史的、民族的。但同时，文化散文的创作主体又毕竟是现代的文人、学者，他们书写历史绝不是为了回到过去，不是为了历史写历史，他们不仅有历史的眼光，也有当代的意识；不仅有对民族的情怀，也有对个体生命的珍视。他们借助于历史文化探求的其实是时代的、当下的文化命题和生命命题，从表面上来看是对历史的书写，但真实的用意却指向了现实，创作者表面上是对古代知识分子群体命运的探索，其内蕴却是与现实承担精神结合在一起的。这在《风雨天一阁》中体现得再明显不过了。作者在文中清晰地讲道："范钦的选择，碰撞到了我近年来特别关心的一个命题：基于健全人格的文化良知，或者倒过来说，基于文化良知的健全人格。"显然，作者写这篇文章的目的就是要探索"基于文化良知的健全人格"这一命题。那么何为"基于文化良知的健全人格"，在文中范氏家族毫无疑问是这一问题的答案。能搜集其他藏书家不甚重视，或无力获得的地方志、正书、实录以及历科试士录、明仕人诗文集，体现了范钦"极高的文化素养，对各种书籍的价值有迅捷的敏感"。天一阁合理的设计和借阅规则，体现了他"清晰的管理头脑"，与丰坊的天真、激动、洒脱，范大澈的意气、虚荣、炫耀相比，他具有"超越意气、超越嗜好、超越才情，也因此超越时间的意志力"。不近人情的"遗产分割"家规，体现了他将自己的意志力变成不可动摇的家族遗传的智慧和决心。以上种种宝贵的性格品质集于范钦一身，共同构成了他的"健全人格"。同时，范钦对文化的重视，他为保存文化而付出的矢志不渝的努力，表明他的"健全人格"是"基于文化良知"的。范钦在历史上是否如此，其实并不重要，重要的是在作家的审美建构下，范钦这一形象已承载了作者主体精神的主观投射，染上了作家鲜明的个性色彩，表达了作家心灵中所积淀的理想人格。与此同时，这种理想的人格，是作家对当今时代、社会、文化、人生等现状的思考和回应，"我们这些人，在生命本质上无疑属于现代文化的创造者"，"我们的文学艺术家什么时候能把范氏家族和其他许多家族数百年来的灵魂史袒示给现代世界？""现代文化的创造者"是作家对自我身份的定位，也清楚地表明了作家的现实意识，正如作者所说："我想用这一切来说一点前人未曾说过的话，造一点只有现代人才会有的思维境界。"如何认识自我，是人类自古以来就追寻的问题，人是什么？人如何看待自己？人的价值何在？人如何发展自己？……"基于文化良知的健全人格"这一命题既是作者对超越历史、地域、文化的"人"本身进行的哲学思索，又是作者在现代社会这一具体语境下对自我人格的理解和期望。

如何阅读文化散文

与那些在安静清幽的书斋中创作出来的散文不同，文化散文往往是在作家的游历过程中完成的。作者在创作散文时，重点是记录旅途经历并抒发感悟，而不是体例上的考究，语言上的雕琢。因此，文化散文的创作很自由，内容多种多样，形式上并无固定的模式和体例，艺术手法上灵活多变，这就使得文化散文看似边界模糊，概念宽泛，形态千差万别，没有统一的标准、范例，但这些不同只是形式上、表面上的，文化散文在内质上存在某种一致的、共同的东西，那就是蕴含在作品中的"人文精神"，因此，领悟和把握作品的人文精神，是阅读、理解文化散文的关键。以《文化苦旅》为例，作者在旅途之中"走一程寄一篇"，每每到一处，有所感悟，便随即写作一篇，最后结集成册。这些内容不同、彼此独立的散文看似毫无联系，但每一篇都包含作者对历史文化和个体生命的思考和感悟，作者的人文精神贯穿其中。在《文化苦旅·自序》中作者写道："我们这些人，为什么稍稍做点学问就变得如此单调窘迫了呢？如果每宗学问的弘扬都要以生命的枯萎为代价，那么世间学问的最终目的又是什么呢？如果辉煌的知识文明总是给人们带来如此沉重的身心负担，那么再过千百年，人类不就要被自己创造的精神成果压得喘不过气来？如果精神的体魄总是矛盾，深邃和青春总是无缘，学识和游戏总是对立，那么何时才能问津人类自古至今一直苦苦企盼的自身健全？""我在这种困惑中迟迟疑疑地站起来，离开案头，换上一身远行的装束，推开了书房的门。走惯了远路的三毛唱道：'远方有多远？请你告诉我！'没有人能告诉我，我悄悄出发了。"作者云游四方，并不是进行消费、休闲意义上的旅游，也不是要对历史遗迹做一番考古性的研究，而是要走出书阁，在与历史文化的相逢中，将学者的思考和文人的感悟融合在一起，打通学问与生命、历史与个人、精神与体魄的阻隔，最终问津和追求人类的"自身健全"。因此，在理解文化散文时，切不可仅仅停留在作品的知识性、故事性上面，要仔细、深入地感悟作品所蕴含的"人文精神"。

如何感悟作品的人文精神呢？在作品中，作家的这种人文精神并不直接地表达出来，而是寄托于经由作者审美重构的象征性意象当中，体会这种象征性意象的内涵,是把握作品人文精神的要领。所谓的意象,是指客观物象经过创作主体独特的情感活动而创造出来的一种艺术形象,是客观形象与主观心灵融合成的带有某种意蕴的东西。在文化散文中,这种意象通常以历史景观和人物为基础,如塔、庙、江南小镇、废墟、文人、名媛等,经过作者主观的想象和情感灌注,成为承载作者思想情感的审美象征。作家在创作之前,这些历史遗迹和人物本身就是一种意象,但它们只是作为感性意象而存在,并不具备作者审美重构后的象征性意义,"作者在运作这些意象时,不仅充分展示了其所选择的感性意象的感性魅力,而且常常或以感性意象衬托象征性意象,或以感性意象推导出象征性意象"。比如《风雨天一阁》,在文本之外,天一阁只是以藏书楼的意象存在着,但在文本中,经过作者对其400多年沧桑际遇的展示,天一阁已经从单纯的藏书楼升华为整个民族的"文化奇迹",象征着中华民族的文化延续以及作者对古代藏书事业的感叹。它的主人范钦也在作者"基于文化良知的健全人格"的命题下,成为作者主体人格的象征。在《文化苦旅》中,这样的象征性意象不胜枚举,《道士塔》中的王道士、《阳关雪》中的王维、《都江堰》中的李冰、《白发苏州》里的苏州……这些生动形象又寓意深刻的象征性意象,是开启文化散文光辉灿烂的人文精神世界的珍贵钥匙。

延伸阅读

1. 参见陈剑晖《中国现当代散文的诗学建构》(江西高校出版社2004年版)第二章中"'真实与虚构'的误区"。

2. 方忠的《当代海峡两岸文化散文整合论》(《文学评论》2004年第4期)对半个世纪以来海峡两岸文化散文进行了整合研究,系统分析了其共同的质的规定性及表现形态的差异性。

思考题

1. 文化散文的创作特征有哪些?

2. 请以余秋雨相关散文作品为例,尝试从文化视角进行细读。

第十三讲

《沉默的大多数》：
沉默——自由思维的荒诞方式

《沉默的大多数》[①] 是王小波杂文集《沉默的大多数》中的一篇。本篇杂文最初发表于 1996 年第 4 期《东方》杂志上。杂文是以议论和批评为主而又具有文学意味的一种文体。分析杂文一是要寻找文章中"议论"和"批评"的内容；二是要寻找文章的"文学意味"。

王小波对自由的阐释

王小波写过一篇散文——《一只特立独行的猪》。这只猪像猫，能跳上串下，于是不在圈里待着，到处游逛。吃饱之后就跳上房顶晒太阳，模仿汽车、拖拉机的叫声，还到邻村去找母猪自由恋爱。这只猪代表了个性和野性，反对规范，无视律令，自由自在，故特立独行。这只猪自由的生活方式正是王小波所追求和向往的。王小波用他的生活和写作实践这种价值，传播这种价值。

自由，包括思维的自由和行动的自由，成为王小波思想的本质。正如李银河所说，人们喜欢王小波，首先是喜欢他的自由精神。李银河认为，王小波一生酷爱自由，不懈地追求自由的价值、自由的写作和自由的生活方式，对王小波而言，自由是一个最美好的词，一个最美好的价值。

[①] 本文有关《沉默的大多数》的引文均出自《王小波全集》第 1 卷，重庆出版社 2009 年版。

从表面上看，王小波的杂文随笔有的天马行空，有的激情浪漫，有的语言犀利、行文幽默，从社会批判到文化论争，从写作自由到文学评论，从日常生活到传媒艺术……洋洋洒洒，论域广阔，蔚为大观。但透过这些表象，王小波杂文中最珍贵的东西，就是对自由的追求。不论其杂文所涉及的现象有多"杂"，但其思想是唯一的——阐释自由。

（一）思维的自由

王小波认为，人活在世上，自然会形成某种信念即观念。从本体来看，不应该将自身或社会的既成观念强加于他人。从客体来讲，不应该不加思索地接受他人已经形成的观念，这样将会失去思维的乐趣。

王小波揭示了我们生活中两个习焉不察的现象：

第一个现象：权力的罪孽不在遥不可及的宏大方面，而在对每个人的自由创造力的无形戕害方面。权利即话语，有了权利，就能营造一种意识形态，"营造意识形态则是灭绝思想的丰饶"，"没有思想人就要死"[1]。意识形态的营造者不仅仅是当权者，还包括所谓的人文知识分子，"中国的人文知识分子，有种以天下为己任的使命感，总觉得自己该搞出些老百姓当信仰的东西"，这样一来，就有一点要命的东西："你自己也是老百姓；所以弄得不好，就会自己屙屎自己吃。中国的知识分子在这一节上从来就不明白，所以常常会害到自己。"[2] 20世纪90年代，中国出现过一次较为热烈的"人文精神大讨论"。在这次讨论中，知识分子话语凸显出权威欲和泛道德化倾向，针对这种现象，王小波提出知识分子的职责是"面向未来，取得成就"，而不是成为辅助权力统治、营造精神牢笼、专事道德判断的"哲人王"。"在我看来，知识分子可以干两件事：其一，创造精神财富；其二，不让别人创造精神财富。中国知识分子后一样向来比较出色，我倒希望大伙在前一样上也较出色。'重建精神结构'是好事，可别建出个大笼子把大家关进去，再造出些大棍子，把大家揍一顿。"[3] 对知识分子的看法表征出王小波对个人理性的信赖和对教条灌输的拒绝。当然，王

---

[1] 《王小波全集》第1卷，重庆出版社2009年版，第39页。
[2] 同上书，第39—40页。
[3] 同上书，第69页。

小波也指出，如果现实社会中存在压抑精神自由的反智权力者，那么，多数知识分子为了保全自身会变成"哲人王"的。但"只要你不怕做烤肉，就没有什么阻止你说俏皮话"，王小波如此含蓄地表达了他的个人信念，表达了一个才智之士对人类精神事业的生死相许。

第二个现象：善良人的罪孽。王小波认为，剥夺个人思维的创造性，让人全盘接受他人或社会既成的思想，无异于让人变得愚蠢，愚蠢是一种极大的痛苦；降低人类的智能，乃是一种最大的罪孽。而以愚蠢教人，则是善良的人所能犯下的最严重的罪孽。从这个意义上，王小波提醒我们要警惕善良之人，假设被大奸大恶之徒所骗，心理还能平衡；而被善良的低智人所骗，就不能原谅自己了。王小波反对高高在上的说教者和道德至上者。罗素和苏格拉底分别说过两句话。罗素先生说，虽然有科学上的种种成就，但我们所知甚少，尤其是面对无限广阔的未知，简直可以说是无知的。苏格拉底说，我只知道自己一无所知。两相比较，王小波说他更相信苏格拉底的话，苏格拉底的这句话说得更加彻底，因为"只有那些知道自己智慧一文不值的人，才是最有智慧的人"[1]，那种总以为自己有了一种超级的知识，博学得够够的，聪明得够够的，甚至巴不得要傻一些的人除了教育别人，简直就无事可干。

个人的独特性连接着个人和宇宙、有限与无限、虚空与意义，吞噬它，等于吞噬掉人之为人的根本理由。"我认为，一个人快乐或悲伤，只要不是装出来的，就必有其道理。你可以去分享他的快乐，同情他的悲伤，却不可以命令他怎样怎样，因为这是违背人类的天性的。"[2] 因而，成为思维的精英比成为道德的精英要好。王小波本人践行这一观点，他最大的乐趣就是自由的思想。在农村插队期间，他有很多的不适，吃不饱，水土不服，生病，但这些都不是他的最大痛苦，他最大的痛苦是没书看和得不到自由思维的乐趣。看书也是为了让自己有自由思维的材料，所以归根结底他最大的痛苦只有一个——不能自由的思维。"我相信这不是我一个人的经历：傍晚时分，你坐在屋檐下，看着天慢慢地黑下去，心里寂寞而凄凉，感到自己的生命被剥夺了。当时我是个年轻人，但我害怕这样生

---

[1] 《王小波全集》第1卷，重庆出版社2009年版，第106页。
[2] 同上书，第52页。

活下去，衰老下去。在我看来，这是比死亡更可怕的事。""人该是自己生活的主宰，不是别人手里的行货。假如连这一点都不懂，他就是行尸走肉，而行尸走肉是不配谈论科学的。"①"不断地学习和追求，这可是人生在世最有趣的事啊，要把这件趣事从生活中去掉，倒不如把我给阉了……你有种美好的信念，我很尊重，但要硬塞给我，我就不那么乐意了。"②

所谓自由的思维，就是不受他人思想的限制，有自己的思考，那种思维才是快乐的。在他插队的地方，有军代表管着他们，这些军代表在王小波一生里，再没有谁比他们使他更加痛苦了。因为这些军代表认为，所谓思维的乐趣，就是一天24小时都用毛泽东思想来占领，早上早请示，晚上晚汇报，假如王小波和他的朋友们看书被军代表看到了，就是一场灾难，甚至"著迅鲁"的书也不成。这些军代表想将一切观念从王小波他们的头脑里删除，只剩下一本270页的小红书。王小波曾说："我不认为自己能够在一些宗教仪式中得到思想的乐趣，所以一直郁郁寡欢。"③ 为什么在宗教仪式中不能得到思想的乐趣，因为宗教是规范人的思想的说教，不会给人以自由的思维。假如把知识压缩成药丸灌进人的大脑，就失去了乐趣。人既然活着，就有权保证他思想的连续性，到死方休。假如他全盘接受，无异于请那些善良的思想母鸡到王小波脑子里下蛋，王小波总不肯相信，自己的脖子上方，原来是长了一座鸡窝。王小波不无诙谐地说："假设历史上曾有一位大智者，一下发现了一切新奇、一切有趣，发现了终极真理，根绝了一切发现的可能性，我就情愿到该智者以前的年代去生活。这是因为，假如这种终极真理已经被发现，人类所能做的事就只剩下了依据这种真理来做价值判断。"④ 他不喜欢这样的生活。

自由思维的结果是各种观念参差不齐。王小波最赞成罗素先生的一句话："须知参差多态，乃是幸福的本源。"罗素先生的这句话因王小波的喜欢而备受中国人喜欢。王小波认为，人最大的痛苦莫过于总有人想要用种种理由消灭幸福所需要的参差多态。他认为，大多数的参差多态都是敏于

---

① 《王小波全集》第1卷，重庆出版社2009年版，第91页。
② 同上书，第42页。
③ 《沉默的大多数》，译林出版社2012年版，第13页。
④ 《王小波全集》第1卷，重庆出版社2009年版，第54页。

思索的人创造出来的。

　　当然，王小波也指出，自由的思维并不是胡思乱想，而是应该思考一些新奇而有趣的东西。"胡思乱想并不有趣，有趣是有道理而且新奇。在我们生活的这个世界上，最大的不幸就是有些人完全拒绝新奇"。[1] 王小波很疑惑，为什么我们这个世界上有那么多人仇恨新奇，仇恨有趣。

　　王小波在《思维的乐趣》中认为，自由思维对于每个人都是可能的，一是因为真理无终极；二是因为自由思想就是做一种价值判断，而在人类的一切智力活动中，没有比作价值判断更简单的事了。

（二）行为方式的自由

　　王小波的生存方式是特行的，正如他所说："我的行为是不能解释的。"[2]

　　"文化大革命"时期，王小波曾豪情万丈，"到上山下乡风潮哄起，他竟自愿报名到最远的西双版纳兵团，甚至不顾劝阻，写下了'青山处处埋忠骨'之悲壮诗句"[3]。20世纪70年代中期回北京，他被安排到一家街道工厂当工人。1978年参加高考，王小波考取了中国人民大学贸易经济系商品学专业，1982年大学毕业留校任教。两年后，他又去美国匹兹堡大学，在东亚研究中心做研究生，1986年获得硕士学位。1988年回国，任北京大学社会学所讲师。上述经历都不足以证明王小波的"特行"。王小波的特行是从1992年辞去中国人民大学的教师职位，成为自由撰稿人开始的。

　　1992年，中国人是多么向往、企盼着体制内的工作，多少中国人为了一个"铁饭碗"而绞尽脑汁。而王小波则认为，不算多的体制内工作也是他自由思想的累赘，毅然决定跳出"学院官方体制"。李银河回忆王小波当时的辞职感受："小波作了自由人后的感觉非常强烈，就是觉得太好了，是那种自由了的感觉。他想干什么就干什么，用不着按点上班，用不着去处

---

[1] 王小波：《沉默的大多数》，译林出版社2012年版，第15—16页。
[2] 王小波：《我为什么要写作》，《香港文学》1994年第111期。
[3] 艾晓明、李银河：《浪漫骑士——记忆王小波》，中国青年出版社1997年版，第23页。

理人事关系的。"[1] 放弃体制内的工作,蕴含着一种抗拒"设置"、"平庸"生活的精神诉求,"从某种意义上说,王小波的魅力之一,来自于他断然拒绝了二十世纪的知识分子无可逃脱的'宿命'"[2]。因为王小波不在体制内,因为王小波是自由写作,因而他的创作更具有颠覆性和挑战性。

对创作的选择也体现出王小波行为的自由。王小波的父亲不让他的几个孩子学文科,因为在孩子们成长的时代里,老舍跳了太平湖,胡风关了监狱,王实味被枪毙了,以前还有金圣叹砍脑壳等事例。但当王小波在不惑之年终于明白,自己最适合做的事就是躲在家里写文章之后,他就违背父意,走上了创作的不归之路。"这一方面是因为性情不大合群,另一方面是我始终向往乐观、积极的东西。"[3] 王小波将自己的创作称为减熵过程。热力学上把趋利避害的自发现象叫作熵增现象,王小波将趋害避利称为减熵过程。王小波之所以将自己的创作称为减熵过程,一是因为他走上文坛的年代正是经商热的年代,写作不能赚钱。二是即使写作也应该写畅销小说、爱情小诗等热门东西,这些才是熵增现象。"我写的东西一点不热门,不但挣不了钱,有时还要倒贴一些。严肃作家的'严肃'二字,就该做如此理解。据我所知,这世界上有名的严肃作家,大多是凑合过日子,没名的大概连凑合也算不上。这样说明了以后,大家都能明白我确实在一个减熵过程中。"[4] 违背家训,不能挣钱,就因为"我相信我自己有文学才能,我应该做这件事"[5]。丢掉多数人羡慕的"铁饭碗",放弃稳定的收入,坚持当没有单位、没有名分、没有工资的"三无"人员,不可不谓生存方式特行。

自由的思想,自由的行为,特立独行让王小波在凡俗生活之外拥有一个诗意的世界。他拥有的自由让他最具判断力,同时也让他最具创造力。他拥有的自由,让他既享受到了思维的乐趣,拥抱了理性与常识,又让他跟随灵魂自由飞舞。

---

[1] 同上书,第 21 页。
[2] 戴锦华:《智者戏谑——阅读王小波》,《当代作家评论》1998 年第 2 期。
[3] 王小波:《沉默的大多数》,译林出版社 2012 年版,第 45 页。
[4] 王小波:《我为什么要写作》,《香港文学》1994 年第 111 期。
[5] 同上。

特殊时代自由的特殊形式

《沉默的大多数》是王小波自由思想的一个发挥，文本重点探讨的是，在一个不太正常的时代，自由将会以何种方式出现的问题。

《沉默的大多数》开篇写的是君特·格拉斯 1959 年创作的惊世之作"但泽三部曲"的第一部——《铁皮鼓》。在《铁皮鼓》中格拉斯塑造了一个集怪诞和真实于一身的独特人物形象奥斯卡。奥斯卡由于看穿了成人世界的愚蠢和虚伪，遂决定在 3 岁生日的时候，自导自演，使自己身体不再长高，也就是让自己不成长为成人。奥斯卡之所以拒绝长大，是因为成人世界太荒谬。拒绝长大就是拒绝和抗议他所在的社会和所在的时代。这是奥斯卡抗拒社会的一大法宝。奥斯卡抗拒社会的第二大法宝是和他 3 岁生日时得的礼物——铁皮鼓形影不离，谁尝试从他手里拿走铁皮鼓，他就会发出尖叫，而这叫声能够使玻璃破碎。接着，王小波写了苏联大作曲家肖斯塔科维奇。肖斯塔科维奇在 20 世纪 30 年代的很长一段时间里只写音乐，一声不吭，因为"那段时间有好多人忽然不见了"。这里包含一段苏联的史事。20 世纪 30 年代的苏联正值斯大林执政时期。斯大林为了逐步提高自己的执政威望，稳固苏联政局，进行了一系列的改革，其中包括肃清国内反共势力。这次运动先后对"托洛茨基—季诺维也夫反苏联合中心"的首领进行公开审判并判处死刑，惩办一批各级党政领导干部。此外还对军队进行清洗，逮捕和处决了一批军事将领。较多的人因被指控为"人民的敌人"而遭到逮捕，其中一部分人被处决。文学界也受到这场运动的冲击，苏联第一次作家代表大会选出的理事会成员和出席大会的代表中，有部分人遭到惩办。历史证明，这些人多数都是冤魂。为了保存自己，肖斯塔科维奇只能选择沉默。这两个故事有两个点相似之处：奥斯卡和肖斯塔科维奇当时生活的环境都属于非正常状态；面对非正常状态的外在世界，他们都采取了非正常的抗拒方式——一个不让自己长大，一个不让自己说话。这些抗拒方式虽则荒谬，但实则有效。奥斯卡以孩童的形体掩饰自己，迷惑他人，使自己不受限制地游走在他所在的社会，不受干扰，为所欲为，成功地观察成人世界。肖斯塔科维奇利用沉默，终于没让自己莫名地消失。

第十三讲 《沉默的大多数》:沉默——自由思维的荒诞方式

由奥斯卡和肖斯塔科维奇的故事王小波引申出自己的观点:当一个人处在一个非正常状态的环境时,自由思维和权力压制处于紧张的对峙关系中,要想保持自己的自由,只能采取一种怪诞的、另类的方式,而且,这种看似荒诞的方式是获得自由的行之有效的途径。王小波在非正常状态的环境中,采取的另类方式就是沉默,所以王小波说"沉默是一种生活方式"。

之所以采取沉默这种生存方式,是因为生活在一个非正常状态的时代。对于时代的非正常状态王小波举出两个事实:炼钢和产粮。那个时代要求全民炼钢,于是在土平炉上装上一台小鼓风机就当作炼钢炉,"炼出的东西是一团团火红的粘在一起的锅片子,看起来是牛屎的样子。有一位手持钢钎的叔叔说,这就是钢。那一年我只有六岁,以后有好长一段时间,一听到'钢铁'这个词,我就会想到牛屎"。那个时代还是一个一亩地可以产15万公斤粮食,然而全中国人却饿得要死的时代。

王小波揭示了沉默的本质是保持自由的思维。在一个非理性的时代,权力即话语,没有掌握住权力,就意味着失去了话语权。"这些事使我想到了福柯先生的话:话语即权力。这话应该倒过来说:权力即话语。"如何理解"权力即话语"?王小波打了一个比方,比如一个人将自行车放在你门口的楼道上,你要找他论理,就算这个人修养极好,他也会骂你"事儿",如果你是女的,他会骂你"事儿妈"。如果你带上红袖套去找他,他就能将自行车移走,因为红袖套意味着你有权力。拥有权力就拥有话语权。没有话语权,就只能保持沉默,然后采用极端的、另类的方式,当然只能悄然进行,比如悄无声息地将他轮胎里的气放掉或者将轮胎戳个小洞。语言一经使用就变成话语,虽然话语出自于语言,但它已远远超出语言的范畴,成为最根本的社会文化问题。海德格尔在《存在与时间》一书中指出,语言一旦成为"话语",它就是一种"存在",一种与这个世界上的其他一切"存在"具有同样性质的"存在"。作为一种"存在",变成为"话语"的语言,就具有自身的运作逻辑,具有专制的性质,具有客观而强大的实际力量,甚至可以强暴听者。在这个意义上,话语就是一种语言暴力,使用这个暴力武器的主体就是权力。既然如此,我们没有权力,不能使用话语强暴他人,同时又要让自己能自由思维,就只能被动选择沉默,尽管沉默这种行为方式不合常理、很怪诞。

王小波探讨了沉默的两种方式——消极的沉默和积极的沉默。消极的沉默是在沉默中无所作为，在沉默中灭亡。积极的沉默是在沉默中保持自己的自由思想，即保持自我明辨是非的能力，等待时机在沉默中爆发。王小波主张的沉默是积极的沉默。"这个世界上有个很大的误会，那就是以为人的种种想法都是由话语教出来的。假设如此，话语就是思维的样板。我说它是个误会，是因为世界还有阴的一面。除此之外，同样的话语也可能教出些很不同的想法。""话语教给我们很多，但善恶还是可以自明。话语想要教给我们，人与人生来就不平等。在人间，尊卑有序是永恒的真理，但你也可以不听。"王小波告诉我们，无论个体身处的外在环境如何荒谬残酷，个人都需对自己的行为负责，个体都应该能抵御"话语权"的诱惑，应该有自己的思维，这是人之为人的底线，绝不能把责任推卸给"那个时代"。在他人安排的生活中，不能失去独立的思考和灵魂。在生活的磨难之中，不能灭失掉人性中那些美好的东西——正义与善良。王小波说，假如他完全相信话语教给他的诸如横扫一切牛鬼蛇神，把"文化大革命"进行到底等观念，那他就将失去人性。

王小波接着探讨了沉默的结果。王小波发现，个体身处不正常的年代，沉默能让人学到更多的东西。王小波从沉默中学会了冷静和思考，从沉默中知道了人性，"我说到这件事，是想说明我自己曾在沉默中学到了一点东西。你可以说，这些东西还不够，但这些东西是好的，虽然学到它的方式不值得推广"。在一个没有理性的时代，"话语"太多的人往往是不理性的，是缺乏思考和常识的人，"主要的原因是进了那个圈子就要说那种话，甚至要以那种话来思索，我觉得不够有意思。据我所知，那个圈子里常常犯着贫乏症"。身处"沉默"才能够不"进了那个圈子就要说那种话"，才能摆脱必须用圈子内的话来思索的窘境。沉默造就冷静、理性、睿智的人，沉默还给人自由。

为何那个时代的大多数都处于"沉默"状态？中国传统的伦理道德让大多数人默默无闻地接受教育，大多数人被训练成了沉默者，即便有自己的思想，也从来不敢表达。王小波借大多数的沉默批判权力对人自由话语的钳制。文章强调的"权力即话语"包含了这一思想。另外，从王小波的杂文集《沉默的大多数》的序中，也可以看出这种思想，"既然精神原子

第十三讲 《沉默的大多数》：沉默——自由思维的荒诞方式 / 173

弹在一颗又一颗地炸着，哪里有我们说话的份？"① 由于我国经历了一个特殊年代，是一个话语权力稀缺的现代社会，因而中国在一个喧嚣的话语圈下面，始终有个沉默的大多数。沉默的大多数就是弱势群体，弱势群体"就是有些话没有说出来的人。就是因为这些话没有说出来，所以很多人以为他们不存在或都很遥远"。依据上述分析，大多数的沉默是因为受到了权力的钳制。那么如何理解文章中的这段话："有些人没能力，或者没有机会说话；还有人有些隐情不便说话；还有一些人，因为种种原因，对于话语的世界有某种厌恶之情。"我们认为，虽然这里王小波指出了大多数人沉默的多种原因，但无论是没能力、没机会，还是有隐情、有厌恶之情，归根结底都与权力对自由话语的钳制有关。

在这些沉默的大多数中，个别业已走出沉默，如王小波之辈，"但我辈现在开始说话，以前说过的一切和我们都无关系——总而言之，是个一刀两断的意思。千里之行始于足下，中国要有自由派，就从我辈开始"。而更多的依然保持着沉默。王小波对这些沉默的大多数心怀敬意，为什么王小波对这些沉默的大多数心怀敬意？这一点应该结合前面沉默的方式、沉默的可行性来看。王小波看到，如果一个人选择积极的沉默，在沉默中可以学到许多理性的东西。王小波所说的沉默的大多数就是那些积极的沉默者，他们也是清醒的大多数，因而王小波提议"让我们来检查一下自己，看看傻不傻，疯不疯？有各种各样的镜子可供检查自己之用：中国的传统是一面镜子，外国文化是另一面镜子。还有一面更大的镜子，就在我们身边，那就是沉默的大多数"。

《沉默的大多数》以"沉默"为话题，通过为什么要沉默、沉默的本质、沉默的方式和沉默的结果，来进一步高扬他的自由思想，探索在压抑的权力制度下，人的自由的可能性到底有多大，人对自由追求的方式及其后果。

杂文是伴随着《新青年》杂志的"随感录"栏目而诞生的，从一开始就担负着针砭时弊、干预社会、关切民生的重任。从杂文的社会功效来看，王小波的杂文对当代杂文的贡献在于：他把杂文从社会政治领域引入社会伦理论域，把政治判断转换为伦理判断，由此突破了社会政治探讨的

---

① 王小波：《沉默的大多数》，译林出版社2012年版，第2页。

单一向度，显示出一个启蒙主义者的多元立场。

自由的审美追求：有趣

王小波用"有趣"概括杂文的文学性。他在很多文章中都谈到"有趣"：

> 这本书里将要谈到的是有趣，其实每一本书都应该有趣。对于一些书来说，有趣是它存在的理由；对于另一些书来说，有趣是它应达到的标准。①

> 看过但丁《神曲》的人就会知道，对人来说，刀山剑树火海油锅都不算严酷，最严酷的是寒冰地狱，把人冻在那里一动都不能动。假如一个社会的宗旨就是反对有趣，那它比寒冰地狱又有不如。②

> 真正的主题，还是对人的生存状态的反思。其中最主要的一个逻辑是：我们的生活有这么多的障碍，真他妈的有意思。这种逻辑就叫做黑色幽默。我觉得黑色幽默是我的气质，是天生的。我小说里的人也总是在笑，从来就不哭，我以为这样比较有趣。喜欢我小说的人总说，从头笑到尾，觉得很有趣等等。③

王小波坚信文学的一个使命就是制止整个社会变得无趣。既然这世界上有趣的书是有限的，他决定自己试着写几本有趣的。带给无趣的世界以有趣，带给无智的世界以智慧，这是王小波自由思想在审美性上的体现。本篇杂文很好地体现了王小波的"有趣"思想。本篇杂文的"有趣"体现在以喜剧精神和幽默口吻述说人类生存状况中怪诞奇绝的荒谬故事。比如关于中国大炼钢铁的那一段：

---

① 王小波：《红拂夜奔》，上海锦绣文章出版社 2008 年版，第 1 页。
② 王小波：《我的精神家园》，文化艺术出版社 1997 年版，第 2 页。
③ 王小波：《从〈黄金时代〉谈小说艺术》，《出版广角》1997 年第 5 期。

第十三讲 《沉默的大多数》：沉默——自由思维的荒诞方式

  一般人从七岁开始走进教室，开始接受话语的熏陶。我觉得自己还要早些，因为从我记事时开始，外面总是装着高音喇叭，没黑没夜地乱嚷嚷。从这些话里我知道了土平炉可以炼钢，这种东西和做饭的灶相仿，装了一台小鼓风机，嗡嗡地响着，好像一窝飞行的屎壳郎。炼出的东西是一团团火红的粘在一起的锅片子，看起来是牛屎的样子。有一位手持钢钎的叔叔说，这就是钢。那一年我只有六岁，以后有好长一段时间，一听到"钢铁"这个词，我就会想到牛屎。

  全民炼钢本身是一件很荒唐的事情，然而，全民却以一种严肃认真的态度对待这起荒唐的事情，就更为荒唐了。而王小波又以一种漫不经心的态度来消解它，这就成为非常巧妙的幽默，一种智者的幽默，这也是一种更为巧妙的反抗。云南老乡骂知青的"哇！不行啦！思想啦！斗私批修啦"也属此例。王小波就是这样以一种幽默精神对抗荒谬。面对生存的悲剧时代，王小波不是以谦卑的行为跪地仰视着控诉它，而是以自尊的姿态站直身体，嘲笑地俯视着它，通过笑声毁灭丑恶的、非人性的、无价值的东西。同时，怪诞奇绝的幽默故事包含着王小波严肃的认知态度，读者在笑声的背后品味着冷峻与沉痛。又因是对现实的如实叙写而具有很强的朴素性、真实性和可感性。

  用戏谑的口吻，以儿童游戏的审美态度，对本来就荒谬的历史进行夸张的大肆铺染，比如写两个大学生打架之后的场景：

  至于队伍的后半部分，是一帮像我这么大的男孩子，一个个也是双唇紧闭，一声不吭，但唇边没有血迹，阴魂不散地跟在后面。有几个想把他们拦住，但是不成功，你把正面拦住，他们就从侧面绕过去，但保持着一声不吭的态度。

  对于耳朵的消失，王小波更是充分发挥了夸张的想象：

  不会在别的地方，只能在打人的学生嘴里，假如他还没把它吃下去的话；因为此君不但脾气暴躁，急了的时候还会咬人，而且咬了不止一次了。我急于交代这件事的要点，忽略了一些细节，比方说，受伤的学生曾经惨叫了一声，别人就闻声而来，使打人者没有机会把耳朵吐出来藏起来，等等。总之，此君现在只有两个选择，或是在大庭广众之中把耳朵吐出来，证明自己的品行恶劣，或者把它吞下去。

从文章前后的交代来看，王小波与咬耳朵者素昧平生，王小波不可能知道咬耳朵者"脾气暴躁"，"而且咬了不止一次了"，显然，这是王小波的想象。对跟在打人者后面的那群仿佛犯了集体性癔症的队伍的描写，更是一种夸张。经过王小波顽童式的想象、夸张，这个可能确实发生过的事件转化为一个童话和寓言的事件，顽皮的小说笔法与简朴的史事描绘交互穿插，王小波在妙趣横生的描写中消解那一段荒诞的历史。

使用戏谑挑战神圣、崇高，嘲弄"革命时代"：

从我懂事的年龄起，就常听人们说：我们这一代，生于一个神圣的时代，多么幸福，而且肩负着解放天下三分之二受苦人的神圣使命，等等。同年龄的人听了都很振奋，很爱听，但我总有点疑问，这么多美事怎么都叫我赶上了。

对于天下三分之二的受苦人，我是这么想的：与其大呼小叫说要去解放他们、让人家苦等，倒不如一声不吭，忽然有一天把他们解放，给他们一个意外惊喜。

天下三分之二的受苦人都等着中国人去解放，这显然不符合实际，王小波明明是对革命时代夸张话语的质疑，却偏偏用戏谑的笔调"这么多美事怎么都叫我赶上了"加以表达。再如，王小波说他一改过去的沉默，"参加会议时也会发言，有时也写点稿。对这种改变我有种强烈的感受，有如丧失了童贞"，挤进话语圈子，本是一件严肃的事情，王小波却将它与丧失了童贞相联系。

此外，王小波还使用自嘲似的笔调，比如借吃铅笔进行自嘲。

传统的幽默，色调比较明朗。出现于20世纪60年代的黑色幽默比传统幽默更残酷，对比更鲜明，它包含更多的玩世不恭，表现了对现实生活的愤恨和对现存社会的绝望。王小波杂文中的幽默与上述两种幽默都不一样，他往往从某个荒诞的人生经历或历史事实入手，以夸张、想象、戏谑等手法营造诗性的世界，在诗性的世界中层层解析其中的荒谬滑稽，这种幽默属于智性幽默，它构成了王小波评判人生、批判时代的特殊方式。当然，有时，他文字中过多的调侃也会对思想的深度产生一定的消解作用。

四　余论：从杂文看王小波

王小波在中国当代文坛无疑是一个例外，生前默默无闻，死后大红大紫。王小波进行文学创作并非科班出身，也非作协会员，作品也没能进入既存评价体系。但是，从20世纪90年代至今，王小波的事业虽然终止，然而影响犹存，而且持续发酵。"体制外写手"、"文坛外高手"，这些雅号已经彰显出他的特殊性和人们对他的肯定。王小波一生主要创作小说，杂文数目并不多，王小波自己认为，他以写小说为主业，但有时也写些杂文来表明自己对世事的态度。他认为，作为一个寻常人，他的看法也许不值得别人重视，但对自己却很重要。这说明了他有自己的好恶、爱憎等。"表明自己对世事的态度"足以说明王小波想借杂文宣泄自己的思想。杂文既是王小波参与生活的方式，也是王小波创作小说的思想基础。研究王小波不能不重视王小波的杂文，从杂文足以把握王小波的主要思想。

延伸阅读

1. 韩袁红编：《王小波研究资料》（上、下册，人民出版社2009年版）。本书较为系统地收集了王小波的各种研究资料，对于了解王小波的生平与创作有较大帮助。

2. 艾晓明、李银河：《浪漫骑士——记忆王小波》（中国青年出版社1997年版）。本书收集了王小波的亲人、朋友等对王小波的回忆性文章，比如刘心武的《寄往仙界》、林白的《我与王小波》、李大为的《祭王小波》等，可以从多种角度深入了解王小波。

思考题

1. 怎样认识王小波的自由主义思想？
2. 《沉默的大多数》的"文学意味"体现在哪些方面？
3. 你怎样看待大多数的沉默？

第十四讲

《一个人的村庄》：
生态存在论与自然人

  对刘亮程的解读存在着一种罕见的评价差距，赞之者誉其为"乡村哲学家"、①"九十年代最后一位散文家"②，而毁之者则视其为"虚假乡村情感的包装"、③"矫情时代的散文秀"④，极端者甚至称"他对边缘角色虚假的自我认同与夸张演绎仅仅是他谋取现代性合法身份的一种叙述模式和写作策略。……刘亮程的逃遁意识和偏执心理暴露了他人文精神的阳痿和文化选择的迷惘"。"美女们兜售的是乳罩和内裤，刘亮程兜售的却是牛粪和麦子。"⑤ 在这种对乡村高贵情感与古典式生存的隔膜以及近乎谩骂的苛责中，呈现的活脱脱是现代炒作迷狂下的以己度人，是"现代性"、排他性下的气急败坏、现代性思想盖世太保的暴力与专横。但无论如何，这也足以构成一个值得探究的现象，即对于现代城市文化可以批判吗？对于现代性神话可以批判吗？以乡村为代表的前现代性生活方式是否就是反现代

---

  ① 牧歌：《乡村"哲学家"刘亮程》，塞妮亚编：《乡村哲学的神话》，新疆人民出版社2002年版，第68页。
  ② 林贤治：《九十年代最后一位散文家》，塞妮亚编：《乡村哲学的神话》，新疆人民出版社2002年版，第55页。
  ③ 刘绪义：《虚假乡村情感的包装》，塞妮亚编：《乡村哲学的神话》，新疆人民出版社2002年版，第9页。
  ④ 网上人：《刘亮程：矫情时代的散文秀》，塞妮亚编：《乡村哲学的神话》，新疆人民出版社2002年版，第14页。陈枫：《矫情时代的散文秀——对刘亮程散文的另一种解读》，《社会科学论坛》（学术研究卷）2007年第1期。
  ⑤ 陈枫：《矫情时代的散文秀——对刘亮程散文的另一种解读》，《社会科学论坛》（学术研究卷）2007年第1期。

性，就是退步，就是与现代性的不兼容？解开此类问题，既是对刘亮程的理解，也是对于当代现代性文化困境疗救之途的探究。

生态美学观的提出

在当代文坛上，刘亮程的出现堪称一个异端、一个奇迹，但事实上，放眼世界文化，在现代性进程中，类似于刘亮程"一个人的村庄"类型的文化选择并非绝无仅有，相反，倒也可梳理出一个谱系来。早在卢梭1749年《科学和艺术的进步究竟会败坏还是净化社会风尚》的征文中即已开始了对纯自然状态的讴歌、对于进步和文明的批判，其后《论人类不平等的起源和基础》《爱弥儿》等对于自然的推崇以及他个人亲近自然的生活方式更加鲜明，他那《一个孤独的散步者的遐想》便营构了一个个人的典型的诗意栖居的美学领地，而他也为此遭到了暴烈的谩骂与迫害。与之相悖的是，卢梭既被视作一个反文明论者，又是启蒙运动的主将之一、开创现代性政治文化的奠基人之一。这种百科全书式的成就也使对卢梭文化意义的解读陷入混乱，在平民思想家、启蒙思想家之后，在20世纪中后期的现代性批判中，他又获得了新的诠释，被视作伟大的生态思想家。随后是19世纪梭罗的《瓦尔登湖》。同很多哲人一样，梭罗同样生前寂寥，而在20世纪后期兴起的生态文化中被视作"浪漫主义时代最伟大的生态作家"、"绿色圣徒"[1]，其《瓦尔登湖》也被尊称为"绿色《圣经》"[2]。而在20世纪，利奥波德的《沙乡年鉴》同样以万物有灵、亲近自然的感悟方式营构了"沙乡"这样一片诗意栖居的园地，而利奥波德也因此由早期的"保护运动的先知"变为以其"大地伦理"所标志的生态思想家、"美国新环境理论的创始者"[3]。

提及以上三大家，自然是有扯大旗作虎皮的意思。因为从这些先例中均可以看到对于乡村诗性生存方式的当世敌意和后世推崇，可以看到乡村

---

[1] 王诺：《欧美生态文学》，北京大学出版社2003年版，第107页。

[2] Lawrence Buell, *Writting for an Endangered World: Literature, Culture, and Environment in the U.S. and Beyond* (The Belknap Press of Harvard University, 2001), p. 7.

[3] 侯文蕙：《利奥波德和〈沙乡年鉴〉》，[美] 奥尔多·利奥波德：《沙乡年鉴》，侯文蕙译，吉林人民出版社1997年版，第226页。

诗性生存方式对于现代性文明的批判和疗救意义。从论辩的功利角度说，对于挥向刘亮程的现代性大棒，或许以他们所推崇膜拜的西方现代文化资源能更有效地提醒他们，这算得上以简单对简单，以暴制暴了——想想你们祖师爷那里的情形吧。既然乡村生活的诗意栖居、对现代文明的批判抵触是刘亮程与以上三圣的共同之处，以对西方话语的套用亦可解释刘亮程作品，那为什么又说是"扯大旗作虎皮"呢？很简单，因为无证据支撑刘亮程的思想资源便来自于此西方三圣，恰恰相反，倒是有显著的证据说明其来自于中国传统的道禅文化资源。于是乎，一个有意思的问题便产生了，刘氏与前三圣是异质而又同质，殊途而又同归，这对于中国历来的西化病、失语症显示出一个极好的疗救机缘，对于生态思想的中国资源，西方人尚且视若至宝，而我们又何必要舍近求远、舍己求人呢？这里显示的是生态观中国建构的良好机缘，是中国思想界打自己的旗、说自己的话、求诸己的难得机缘。在学术界，曾繁仁先生已经以对生态存在论美学的建构而企图举起生态美学的"中国学派"大旗，[1] 但苦于缺少现实的实例支撑，而对刘亮程的解读正可以互为印证。

　　正是在对西方现代性文化的反思中，生态主义作为西方工业文明高度发展的危机产物得以兴起，其背景是工具理性对价值理性的颠覆，而生态主义正是要由物竞天择的进化论走向人与自然生态和谐的生态论，由工业社会的人与自然的分离、天人相抗而发展起来的人定胜天走向理性调谐下的人与自然的和谐共生。在生态主义产生的这个背景下，我们看到关注现代化历程是十分关键和必要的，因为这种生态主义固然与传统农业文明中的天人合一、敬天畏人等有着诸多相似之处，但两者毕竟还是有着本质区别的。西方生态哲学之所以将脱困的目光投向中国传统的道家哲学，是因为他们深知，西方主导的现代性理论的根基乃主客二分、以欲望为驱动市场的上帝之手，这样发展而来的掠夺与消费极致从反面催生了建构生态哲学的必要性，但改弦更张的建构已非其能，故而生态哲学只能寄望于异质的中国、东方传统哲学观的建构体系。但这种青睐并不能从根本上改变西学为体、中学为用的基本强势格局。中国传统儒道哲学是产生于农业文明

---

[1] 曾繁仁：《生态存在论美学论稿》，吉林人民出版社 2003 年版；《生态美学导论》，商务印书馆 2010 年版。

的初级阶段的，故而所见的外在世界、所思的世界体系均是较为原始的"小国寡民"等，并未面对人的理性发达的现代化的巨大威力，如何将这种较原始的农业文明文化思想转化为现代化背景下工业文明中的有效思想，古为今用，是个关键问题，而这也正是理解刘亮程思想所要解决的问题。

自然人

刘亮程之于当代文坛的首要意义在于自然人主体的出现。"一个人的村庄"，什么样的人？就是这个自然人。

现代性文明是以对人的欲望的解放为导引的，从而释放出理性的最大限度能量，进而实现人的全面解放。古典哲学以理性对欲望的克制而走向德性，走向神学人性论，而现代哲学则以理性对欲望的放纵而逐步走向物性，走向非理性，这便是以科学理性之名走向市场经济理性的欲望煽动加速器，走向工具理性的价值沦丧。这样的现代性危机正是工具人、欲望人的危机，海德格尔提出诗意栖居于大地的解救思想，马尔库塞称之为单向度的人，同样提出审美拯救方案，而生态主义则看到现代性以人的主体性的过度膨胀而凌驾于自然界之上，甚至还凌驾于社会群体规则、道德德性之上，这样的现代性将因其失控的破坏力而最终导向不可持续的发展危机。生态主义面对"做加法"的现代性文化，试图通过"做减法"的努力，对祛魅的自然进行复魅，对欲望的煽动进行批判和节制，以此恢复人与自然间的价值理性。正是在此意义上，刘亮程的乡村哲学神话是对现代性神话的戳破和反思，他的自然人具有看似反现代性，但实质上却具有拯救现代性的功效。他的自然人以对自然无比亲近的生态人，以及独特的"闲锤子"两种面目冷眼旁观世界。他具有齐万物的众生平等、万物有灵的泛神观、绝圣弃智的反理性反文化、素朴质拙的纵身大化等基本属性，这些共同构成了一种独特的诗性生存方式。

这个自然人所处身的"一个人的村庄"构成了一个狭窄、封闭的生活、生存空间，刘亮程曾自我调侃说："在我们那样的乡下，是不会发生什么大事的，你说我每天面对它，除了这些小事还能有啥想头呢？"[①] 这

---

① 蔡诚：《自然之子——访作家刘亮程》，《高中生之友》2006 年第 Z4 期。

可以视为一种谦恭，但却也道出了一些实情，即封闭的乡土世界造成接触事物与生活经验的封闭性、单纯化。世界的狭窄、孤寂造成经验范围的狭窄、固定化，故而关注风、尘土、炊烟，关注驴狗虫鼠，关注打发掉一辈子的那些简单事物。这里呈现出众生间的完全平等，而非人类中心主义的自傲、自高自大，相反，域中有四大，人为其一焉，[①] 人不过是无比谦卑甚而自知其渺茫的众生之一而已。这并非由现代危机而乞灵于重返原始的生态主义观念，更像是万物并未区隔的原生态。因为万物有灵、众生平等，故其构成一个熟悉而又温馨的情感家园和经验家园。在对家园的描述中，尽管生活简陋，但在其中人看来亦并非苦难，故不需煽情；只是常态，故而淡定；又是规律，故显智慧。此为家园，众生为兄弟，草木砖石皆为亲为朋，故而温情，故而同病相怜，故而万物之喜怒哀乐皆备于我。而众生万物亦皆有喜怒有生机，故而活泼。这表现在修辞上便是非比喻、非拟人，因为众生间无界限无障碍，故而只是叙述罢了，看似平淡，却有深味埋于其中。在这个自然人主体的经验体悟中，万物之生长生存智慧，皆为我知，皆为我备，我亦化生为万物，故而这个自然人主体是众生的主体精神的化融，在美学精神上便是抚万物于一瞬，化千载为一瞬[②]的诗性生存、超功利的浪漫空间。在此简单的循环论时间中，对时间的淡漠性以及对于生命经验的简单化、重复化，亦将造成"洞中方七日"的淡泊体验与"世上已千年"沧桑体验的融合，他在其诗《老黄梁》中，多次重复"老、还、又、依旧"等词汇；在其《很多年村庄悄无声息》中他反复强调生活经验的"很多年"，这些都突现出生存空间的重复性、循环论，既有时间的循环性，又有空间的固定，经验的固定、循环。时间以年、以代来计算，空间则以村庄为限固定不变，这种时间与空间计量方式与现代性世界的完全不同也正传达出经验的类型化、恒常性。在人生、乡村、动植万物间，苦—乐、意义—无意义、生—死等诸多经验都是相似的，故而一方面是齐生死、齐万物的道家生存观，另一方面也是色即空、空即色的禅悟观，但在刘亮程的乡村中人看来，这都是自然天成的体悟，随时会零散

---

① 《老子》第 25 章："故道大，天大，地大，人亦大。域中有四大，而人居其一焉。人法地，地法天，天法道，道法自然。"

② 陆机《文赋》言："观古今于须臾，抚四海于一瞬。"

喷洒，却不成系统，那是一支支道禅美学游击队。固然此中真意百姓日用而不知，但此种原始思维在现代性重审的眼光下也可能摇身一变而为生态智慧、生态哲学。

这"一个人的村庄"，构成了一个简单的世界模式，但它与已经虚拟现实化的后工业社会相比，却是一个真实的现实世界。在这里生长的自然人既具有懵懂世事的日常人的烟火气，又有着参透的真人、圣人之气。"一个人的村庄"是哪"一个人"呢？这就是刘亮程村庄世界里那重要的人物角色"闲锤子"，这个"闲锤子"既是乡村生活中的一个重要组成部分，又是乡村世界的观察者，亦是作者自我形象的一种投射，是作者美学精神的一个入口。"我年轻力盛的那些年，常常扛一把铁锨，像个无事的人，在村外的野地上闲转。我不喜欢在路上溜达，那个时候每条路都有一个明确去处，而我是个毫无目的的人，不希望路把我带到我不情愿的地方。我喜欢一个人在荒野上转悠，看哪不顺眼了，就挖两锨。""我是个闲不住的人，却永远不会为某一件事去忙碌。村里人说我是个'闲锤子'。""我是一个平常的人，住在这样一个小村庄里，注定要闲逛一辈子。我得给自己找点闲事，找个理由活下去。"① 这个"闲锤子"有时叫冯四，"活得再潦倒也不过如冯四，家徒四壁，光棍一世，做了一辈子庄稼人没给自己留下种子。""多少个秋天他只是个旁观者，手揣在袖筒里，看别人丰收，远远地闻点谷香。""他是个认真的人，尽管从没认真地做过什么事。"② "闲锤子"有时又是懒人刘榆木："这是个啥活都不干的人，整天披一件黑上衣蹲在破墙头上，像个驼背的鸟似的，有时他面朝西双手支着头一看就是大半天，有时尻子对着南边一蹲又是一下午。我们都不知道他在看啥，到底看见了啥。"对刘榆木来说，村人们关注的事情都"管我的球事"，而他其实也整天都"没啥球事情"③。"被驴叫醒的人注定是闲锤子，一辈子没有正经事。"④ 这个"闲锤子"有时又是个乡村守夜人，还有时叫作张望，"每天一早一晚，我站在村头的沙梁上，清点上工收工的

---

① 刘亮程：《我改变的事物》，《一个人的村庄》，春风文艺出版社 2006 年版，第 4—5 页。
② 刘亮程：《冯四》，《一个人的村庄》，春风文艺出版社 2006 年版，第 17—23 页。
③ 刘亮程：《野地上的麦子》，《一个人的村庄》，春风文艺出版社 2006 年版，第 81—83 页。
④ 刘亮程：《我五岁的早晨》，《虚土》，春风文艺出版社 2006 年版，第 5 页。

人。村里人一直认为我是个没找到事情的人,每天早早站在村头,羡慕地看别人下地干活,傍晚又眼馋地看着别人收工回来"①。这个闲人是村庄的潜伏者,"真正认识一个村庄很不容易,你得长久地、一生一世地潜伏在一个村庄里,全神贯注留心它的一草一木一物一事。这样到你快老的时候,才能勉强知道最基本的一点点"②。这个潜伏于村庄的偷窥者,接近村庄、人世的秘密,将村庄、人世的秘密告诉"外面"的人们,亦将诗意栖居的信号传送给外人。这个"我"是典型的无为者,却又是一个通晓大道的无不为的"大人"、智者。在捉迷藏游戏中,"我很少被他们轻易找到过,我会藏得不出声息。我会把心跳声用手捂住。我能将偶不小心弄出的一点响声捉回来,捏死在手心"③。这正是融于大化、融于自然的透彻,甚至于"藏在他们的背影里"、"扯下绳上的裤子,把自己搭上去"的行为,其透彻已近乎庖丁解牛、卖油翁式的神乎其技也。他自称:"我全部的学识是我对一个村庄的见识。……我不懂大道,只通一点斜门歪理。"④但正是他从庸人眼中的斜门歪理里看到大道,接近大道。一粒沙中看世界,一个村庄的知识难道还不够窥破人生、人世的至理吗?这个窥破天机的闲人亦具有与外界交流的需要,"我像个特务/多少年一直偷窥着村子/记下许多重要事情/却传递不出去/再过几年我也和父亲一样/彻底老掉了/外面的人还不知道我/和我们村里发生的一切"⑤。这种说出大道的迫切感正是他价值实现的需要。他是一个超越了世俗功利的闲人,是一个从经验中体验到哲学的人,因为这种哲学的领悟,他成为一个平淡自如的人,在外在表述的淡定中,承载的是他内在的平常心、寂寞心。他对村庄的每一草、每一木、每一砖、每一瓦都了如指掌,都生生息息地体味如己,在对鸟语兽言、风情沙意的会意中,在对生老病死、劳苦哀乐的参破中,他陷入寂寥空旷的独行,也实现了诗意地栖居于大地之上的超越。这个闲人是

---

① 刘亮程:《虚土庄的七个人·张望》,《虚土》,春风文艺出版社 2006 年版,第 26 页。
② 刘亮程:《黄沙梁·对一个村庄的认识》,《一个人的村庄》,春风文艺出版社 2006 年版,第 52 页。
③ 刘亮程:《捉迷藏》,《一个人的村庄》,春风文艺出版社 2006 年版,第 116 页。
④ 刘亮程:《黄沙梁·对一个村庄的认识》,《一个人的村庄》,春风文艺出版社 2006 年版,第 51 页。
⑤ 刘亮程:《天是从我们村里开始亮的》,《晒晒黄沙梁的太阳》,新疆青少年出版社 2005 年版,第 53 页。

领悟到万物生机的人，对生命力珍惜的驱动使他成为通驴性的人、整天扛着铁锨闲逛而又"闲不住"的人。他会与虫共眠，他会"等牛把这事干完"，会"对一朵花微笑"，会期盼"老鼠应该有个好收成"；他会跟自然捣捣乱，把树拉直拉歪，把坑挖开填平，会把西瓜整成方的；①他会"干点错事"，会帮蚂蚁搬食，捉弄蚂蚁的路线；他还会为那些"错事"怡然自得："我明知道这个村庄很需要一个像我这样聪明的人出来治理，可我就是迟迟不出来。……我们让聪明人尽显其聪明才智时，也应该给笨蛋创造一个环境、让他们尽展自己的笨和愚蠢。这样才公平。"②

这样的闲人刘二，正是一个真人、一个智者，他的反常规、被目为怪物正是因为对于伪崇高、伪道德、伪君子底细的揭破，是对生存于物质意义上的伪人的抛弃，进而纵浪大化中，成为一个生存于精神超拔境界的真人。窥破人与人的道之真谛则为圣，窥破人与自然的道之真谛则为真，窥破人与自我的道之真谛则为神。正是因此意义，刘亮程的刘二与王小波的王二构成了神气相通的人物序列。这样的人是真人，亦是"神人"，刘亮程之"神"性，之"神人"的同体性，正在于其存在哲学的神性所在。这在传统古典哲学中为渔樵之隐，为道为禅，而在经历了现代性的洗礼后，它被称为生态存在论哲学。道之所在，人之所在，在物性世界与神性生活中，刘二、王二创造出另一个生存空间，另一个生存规则，另一个生存意趣、情趣。文学何以存在？倘是面对社会发言，那就产生了对制度的批判。倘是面对人发言，那就产生了对人性的探究。倘是面对自我发言呢？面对自然发言呢？刘二正是后者，他的生命存在形式、存在时间、存在空间都是以自然为参照物加以计时、定位的，他寄情山野，以江湖之远的野趣自得逍遥。倘在革命年代，他便是被批判的对象，因为其吟风弄月，具有审美的纯粹性和现实功利的取消性、行动上的不及物性。而在工业文明、现代化进程与现代性语境中，他建构了独立于现代性神话之外的精神领地，构筑了现代性浪潮中的美学避难所。在当代散文史上，从杨朔到余秋雨再到刘亮程，在关注对象上形成了政治→文化→自然、生命本真的迁移；在人的本质属性探索上也形成了政治人→文化人→自然人的迁移；对

---

① 刘亮程：《春天的步调》，《一个人的村庄》，春风文艺出版社2006年版，第59页。
② 刘亮程：《干点错事》，《一个人的村庄》，春风文艺出版社2006年版，第66页。

人的形象借喻也形成了杨朔的物（小蜜蜂、茶花等）、余秋雨的理、刘亮程的生活的明显迁移。王二、刘二正是以回到生活、回到常识构成了智慧的新启蒙，所不同就在于王二以特立独行的猪反抗"文化大革命"为背景的政治伦理，刘二则以驴对人的反向启蒙反抗现代性神话。对于当代文学所呈现的相似的灵魂、缺少深度的灵魂，对于没有哲学便只沦于经验的当代文学，对于那些故作深沉姿态，或者亦乏媚俗之魅力的伪人，王二和刘二，树起了难得的独立之自然人人格，难得的诗性之哲学、人性之哲学。

所谓刘亮程的"乡村哲学"是指这种哲学式的生存方式，而并非说创制出哲学思想有多深远、震撼，此为艺术，而非哲学，所传达的乃乡村哲学式的艺术生存、反现代化生存，正是在此意义上，有人评其曰"文胜质"。为什么刘亮程散文成功而其以前的诗歌并不如此成功呢？如他自己所说，就思想探索的纯度、深度而言，散文并未见超越于诗歌，但反响或曰阅读效应却反差如斯之大，其因主要即在于文体最强力量的性质差异。诗歌要求思想探索的深度、广度，而散文则为这个思考过程的日常化语言的呈现历程，即于此艺术化的呈现过程中有所寄寓有所悟有所得即可。刘氏散文的魅力并不在于悟到的结果有多深刻、震撼，其实不过是常识而已。但悟的这个主体的独立性、独特性与文化语境的反差性，悟的这个过程则是有价值有意义的！诗歌需要高于生活，而散文则要真实，要还原生活、回归生活，以其真实性、性灵性而唤起艺术式的共鸣共感。刘亮程的价值并非思想钻头的尖端性，而在于钻的存在方式和语境意义。他是人类思想资源的应用者，而非绝对意义上的探索者。有人愤怒正是对于这样一种存在方式的烦躁和愤怒，在于其特定文化背景中文化保守主义的诗性魅力及其诗性存在方式在物性时代中的先锋气质。正因此，我们珍视这个"刘二"，珍视这"一个人的村庄"，珍视在中国当代文学里，在中国当代人的精神领地里，如其所说，有一块叫刘二的土地，有一场叫刘二的风。

自然人的基本特征即为其素朴性、为其与自然界动植万物的和谐性、亲密无间性，与主客世界的交融性，这就注定了自然人存在方式的诗性特质。倘若这个人的存在是突兀于自然而立的，那么，他便显然不是自然人，而正是一个现代性文化中那个理性强人了，对客体世界是认识与征服，而非融入与体味了。现代性理性强人自然会以十八九世纪以来的现实主义为基本创作方法，因为它正是以主客二分，主体认识和征服客体世界为基本世界观的；而自然人的存在方式注定其必然是主客难分，是万物等齐、万物有灵的，其表达亦必是一切景语皆情语的。故而这个自然人的存在如水中之盐，无形而有味，此无形为大象之无形，此味为淡泊中之至味。这正是刘亮程散文的阅读感受，它构成独特的"不断倒行的阅读"现象。刘文所述往往为平淡的日常俗事俗物，为平淡的语言，这使人往往在不经意间就将阅读的目光滑行到了文中半途的某处，然而就在此时，某种词句突然如石子硌脚一般硌痛那滑行的目光，在一闪念的茫然间你不得不重新捡回那些已经被滑行而过的词句，去重新体味重新阅读。于是，所有的语词便如魔石磁粉一样被重新排列起来，所有的意蕴便被勾勒和构建起来。在这"不断倒行的阅读"中，所有滑过的语言如同被唤醒的木乃伊一样纷纷蠕动和爬行起来，灵魂复活起来了。回首数来，那些一开始被滑过的多为对于日常现象或场景的陈述，因为自然的素朴性、真实性，这些现象场景肯定是平凡的，甚至是平淡的，然而随着意象的叠加，其深蕴的意蕴亦在叠加，终于在某处产生质变，那意蕴便由隐转显，由暗转明，被阅读者召唤出来，场景便转为意境。细分下去，刘亮程散文的阅读过程一般大致有三部曲。由现象到体味出意蕴为第一阶；第二阶则是由意蕴再反观现象，意蕴为魂，场景现象为体，魂归体，则肢体俱活，生气灵动，无一语非情语了，此时则会领悟到其语句看似平常却奇崛；第三阶则为现象与意蕴不断往返，终至于主客交融不可再分别了。刘亮程的"乡村哲学"是一个艺术的世界，自然人的素朴性决定其世界是一个简单的世界，故而总有人担心其枯竭，没什么可写了，担心那无米之炊要断火了，但正如同沙漠中的水井一样，看来枯竭再无水源了，却又总还在那干涸的沙粒下冒出汨汨的水眼来。刘亮程"乡村哲学"世界的不枯竭正因为这是一个艺术的世界，是一个真实而又诗性化存在的世界，对于物质化泛滥的现代世界来说，这样的人、这样的生存方式很高级；同时，从文学意境构造来说，刘文代表着中国传统诗学观在现代世界的难得存活，对于西化风后的当代文坛来说，这样的文也足够高级了。

  那些所谓"硌脚的石头"即为一语道破人之生存真谛者，为象、意、境融合最为妥帖显豁处，亦为量变到质变的点睛之处，而刘氏文中尤为独特的有两个显著领域，分别为性与幽默，此亦为检验真人之真的显著领域。在此先论其性的领域。在人类文明发展到今天，性已成为最重要的禁忌范围之一，而刘亮程、王小波也恰以在此方面的坦率大胆而惊诧文坛。性，既是动物性、自然性的属性之一，是人生命力的基本元素之一，又是人类道德文化基本管束和规范对象之一，故而性既是人之大欲也，又是人之大防也。正因这种巨大的反差和细腻、微妙，性的叙事历来便是欲说还休又最具魅力的区域。禁欲、纵欲、人性、物性，围绕此而产生的宗教伦理、政治伦理、文化伦理等的演替也就构成了人类文化史的演替历程。在当代文化中，由前30年的政治禁欲主义，到后30年市场经济下的纵欲主义，性叙事更是经历了极其剧烈的震荡。无论政治文化的禁欲，还是商品消费文化的纵欲，都构成对于人性的扭曲，而突现了性的物性，尤其是现代性理性文化、启蒙文化对于欲望的解放、市场经济对于欲望的煽动和消费、放纵，构成一个恶的加速度，使性既成为现代性文化沦落的重灾区，又成为现代性文化沦落快车道上的主推力之一。在当下文学中，由情色到色情的性泛滥正是这样由启蒙到消费、由解放到放纵、由精神到物欲异变的文化症的典型体现。因此，严肃文学作家对性的涉足一般慎之又慎，这既有对于既定伦理规范惯性的遵从，又有对于严肃性主题探索的维护，也有对于消费文化的警惕。正是在这样复杂的背景中，王小波、刘亮程对于性迥然有异的叙述才独树高标，显示出特立独行的思想大胆，亦展示出对社会文化、对人生人性探索的深邃。对性禁忌的大胆突破和新异表述成为王小波的标志之一。王二与陈清扬"搞破鞋"的故事（《黄金时代》）、与×海鹰的"帮教"故事（《革命时期的爱情》），均以健康人性逻辑对时行的政治伦理禁忌荒诞性的揭破与反思、调侃与挑战而显示出尖锐性，"流氓"李靖和红拂的"夜奔"故事（《红拂夜奔》）以对于封建文化经典记忆的颠覆和篡改而显示出惊人的想象力空间。王小波的性调侃政治主流话语与逻辑，刘亮程的性则调侃世俗生活话语与逻辑，这种别开生面的调侃在动物与人的比较中更显示出其自然人的纯真性。驴"那一截子"的雄伟与它风流的生涯令我在自然伟力前自惭形秽，它的"放荡而不下流"又显示出人类道德的虚弱（《通驴性的人》）。"我尽量把腿叉得开些走路，让更多的阳光照在那里"（《春天的步调》），这"阳光普照"更显示出万物界限的消融和自然人的表达无碍以及自然道德对于俗世道德的无忌。而我要"等牛把这事干完"，甚至要帮马"扶一扶"（《逃跑的马》），则更以惊人的以己度物来焕发出生命间原始意义的平等和真正人性的博爱。驴和驴的相好、认亲戚（《凿空》）展示的自然界之性关系何其质朴、和谐、自然。而《一个人的村庄》里我和妻子芥间的性又是完整人生历程的成长隐喻。面对以上诸多性的隐喻与直述，刘亮程以纯粹自然人的眼睛和心灵来观察体悟，本来无一物，何处惹尘埃？既无俗世道德枷锁的禁忌，又无物欲泛滥的异化，"刘二"展示出自然之性的健朗与淳朴，由此成为真人悟世和成长的一个重要领地。

以自然人的独特主体形态，在物的生机与人的荒凉对比中，面对主客二分、天人相抗的现代性文化，刘亮程建立了一个道法自然、人与自然和谐相融的生态存在论哲学世界，一个天人合一、主客交融的传统审美境界。刘亮程在当代文坛是孤独的，因为他所代表的诗意栖居的生存方式，所秉承的生态存在论探索不光是继往，更是直面现实生存之困局，它也将具有开来的意义。

延伸阅读

1. ［美］亨利·梭罗：《瓦尔登湖》，徐迟译，吉林人民出版社1997年版。梭罗在瓦尔登湖畔自建小木屋，自耕自食，潜思默察，所感所思记为《瓦尔登湖》，被尊称为"绿色《圣经》"。

2. ［美］奥尔多·利奥波德：《沙乡年鉴》，侯文蕙译，吉林人民出版社1997年版。利奥波德与家人在一个荒弃的乡村生活，观察自然物候，感思大地伦理，记作《沙乡年鉴》的自然随笔与哲学论文集。

思考题

1. "闲锤子"类的人物有些什么特点？
2. 对"闲锤子"类的人物村里人为什么看不起？作者又为什么欣赏？

第十五讲

《桃花烧》:爱在何处

周晓枫曾说,文学就是"探讨人性的幽深之处"[①],而她近几年来将重点放在女性成长经验上,像《你的身体是个仙境》《琥珀》就是对女性所特有的身体成长经验的独特书写。《桃花烧》应该也是这一题材的继续。这篇散文构筑了一个并不独特甚至有些千篇一律的故事:一个成长期的少女,爱上了一个处在"宠辱不惊"的秋季的中年人,少女爱得若痴若狂,而中年人——作者冠名为"魔法师"却是漫不经心,因为魔法师的情感工程,"由众多女性同时建议"。在某种意义上,《桃花烧》属于经典的"痴心女子负心汉"故事模式的现代书写。然而,"痴心女子负心汉"能成为一种被无数次书写的叙事模式,在一定程度上展示了在男女关系方面女性在历史上所处的真实的状态。在《桃花烧》中,周晓枫探讨了有关女性情欲的现代存在状态。在现今的历史时期,在中国的女性解放已经走过100多年的今天,在经济、政治、法律、社会等层面,女性的地位确实比以前提高了许多,但在性爱关系上,女性的从属地位、依附地位,作为确定男性存在的参照物的"他者"身份并没有发生改变。借用一位评论家的话说就是:"在情色的水准上,男女间的物理关系基本上没有任何改变。"[②]

《桃花烧》以一种忧伤的笔调表达了受伤害的女性情欲体验,表达了对女性爱欲存在状态的悲观及绝望。题目叫"桃花烧",就是表达了一种灼灼燃烧着的情欲。桃花的意象,在中国传统中已有它固定的寓意,表达

---

① 张杰:《我始终承认自己是个不可救药的修辞爱好者——周晓枫访谈》,《红豆》2008年4月。

② 洪金珠:《问情色为何物?》,台湾《中国时报·人间副刊》1994年11月12日第39版。

的是一种超越于世俗伦理规范的男女之情，往往倾向的是一种艳情、色情。周晓枫选择桃花的意象，更多突出渲染的是男女之间的一种情欲，一种脱离于正轨的日常生活的危险的色情。题目的"烧"字，突出了一种热烈奔放的情欲。问题是，女人是否也可以拥有一种健旺的鲜活的情欲？

有关爱欲、色情，历来的哲学家都肯定它们存在的合法性。费孝通说："食色，性也，那是深入生物基础的特征。"[①] 美国的文学评论家阿尔伯特·莫德尔说："人的本性生来就是色情的；他在幼儿时代就有自己的色情方式；他承袭了千百年来由无数祖先遗传下来的色情本能。"[②] 俄国哲学家尼古拉·别尔嘉耶夫也认为，性爱是生而为人永远不能摆脱的奴役之一："爱欲的诱惑是最流行的诱惑，受性的奴役是人的奴役的最深刻根源之一。"[③] 周晓枫也认为："性，是人类无论在什么样的文明阶段与文化背景里都要面对的原始力量。"[④] 一个永远都存在的悖论是，人们在肯定人的原始情欲的同时，又有意无意地用所谓的文化对这种情欲进行规范。最终使性不再单纯只是一种个人行为，而带上某种文化符号。正如伊瑞格瑞所言："无论男性还是女性，人类的身体已经被符码化地置于社会网络之中，在文化中，并且被文化赋予意义，男性被认为是雄健和有阳具的，女性则是被动和被阉割的。这不是生物学的结论，而是身体的社会和心理学意义。"[⑤] 父权制文化总是以尊崇男性、贬抑女性为其核心理念，几千年的父权文化按照男性所规定、设定的模式，建立的是让女性服从并制约女性突围的文化形态，在日复一日的教化中慢慢把女性肉体变成慰藉男人的符号象征，或者只是作为传宗接代的工具、器皿而存在，被固定在家族制的角色规范里，为人妻、为人母、为人女，而从来不属于自己。作为女性最原始的性欲本能更是被贬损、被压抑。在现代文学史上，"性解放"是作为"五四"时期"人的解放"主题的一个重要组成部分，是个性解放

[①] 费孝通：《乡土中国 生育制度》，北京大学出版社2004年版，第83页。

[②] ［美］阿尔伯特·莫德尔：《文学中的色情动机》，刘文荣译，文汇出版社2006年版，第21页。

[③] ［俄］尼古拉·别尔嘉耶夫：《论人的奴役与自由》，中国城市出版社2002年版，第262页。

[④] 张杰：《我始终承认自己是个不可救药的修辞爱好者——周晓枫访谈》，《红豆》2008年4月。

[⑤] 张岩冰：《女权主义文论》，山东教育出版社2002年版，第127页。

的重要表征,与"女性解放"紧密相连。像子君喊出的个性解放的宣言:"我是我自己的。"其潜隐的一层含义就是,我的身体也是我自己的,我可以随意支配。但解放了的女性身体面临一个尴尬的问题:她的情欲的满足必须借由男性的配合。问题的关键就在这里。男权社会以固有的色情化的男人的眼光来要求女人,女人要获取情欲方面的满足,就要取悦于男人,于是就不得不以男人的要求来模塑自己。由此,在情爱关系上,女人便只能居于依附地位。

《桃花烧》正是表达了对女性不能支配自身情欲的一种悲凉体验,对女性情欲的绝望感觉。散文一开始,写到少女时代"我"的偷窥,凸显了一种触目惊心的热烈的情欲:一对秘密会合的爱人,在"霉腐的臭气熏天的垃圾场附近,长达几小时地箍紧对方"。"即使突降的雨也没能将他们阻拦",依旧"像马上奔赴刑场似的那样没完没了、不要命地吻着",突出了极度忘我的一种痴狂的情欲。面对这样的痴狂,值得注意的是"我"的感觉:

  秋风旋起的树叶在他们脚下堆积,就像这个季节即将在沉睡中赴死的蝴蝶。时常有落叶飘到男人的衣服或女人头发上。漫天漫地的落叶,如同纸钱,扬撒在两个深受情欲折磨的并不年轻的恋人周围。慢慢地,我观看的热情成了悲伤,因为,这场景太像一场葬礼。如果是在为爱情送葬,两个看似的主角,不过是挣扎中的殉葬品。

"赴死的蝴蝶"、"纸钱"、"葬礼"、"殉葬品",作者以这样的意象表达了对这种痴狂爱情的悲观绝望态度。因其如此,处在痴恋之中的两个人,在作者看来,也如同身处深渊。作者视界中的痴狂爱情由此变成祭奠品。在作者看来,爱情爱到极致,就是一种毁灭,就像桃花,当它灼灼地绚丽地开着的时候,便是它接近毁灭的时候。一种热烈的情欲,一种完全放纵身心的泛滥的不加节制的情欲,造成的后果只能是毁灭,就像为了爱情而毁灭的莎乐美的吻,尤其是对女人。《桃花烧》正是对一种痴狂情欲的哀悼。也是因此,整篇文章都笼罩在一种极度的悲哀与颓废的凄美氛围中。

而爱是非理性的,人们在陷入痴狂之爱时,明知是一场灾难,但依然像扑火的飞蛾,难以管束自己。接下来,周晓枫在《桃花烧》中,又以

"我"的亲身经历书写了女性对这种疯狂痴恋的悲痛体验。散文中"我"对"魔法师"的痴恋是有理由的：中年人是"那种灵魂和面孔长得非常相近的人"，"天生有种魅惑人的气息"，有"致命的音质，唱歌时未必完美但说话时绝对动人"，有种"懒散之中的贵族气"，有种"杀人的味道"，"中年男人全部被爱的魅力"——总之，是精神品格完美地寄予少女梦幻的魅力男人。面对这样的男人，我的爱是激烈的："难以抵抗他的召唤，只要他一打电话，我就改变所有日程，坐上颠簸的长途车……像个送外卖的，不用预约，随时送上滚烫的服务。……像一只导盲犬，当他处于黑暗与低落之中，我就献出自己灼热的小舌头，殷勤舔吻他的掌心，仿佛能在那里找到供养我活下去的粮食。"这样的爱让"我"处在"低烧般的恍惚里"，以至于"把我的身体变成秘密的乐队"。

即使在这样的痴恋时刻，值得注意的还是"我"的感觉：

> 我在他的靠拢中体会那种"幸福得要死"的滋味。之所以幸福得"要死"，是在潜意识里不相信幸福会延续，希望幸福的状态能在自己清醒并陶醉的情况下停止并定格。我怕幸福闪逝，怕短暂幸福过后给人带来的迟疑和痛悔。事实上这句话隐藏了一句真理：幸福要死，所有的幸福，都会成为早夭的美。

在这里，作者把幸福和死连在一起，又重复书写了那种痴狂之情欲的毁灭性力量，再一次表达了对痴狂之情欲的一种哀悼：所有的幸福，都会成为早夭的美。

那么，作者为什么会反复抒写对于爱情的这种绝望态度？原因之一是"因为爱最后要落回地平线，甚至落回深渊里，所以所谓激情，就是你敢于上升的无视生死的高度"。爱情最终要回归日常生活，而回归理性而琐碎的日常生活的爱不可能再持续葆有激情，这也是作者所书写的爱与死亡相关联的一个原因吧。

有关爱与死亡的话题历来也被哲人们所关注。这里的爱，是指那种与情欲相关的令人神魂颠倒的一种情绪，诚如别尔嘉耶夫所言："爱和死亡的联系的主题一直折磨着窥视生命深处的人。在爱的神魂颠倒的顶峰就有一种与死亡的神魂颠倒的接触。"而爱之所以与死亡紧密相连，是因为极端地放纵身心的爱脱离了正常的日常生活程序："神魂颠倒意味着超越，是走出日常世界的范围。""爱，指向个性永生的人格主义的爱是不能为客体化世界的日常性所容纳的，这种爱被客体化世界所排挤，因此它处在死亡的边缘，这是比肉体死亡更广泛的意义上所理解的死亡。"① 在凡俗的日常生活世界里需要人们的理智、条理来应对繁复的社会事物。而令人神魂颠倒的情欲之爱却是脱离于理智、条理秩序之外的，如果任这样的感情泛滥不加管束，造成的后果不可想象。这也是古今中外都对激情之爱欲持一种审慎的拒斥态度的原因了。周晓枫在《桃花烧》中所表达的对于情欲的悲观，正是在哲学的高度上对痴狂之爱的一种审视。

而历来的男权文化在惩处这种脱离常规的激情之爱时，往往把过错推给女人。所谓女人祸水论，正是女性在两性关系中身处弱势地位的表征。所以对于女性来讲，其与男性相处中自身的弱势地位，使得这种痴狂之爱只能成为虚妄。

在《桃花烧》中，周晓枫追踪这种痴狂之爱不能长久的根源，在于一种失衡之爱。这种失衡之爱是因为年龄的差距："魔法师比我大许多，介于叔叔和哥哥之间"，"他在宠辱不惊的秋季，而我的春天刚刚破蛹。白天和黑夜区别巨大，关键是，身置不同经度的两个人，在时差中是否同时经历爱的此刻"。

而事实确实是他们并非同时经历爱的此刻。年龄的差距意味着两个人的阅历、知识修养等各方面的差距。这必然会造成两个人在精神上关系的不对等："魔法师的天赋和经验赋予他完美的操控能力；而我的经验，对他来说，如同小数点后面的数字，可以慷慨地被舍弃。""和他在一起，我无知，他无敌，局面缺乏基本的控制，除了晚辈一样领受他安排好的教育。"

阅历、修养、精神等各方面的不对等必然也会导致情感付出上的不对等，"魔法师的情感经历过于丰富，他却是我几乎唯一的浪漫史"。"我是魔法师的一个宠物，而我不幸，让魔法师成为我的藏品"。"我的狂喜和绝望全都被他控制，并交替着给予。"所以，"他能够以松弛自如的态度来处

---

① ［俄］尼古拉·别尔嘉耶夫：《论人的奴役与自由》，中国城市出版社 2002 年版，第 267 页。

理感情关系",而"我"对魔法师,却"根本无所适从"。

　　历来的文学作品中所歌咏的爱情,大多是那种志同道合具有共同的理想、相似的思想阅历、能够平等对话的男女关系。像鲁迅在《伤逝》中所说的,爱情要有所附丽,要时时更新,才会长久。所谓恋爱中的女性要时时更新自己的思想、丰富自己的情感体验,拥有与对方平等对话的资本,才能拥有爱情。中国的女性解放之路,"五四"时期是以娜拉出走作为妇女个性解放的标志的。鲁迅指出,如果娜拉们在经济上不能独立的话,那么她的出走就只能有两条道路:要么堕落,要么回来。问题是,女性在经济上独立了之后是否就真正获取了女性的人格尊严与解放了呢?新中国成立后男女同工同酬,所实行的男女平等,实质上是向男性看齐,完全忽视了女性的身体性能差异。其实是以表面的平等遮蔽了更大程度上的不平等。80年代以来,女性话语浮出历史地表,但实际上女性一直处在边缘地位,这使她们不可能像男人一样生活,因而也就无法获取男人那样的生活体验和知识积累及人生阅历。即使像今天,女性阈于自身的局限也不可能像男子那样经历一切,不可能像男子那样获取丰富的社会经验。这是女性和男性永远不能对等的一个事实。

　　在《桃花烧》中,这种失衡之爱还因为女人"缺少最重要的而又无法依靠努力来弥补的东西:美貌和聪颖。"作者很清醒地指出:"所有在爱情领域里没有靠才貌赢得的东西靠乞讨都不能够赢得,何况靠申辩和教育。"在某种意义上说,爱是残酷的,爱其强不爱其弱,永远是爱情所遵循的定律。在男权社会里,女色是男人衡量女人的重要标尺,在女性解放历经百年之后的现今的消费社会里,女色依然是获取爱情的重要依恃。社会以男性的需要来评判女人,来评判爱情中男女双方的相配与不相配,使女人只能作为物化的折合品被衡量,被计算。更为可怕的是,这种评判已成为这个社会红男绿女约定俗成的标准,而衡量女性价值的女色终有一天会褪色。面对这样的残酷现实,属于女性的永恒爱情就只能是镜花水月。

　　可贵的是,周晓枫在《桃花烧》里表达了对情欲的悲观、对痴狂之爱情的绝望,但并没有导向对人生的绝望和悲观。散文的最后,"我"从这场痴狂之爱欲中依靠自身的力量得到了拯救。"一个砂粒进入,经过艰难的吞咽和包裹,它会呈现珠粒上不可思议的晕彩。"灾难的爱也是如此,在痛苦的体验中获取人生经验,把它变成力量,凝聚成智慧。周晓枫就此指出了属于现代女性的自我救赎之路,那就是积聚自身的力量,凝聚生存的智慧,如作者所言"把自己变成一枚珠贝,藏纳起一生的珍宝"。

文中的女人最后回归母性,回归到几千年传统文化为女性所设定的为人妻、为人母的角色,回归到琐碎而平庸的日常生活,并从母性中找到了自己的人生价值支撑点,找到了平静而温和的心态,喻示了女性情欲的无可奈何的出路。由此,我们不禁要问,妇女解放走过百年之后,母性真的是女性别无选择的避风港吗?而现代思想理念里的女性解放,是否会为女性提供更为丰富且符合现实的生存状态?我想,周晓枫对女性最终回归母性的书写,是对女性生存状态难以改观的一种悲悯,同时也表达了她对女性主义所主张的妇女解放的质疑。妇女是否能真正地从自身的社会文化角色中解放出来,真正地拥有情欲和爱情?这是我们所有女性都要深思的问题。

延伸阅读

1. 王侃的《历史·语言·欲望——1990 年中国女性小说主题与叙事》(广西师范大学出版社 2008 年版)指出,"女性文学"是以女性为写作主体,并以与世抗辩作为写作姿态的一种文学形态。它改变了并还在改变着女性作家及其文本在文学传统中的次(sub—)类位置,它对主流文化、主流意识形态既介入又疏离,体现了一种批判性的精神立场。关于女性文学概念的关键词,王侃重点突出两方面:一是批判性;一是主体性。批判性是指女性写作中持有一种颠覆男性逻各斯中心主义的写作立场,即女性在写作中对历史上约定俗成的男权规范不是一种认同的姿态,而是一种批判性的精神立场,这是女性写作成为女性文学的根柢所在。而批判的最终目的是构建女性作为社会存在的主体性。这里,就有必要凸显主体性这个概念。王侃在他的女性主义论文中强调女性在历史中的主体性,因为"历史塑造了主体,主体同时又是历史方向与历史价值的规定者与缔造者","历史特许这一个或那一个主体为最高的中心,为真理和意义的终极起源和记录者,而所有其他的事物必须借助于那些术语才得以被理解和被解释"。而几乎任一国度的历史,都是由男权意识形态话语建构的,是男权意志的实现过程。由男性建构的历史毫无疑问视男性为历史主体,成为"真理和意义的终极起源和记录者"。在由男人写定的历史中,女性一直被视为客体和工具,其主体性被遮蔽,被抹杀。所以,女性经由写作获得自身在社会中的存在,在历史中的存在,凸显自身在历史中的主体性,这也是女性写作的意义所在。

2. 在张杰的《我始终承认自己是个不可救药的修辞爱好者——周晓枫访谈》

(《红豆》2008 年 4 月)一文中,周晓枫谈道:"我最近几年的重点在女性成长经验上,从《你的身体是个仙境》到《琥珀》,是这个题材的延续过程。《琥珀》里涉及性,涉及在性行为里男女的权力分配等等。而性,是人类无论在什么样的文明阶段与文化背景里都要面对的原始力量。"

3. 周晓枫的《来自美术的暗示》(《文艺争鸣》2008 年第 4 期)一文指出:"作为一名女性写作者,我希望自己能够写出女性真实的成长、疲倦、爱和痛感。我知道有些读者保留着美化女性的期待,概念中的、史诗中的、长得像天使的抽象而完美的女性把我们战胜。可破损使人生动。强迫自己直视镜子,面对痣、刀口和羞于启齿的欲望……"

4. 丁晓原的《周晓枫:穿行于感觉与冥想的曲径》(《文艺争鸣》2008 年第 4 期)一文认为:"周晓枫的女性书写,既没有主题先行地讴歌女性人性的美好,也无意哗众取宠地对女性的杂色负面作展览。她只是通过自己贴近对象的感知,表现出女性身体的真实和生命的状态。"

思考题

1. 你怎么看待女性文学?
2. 试用女性主义视角,对你最喜欢的女作家的作品进行分析。

后　记

　　2013年夏初，四川师范大学教务处和四川师范大学文学院决定重点资助一批供本科学生使用的教材，在中国现当代文学教研室和"中国现当代文学与文化"创新团队所有老师的共同努力下，"中国现当代文学文本细读"成了学校和学院重点资助的教材。经过全体老师的讨论，将"中国现当代文学文本细读"丛书分为《中国现当代小说文本细读》《中国现当代诗歌文本细读》和《中国现当代散文文本细读》。

　　《中国现当代散文文本细读》一共十五讲。参与本书撰写的白浩、邓利、李琴、刘永丽、谭光辉、王琳是四川师范大学文学院的老师，王芳是西华大学人文学院的老师，张睿睿是成都大学文学与新闻传播学院的老师，周维东是四川大学文学与新闻学院的老师。白浩撰写第十四讲，邓利撰写总论、第一讲、第四讲、第五讲、第十一讲、第十三讲，李琴撰写第三讲，刘永丽撰写第十五讲，谭光辉撰写第八讲，王琳撰写第九讲、第十讲、第十二讲，王芳撰写第七讲，张睿睿撰写第六讲，周维东撰写第二讲。由于时间和水平的限制，错误之处在所难免，恳请各位同仁批评指正。

编者
2014 年 12 月